幸福陰影之舞

Dance of the Happy Shades

艾莉絲・孟若
Alice Munro

汪芃、黎紫書——譯

獻給家父羅勃特・雷德洛

目次

沃克兄弟的牛仔

晚飯後，父親說：「想不想去看看湖還在不在？」我們留母親在飯廳的燈下縫紉，便出發了。母親要在開學前替我做衣服，為此還拆了她自己的一件舊套裝和一件舊格呢洋裝。她得巧妙精算各處的剪裁拼合，為此沒完沒了地要我試穿，不停轉身，我總被悶熱的毛料弄得發癢，汗流浹背，因此毫不感激。我們把弟弟留在前陽臺底端那一小方玻璃門廊的小床上。有時他會從床上跪起，把臉貼在玻璃上大聲哀求：「買甜筒給我吃！」但我總頭也不回地喊：「等我們到家你已經睡著了。」

我和父親沿著一條有點破敗的長街走著，幾間小小的店家亮著燈，外頭人行道上立著銀森冰淇淋的招牌。這兒是塔珀鎮，休倫湖畔的一個老鎮，也是古老的穀物港口。這條街楓木成蔭，一些地方樹根蔓生得人行道都迸裂了，如鱷魚四竄地爬進光禿的庭院裡。戶外坐著不少人，男人隨性地穿著汗衫，女人圍著圍裙。那裡頭沒有我們認識的人，但如果有人看起來準備要點頭說聲：「今晚可真熱。」父親也會點頭說些附和的話。小孩都還在外頭玩耍，但我也都不認識，因為母親只讓我和弟弟待在自家院子，說弟弟太小不能出去，而我得看著他。看這些孩子的夜間玩樂並不令我心酸，因為都是些不怎麼樣的破爛遊戲。孩子散落在幾處濃密樹蔭下，各自形成一至兩人的孤島，在沙土裡埋鵝卵石，或用小樹枝寫字，和我孤僻的一整天差不了太多。

這會兒我們離開了那些房舍庭院，經過一間窗戶用木板封著的工廠，以及一座木材場，高聳的木製大門在夜裡鎖著。接著就離鎮上愈來愈遠，開始進入一堆散亂的簡陋房舍和一個個小型廢棄物回收場，人行道也沒了，我們走在沙徑上，沿途長滿牛蒡、車前草，以及各種不起眼的無名雜草。我們走進一塊空地，或其實算是個公園，因為維持得沒有半點垃圾，有一張能坐著看湖的木長椅，雖然背條少了一根。微陰的天色下，傍晚湖水通常呈灰色，沒有夕照，地平線晦暗不明。湖岸岩石傳來微弱的沖刷聲響，往鎮上的方向再過去一點，有一道沙地，一座滑水道，浮球在安全水域的邊界上下晃著，旁邊是一座不太牢固的救生椅。此外還有一幢墨綠色的長形建物，像一條有屋頂的走廊，名叫「長亭」，星期天會有許多農夫農婦穿著筆挺的好衣服坐在裡頭。這是以前我們還住登甘農時很熟悉的一帶，每年夏天會拜訪三、四次，來休倫湖這裡玩。我們也會到碼頭看大船，那些穀船老舊、鏽蝕、搖晃得厲害，我們難以想像它們怎麼駛得出防波堤，更別說開往威廉堡了。

碼頭邊有流浪漢出沒，偶爾在這樣的傍晚，他們會漫步穿過漸狹的湖灘，爬上那些男孩子走出來的曲折模糊的小徑，抓著枯枝對父親說話。我總害怕到聽不清他們說什麼，只聽見父親回答，他自己手頭也很緊。他會說：「要不，我捲根菸給你吧。」接著便小心翼翼將菸草抖落在一張薄薄的蝴蝶牌菸紙上，舌頭輕點一下，捲起來，遞給流浪漢，對方接了便走開。然後父親會替自己也捲一根，點菸抽起來。

父親告訴我五大湖如何形成。他說現在的休倫湖以前是平地，一片遼闊的平原，接著冰來了，從北方爬下來，刻出低窪的地形。像這樣——父親把手指張開，往我們坐的地上壓——但地上硬得像石頭，壓不出什麼痕跡，父親便說：「好吧，古老的冰冠後方有強大的推力，比我的手強大得多。」後來冰回去了，朝北極的源頭縮回，把指頭般的冰川留在它們鑿出的深槽裡；冰融成湖，成了今天的模樣。與逝去的時間相比，這些湖很新。我努力想像眼前的平原，和走在上頭的恐龍，但甚至連塔珀鎮出現前，湖畔仍住著印第安人的景象都想像不出。想到我們擁有的時間只占這麼一丁點比例令我驚駭，但父親對此似乎很淡然。連父親這樣在我眼中彷彿從盤古開天就出現在家裡的人，在生命初始以來的時間長河裡，他活在地球上的時間其實也只比我長一點點。他和我一樣，從未見識過沒有汽車和電燈的時代。這個世紀開始時，他還沒出生，等到這世紀結束，我大概也不在了，至少垂垂老矣。我不喜歡想到這些，我希望休倫湖一直都是如此，始終有著安全水域的浮球，有著防波堤和塔珀鎮的燈火。

父親的工作是兜售沃克兄弟的產品。沃克兄弟是一家走遍鄉下的公司，賣遍窮鄉僻壤——陽光鎮、伯優橋、回轉口等都是父親要跑的業務區。但我們以前住的登甘農不是，因為登甘農太靠近市區，而那點讓母親慶幸。父親賣的東西有咳嗽藥、鐵質補劑、雞眼貼、緩瀉劑、婦女藥、漱口水、洗髮水、藥油、藥膏、檸檬口味、柳橙口味、覆盆子口味的冷飲糖漿、香草、食用色素、紅茶、綠茶、薑、丁香等香料，還有老鼠藥。他有一首推銷歌，裡頭有兩句歌詞：

擦劑藥油統統有，
雞眼癤子統統除……

在母親耳裡，這不是多有趣的歌。這是一首小販之歌，但沒辦法，父親現在就是個得到窮鄉僻壤挨家挨戶敲後門的小販。我們家到去年冬天以前都還有自己的生意，經營銀狐牧場。父親飼養銀狐，然後把毛皮賣給做狐皮披肩、大衣、手籠的人。但後來價格掉了，父親撐著，期望隔年價格好些，但價格又跌，他繼續苦撐一年，而後再一年，直到撐不下去，我們欠飼料公司一屁股債。這些我聽母親向歐利芬太太解釋過幾次；附近鄰居裡，母親只肯和她說話（歐利芬太太也是落魄之人，她是老師，但嫁了個工友。）母親說，我們傾盡所有，卻換來兩手空空。這幾年來許多人都有相同的處境，但母親顧不得舉國的蕭條，只能想著我們家的。命運把我們趕進一條貧民街（儘管我們之前也算窮，但這是兩種不同的境界），而在母親唯一的面對方式就是死抱著尊嚴，滿腹怨恨，絕不釋懷。有爪浴缸和沖水馬桶的浴室無法撫慰她，自來水、家門前的人行道、罐裝牛奶亦然，連附近的兩家電影院、金星餐廳、伍爾沃斯連鎖超市都沒用。那家伍爾沃斯好棒，吹著風扇的角落放了真的鳥兒在唱歌，還養了小如指甲的魚，亮得像月亮似的，在綠色的魚缸裡游來游去。但這些母親都不看在眼裡。

她經常在下午時走到西蒙雜貨店採買，也帶著我去幫她提東西。她會穿一件綴有小花、質地薄透的海軍藍上好洋裝，底下是同色襯裙，斜戴一頂白色草帽，踩著一雙我才剛在後門臺階拿報紙抹淨的白鞋。我則頂著一頭剛弄好的溼漉長鬈髮，幸好乾燥的空氣很快會讓頭髮鬆開，但頭頂仍有一枚僵硬的大蝴蝶結。這和晚餐後隨父親出門的打扮完全不同。我們才走過兩戶人家，我便感覺我倆成了笑柄，連人行道上用粉筆寫的髒話都在恥笑我們。母親似乎渾然不覺，走起路來像貴婦上街般從容，不折不扣的貴婦。我們經過街上一個個穿著無腰帶寬鬆洋裝的主婦，她們連腋下的縫線都破了。母親領著我——也就是頂著糟透了的鬈髮、招搖的蝴蝶結、抹淨的膝蓋和白襪，對這身打扮不情願的我，她的創造物——走在街上。她當眾喚我時，我甚至連自己的名字都討厭，那聲音多高亢驕傲而響亮，一種刻意裝得不同於這條街上其他母親的聲音。

母親有時會買塊冰淇淋回家讓全家享受一下——淺色的那不勒斯三色冰淇淋。因為家裡沒冰箱，我們會一到家就叫醒弟弟，一起在飯廳一口氣吃完；飯廳正對著隔壁戶的牆，所以總是昏暗的。我往往小心地挖冰淇淋，把巧克力口味留到最後，希望等弟弟的盤子空了我的還能剩下一些。然後母親會設法模仿我們從前在登甘農的談話，回到弟弟出生以前，我們家最悠閒的早年時光，當時母親會煮茶給我喝，放一點點茶和很多奶，而且用的是和她一樣的杯子，我們會坐在屋外臺階上喝，面對著抽水機、丁香樹，還有後頭的銀狐欄圈。母親總忍不住要提起那些日子。「妳還記得我們以前讓妳坐小雪橇，然後讓少校拉妳嗎？」（少校是我們家的狗，搬家時沒法帶走，只得留給鄰居養。）「妳還記得妳以前的沙坑嗎，在廚房外面？」我經常假裝忘了，因為不想陷入同情或其他不必要的情緒。

母親有頭疼的毛病，常得躺下休息。她會躺在弟弟在玻璃門廊裡的窄床上，外頭有濃蔭的遮蔽。她說：「我看著上面的樹，感覺好像回到老家一樣。」

父親對她說：「妳需要的是新鮮空氣，需要去鄉下兜兜風。」他的意思是他去推銷沃克兄弟的產品時，她可以跟著去。

母親心裡的「去鄉下兜風」可不是那樣。

「那我可以去嗎？」

「妳可能要留在家幫妳母親試衣服。」

「我今天下午不會做衣服。」母親說。

「那我就帶她去，兩個都帶去，讓妳休息一下。」

我們兩個又是怎麼讓人累了？算了，我還是很高興，乖乖去找弟弟，帶他去上廁所再帶他上車。我們的膝蓋都沒擦，我的頭髮也沒上捲。父親把那兩只裝滿瓶罐、沉甸甸的棕色手提箱從家裡拿出來放到後座；他穿著在陽光下亮晃晃的白襯衫，繫了領帶，下半身是他那套夏天西裝的淺色長褲（他另一套西裝是黑色的，喪禮穿，原本是我過世叔叔的），頭上戴著奶油色的草帽，這是他的推銷員裝扮，襯衫口袋還夾了幾枝鉛筆。他又走回家裡，或許是向母親說再見，也再問一次她要不要來，而母親說：「不了，謝謝，我還是在這閉眼躺著比較舒服。」接著我們把車倒出車道，冒險的希望升起，一點小小的希望帶人跨過阻礙駛向大街。熱空氣動了起來，成了微風，父親抄他知道的近路駛離市區，兩旁的房舍愈來愈稀疏，景象愈來愈陌生。然而整個下午等著我們的，除了破敗農家庭院裡的暑熱，或者停在鄉間小店買三支甜筒和汽水，以及聽父親唱唱歌，還有什麼呢？他給自己亂編了首曲子，曲名叫〈沃克兄弟牛仔〉，是這樣起頭的：

老奈德，死掉了，

換成我，來賣藥……

老奈德是誰呢？當然就是在父親之前的推銷員，而他顯然真的死了；不過父親的歌聲苦中帶樂，使老奈德的死聽來有些荒謬，彷彿一樁詼諧的慘事。「多希望回到格蘭德河畔，踩進暗沉沉的沙地——」父親幾乎唱了整路，即便在我們快開出塔珀鎮，過橋後急轉彎到公路上的此刻，他嘴裡仍哼著，喃喃唱著不成調的音，但他其實是在開嗓，為即興發揮作準備，因為我們在公路上經過浸信會營地，那個聖經夏令營的時候，他開始放聲高唱：

浸信會教友在哪裡，浸信會教友在哪裡，
他們都到哪去了？
在水裡，在水裡，都在休倫湖水裡，
浸了罪，洗了禮。

弟弟信以為真，就跪直起來往湖裡瞧，然後不滿地說：「沒看到浸信會教友啊？」父親回答：「我也沒看到，兒子，像我說的，他們都沉到湖底了。」

出了公路後就沒柏油路了，塵土飛揚，我們只得把車窗搖起來。四周土地平坦乾枯，空無一物，農場後的樹叢提供了遮蔭，幽黑的松樹蔭像一個個沒人到得了的池子。我們顛簸著駛進一條長巷，巷尾是一棟沒上漆的農舍，屋前沒修剪的草直長到大門前，綠色百頁窗是放下的——還有什麼景象比這更荒涼死寂呢？樓上有一道門朝半空中開啟，許多房子都有這樣的門，我一直想不透為什麼。我問父親，他說那是給夢遊的人走的。什麼？嗯，就是如果有人夢遊，又想出去外面的話。我很不高興，因為到這個時候才發覺父親在說笑，他老這樣。但弟弟正經地說：「那樣他們會把脖子摔斷。」

一九三〇年代。這樣的農舍，這樣的午後，對我而言就屬於那個年代，包括父親的帽子、鮮豔的寬領帶，以及我們那輛有著寬敞側踏板的車（一輛早過了其盛年的埃塞克斯車）。一些農家庭院裡都停著類似的汽車，許多更舊，但灰塵可沒我們這輛多；有些已經不開了，車門拆掉，座椅也拔下來放在門廊坐。四下不見動物，雞和家畜都沒，只有狗，狗兒躺在涼蔭下做白日夢，精瘦的身軀起伏急促。父親一開車門，狗兒便起身，父親只得對牠們說話：「狗狗乖，好孩子，乖狗狗。」牠們便平靜下來，回到陰涼處。父親確實懂得怎麼讓動物靜下來，畢竟他可是用鉗子夾過驚慌失措的銀狐的脖子。父親對狗是一種安撫的聲音，喊門時又是另一種活潑歡快的聲音：「哈囉，太太，我是沃克兄弟的人，您今天有沒有缺什麼？」門打開，父親便消失在視線中。他不准我們跟，甚至連下車也不准，我們只能等，想像父親上門都說些什麼。父親有時為了逗母親笑，還會假裝自己在農家廚房裡推銷的模樣，把他的樣品包打開。「太太，您有寄生生物的困擾嗎，我是說您家小朋友的頭皮，那些噁心的小東西？我們說不出口，但就像你們這麼好的人家頭上也難免會長那東西。光用肥皂沒效果，煤油又不好聞，但您看我這有——」或者是「我說實在的，像我這樣整天開車坐著，最**知道**這些藥多有效，天然的緩解效果，老人家動得少了，難免有這些症狀——這位奶奶，您呢？」說著便在母親眼前揮舞著一盒隱形的藥錠，母親這才不情願地笑出聲。我說：「爸爸沒有真的在別人家這樣說吧？」母親說當然沒有，父親這麼紳士的人。

接著是更多的農家庭院、老車、抽水機、狗兒，放眼望去淨是灰色的穀倉、快坍塌的棚屋、不轉的風車。男人不知是否都到田野和牧場幹活了，不見一人。小孩子也在遠方，他們若不是循著枯竭的溪床走或去找黑莓，就一定是躲在屋裡，透過百頁窗的縫隙偷看我們。汽車座椅被我們的汗水沾得溼滑，我問弟弟敢不敢摁汽車喇叭，其實是我自己想摁又怕挨罵；但弟弟沒那麼好騙。我們又玩「找找看」[1]遊戲，但四周沒幾種顏色可找，倉棚、廁所、屋舍都是灰色，庭院和田野是褐色，狗兒是黑色或棕色，鏽蝕的車有五顏六色的斑塊，我努力在裡頭找紫色和綠色，也盯著門板老舊掉漆之處，找栗色或黃色；可惜我們不能找字母，因為弟弟還不會拼字。反正遊戲很快就玩不下去了，弟弟說我選的顏色不公平，總吵著要重來。

後來有戶人家雖然門都關著，不過院子裡停著車，父親便敲門又吹口哨，高喊：「哈囉，我是沃克兄弟的人。」但四下靜默，沒人應聲。這棟房子前面沒有門廊，只有父親腳下那塊光禿禿的水泥斜坡。他轉身，目光梭巡穀倉場；穀倉大概是空的，因為還能看到後方的天空。父親終於彎腰拎藥箱，這時樓上開了一道窗，窗臺上出現一個白色盆子，盆子一翻，裡頭的液體順著外牆噴濺下來。窗臺不在父親正上方，所以他身上只被灑到一點點。他拿起手提箱，不慌不忙走回車子，但沒吹口哨了。我對弟弟說，「你知道那是什麼嗎？是尿。」弟弟笑個沒完。

父親在發動前先捲了根菸抽。那道窗砰地關上，百頁窗拉了下來，我們從頭到尾沒看見人的手或臉。「尿尿，尿尿——」弟弟興高采烈地呼道，「有人倒尿尿！」父親說：「不要告訴你們母親，她一定笑不出來。」弟弟問：「你的歌裡有這個嗎？」父親說沒有，但他會試著編進去。

不久後我就發現我們不再拐進巷子裡了，但似乎也沒往家的方向開。我問父親：「我們要去陽光鎮嗎？」父親回答：「不是，這位小姐。」「那這裡還是你的業務區嗎？」他搖頭。弟弟欣喜地說：「我們開得好快。」事實上，我們顛蹦過一個個乾涸的水坑，樣品箱裡的瓶

1　I Spy，西方孩童都熟悉的遊戲，規則是輪流當出題人，從周遭環境找到符合特定條件的事物，例如特定顏色、字母、氣味或性質，猜測方須找出該事物。

瓶罐罐哐啷作響，發出充滿希望的汩汩聲。

最後來到另一條巷子的一棟房子前，這棟一樣沒油漆，在陽光下乾得成了銀色。

「我們不是出了你的業務區了嗎？」

「對呀。」「那我們來這裡幹麼？」

「等下就知道了。」

屋前有位矮壯婦人，正把鋪在草地上曬白和曬乾了的衣服收起來。車停下後，婦人費力凝視片刻，又彎腰撿了幾條毛巾，和其他衣物一起夾在腋下，才走過來問：「你們迷路了嗎？」她的語氣平板，不熱絡但也不凶。

父親不疾不徐地下車。「沒有，我是沃克兄弟的人。」

「沃克兄弟跑我們這區的人是喬治·高利，而且他上星期才來過。噢，老天爺——是你。」她尖聲道。「是我，我早上才照過鏡子。」父親回答。婦人把毛巾捧到身前緊緊按在腹部上，彷彿肚子疼似的。「怎麼也沒想到會是你，而且還說你是沃克兄弟的人。」

「不好意思，妳在等的是喬治·高利。」父親故作低姿態地說。

「你看看我這副模樣，我正要打掃雞舍，這不是藉口，真的，我平常不會穿成這樣。」

她戴著農夫草帽，細針般的陽光穿透草帽在她臉上晃動，穿著寬鬆骯髒的印花罩衫和運動鞋。「車上那兩個是誰，班恩，該不會是你的小孩吧？」

「希望是我的，我是這麼相信的。」父親回答，然後報了我們的名字和年紀。「來吧，你們可以下車了，這位是娜拉．柯若寧小姐。娜拉，我得問一下，妳現在還是小姐，還是柴房裡藏了個丈夫？」

「班恩，我就算有丈夫也不會把他藏在那裡。」她說著，兩人都笑了。她笑得唐突，而且似乎帶著一絲惱意。「你一定覺得我穿得像流浪漢，而且還很沒禮貌。」她說。「進來躲太陽吧，屋裡涼快。」

我們穿過院子（「不好意思，帶你們走這邊，但前門從父親喪禮後應該就沒開過了，我怕鉸鏈會斷。」）接著走上門廊臺階，進到廚房，裡頭果真涼爽，挑高的天花板，想當然緊閉著的百葉窗，一個簡單乾淨但敝舊的空間，有上過蠟的磨損亞麻油氈、天竺葵盆栽、一個飲水桶和長柄杓，還有一張圓桌，上頭鋪著刷洗乾淨的油布桌巾。房內雖然乾淨，四處都擦抹過，卻隱約能聞到一點酸味，不知是抹布味，還是來自錫製長柄杓或油布桌巾，又或是老太太身上的味道——因為鐘架下的安樂椅上坐著一位老太太。她把頭微微撇向我們，開口問道：「娜拉，有客人嗎？」

「她瞎了。」娜拉語氣急促地向父親解釋，接著說：「媽，妳一定猜不到是誰來了，妳聽他的聲音。」

父親走到她椅子前，彎下身子以期待的口吻說：「柯若寧太太，午安。」

「班恩．卓登。」老太太的語氣一點也不驚訝，她說：「你幾百年沒來看我們了，是出國了嗎？」

父親和娜拉四目相接。

「他結婚了，媽。」娜拉的語氣開朗中透著尖銳，「結婚而且生了兩個小孩，都來了。」她拉我們向前，介紹名字時各別拉我們去摸老太太枯槁冰冷的手。盲人，這是我生平第一次近看盲人。她眼睛閉著，眼瞼塌陷，看不出眼球的形狀，只有兩個窟窿，其中一邊淌下一滴銀色的液體，可能是藥水，或者是一滴神奇的眼淚。

「我去換件像樣的衣服，你陪媽聊聊吧，她難得有這種機會，我們很少有客人，對不對，媽？」娜拉說。

「很少人會到這裡來。以前那些人，那些老鄰居，很多都搬走了。」老太太平靜地說。

「到處都是這樣。」父親應道。

「你太太呢？」

「在家，她不大喜歡熱天，她人會不舒服。」

「嗯。」這是鄉下老一輩人的習慣，是「這樣呀？」的禮貌關切版。

娜拉回來了，她在走廊裡走下樓梯時，粗跟鞋重重踩在階梯上，而身上的洋裝可謂花團錦簇，比母親所有衣裳都要花，棕底綠黃花的飄逸薄綢材質，兩條臂膀裸著。她的手臂很肉，看得到的每吋肌膚都覆滿痲疹似的深色雀斑，一頭粗鬈的短黑髮，牙齒潔白強健。「我第一次知道有綠色的罌粟花。」父親看著她的洋裝說。

「你不知道的事情可多著。」娜拉回道。她走動時飄送著古龍水的氣息，從很遠都能聞到，而且換上洋裝後連聲音都不一樣了，變得更善交際、更年輕。「而且這也不是罌粟，只是一般的花而已。你去打些冷水來吧，我弄飲料給小朋友喝。」她從櫥櫃取下一罐沃克兄弟的柳橙糖漿。

「你還騙我說你是沃克兄弟的人。」

「沒騙妳，娜拉，不信妳去看我車上的樣品包。我的業務區就是這裡以南。」

「沃克兄弟，真的假的？你在幫沃克兄弟賣東西？」

「是的，女士。」

「我們一直聽說你在登甘農一帶養銀狐不是嗎。」

「之前是呀，不過我那一行的運氣大概用完了。」

「所以你們現在住哪兒？你出來推銷這些多久啦？」

「我們搬到塔珀鎮了，我做這個，兩、三個月了吧，求個溫飽，還算沒餓死啦。」

娜拉笑了。「嗯，你有這份工也要知足了，伊莎貝兒她老公在布蘭特福德失業八百年了，我在想要是他再不找到工作，我就得把他們統統弄過來養了，而且告訴你，我也萬般不想，現在養我自己和母親已經很勉強了。」

「伊莎貝兒結婚啦，那繆芮兒也結婚了嗎？」父親問。

「沒，她在西部教書，五年沒回家了，大概放假有其他更好的事做吧，要我是她也這樣。」她從桌子抽屜拿出一些照片，一張張給父親看。「這是伊莎貝兒的大兒子，剛入學的時候。這是娃娃坐在她的嬰兒車裡。這是伊莎貝兒和她老公。這繆芮兒。這是她和室友。這是她以前走在一起的朋友，還有他的車，他在那邊的銀行做事。這是她學校，有八間教室，她教五年級。」父親搖著頭說：「我對她的印象還停留在她上學的樣子，好內向，我常常在路上順道載她回來——就在我來找妳的時候。沿路她一句話也不說，連我說天氣真好她也不應一聲。」

「她現在不一樣了。」

「你們在說誰？」老太太問。

「繆芮兒，我說她現在沒那麼內向了。」

「她去年夏天回來了。」

「沒有，媽，那是伊莎貝兒，去年夏天回來的是伊莎貝兒帶著家人，繆芮兒在西部。」

「對啦，我說的是伊莎貝兒。」

接著老太太便睡著了，頭往一邊倒，嘴巴開著。娜拉說：「不好意思，這麼失禮，她年紀大了。」娜拉替她母親蓋了件阿富汗毯，然後提議大夥兒到前廳，這樣聊天不會吵到她母親。

「你們兩個，要不要去外面自己玩？」父親說。

自己玩什麼？反正我想待著，前廳雖然更空蕩，但比廚房有意思。廳裡有一臺留聲機、一架風琴，牆上還掛著一幅馬利亞的畫像。馬利亞就是耶穌的母親，我就知道這麼多。畫像以各種豔藍和粉色繪成，她的頭部還散發一圈光芒。我知道只有天主教徒家裡會有這種畫，所以娜拉一定是天主教徒。我們從沒認識什麼天主教徒，沒熟到可以到人家家裡。我想起從前在登甘農的時候，奶奶和提娜姑姑提到誰是天主教徒時總是這麼說：某某人使錯腳踩鐵鍬了。所以她們一定也會這樣說娜拉——她使錯腳踩鐵鍬。[2]娜拉從風琴上取下一瓶半滿的瓶子，把裡頭的東西倒了一些在她和父親剛用來喝柳橙飲料的玻璃杯裡。

「家裡放一瓶這個是以防生病嗎？」父親問。

「絕對不是，我從不生病。我放純粹是因為想放，不過我一瓶就能喝很久，因為我不愛

2 此語源於愛爾蘭農業文化。鐵鍬上方的擱腳處可分為雙擱腳和單擱腳，而愛爾蘭鄉村地區信仰天主教的蓋爾特人多用單擱腳款式；雙擱腳款式可以任一腳使力，但多半用左腳，而單擱腳款式則多用右腳，故慣用雙擱腳鐵鍬的新教徒稱天主教徒是「用錯腳踩鐵鍬」。

自己喝。來，敬運氣。」娜拉說。她和父親舉杯喝了，我知道那是什麼，威士忌。母親和我閒聊時說過，父親從不喝威士忌，但可見他其實喝的。他喝威士忌，還聊起一些我從沒聽過的人。但不久後，他說起一件我知道的事。他說起那個往窗外潑的尿壺。他說：「妳想像我在那裡，如此殷勤地喊：啊，太太，沃克兄弟的人來了，有人在家嗎？」他表演自己大喊、堆滿笑容、等待、一臉企盼地抬頭望著，然後——啊，急著閃避，雙手抱頭，一臉求饒的表情（父親當時其實沒這樣，我也在場）。娜拉笑出聲來，大笑的程度幾乎和弟弟當時一樣。

「你騙人，我才不信。」

「小姐，我沒騙妳，我們沃克兄弟裡多的是英雄呢。我很高興妳覺得好笑。」父親黯然說道。

我怯怯地說：「你唱那首歌。」

「什麼歌，你還成了歌手嗎？」

父親很難為情。「哦，只是我開車的時候編的一首歌，隨便哼哼，打發時間罷了。」

但經過一番鼓吹，父親真的唱了，一邊用逗趣又帶點難為情的表情望著娜拉，她笑瘋了，父親不時還得停下來等她笑完才能繼續唱，因為她的樣子也逗得他發笑。然後父親把他的各種推銷話術都演了一遍。娜拉大笑時，交叉的雙臂便擠著大大的胸脯。她說：「你簡直瘋了，真的。」她看見弟弟直盯著留聲機裡面，便一個箭步走過去。「看我們光坐著開心，都沒留心你，真糟糕是吧？你想要我幫你放唱片是嗎？要不要聽一張好唱片？你會跳舞嗎？你姊姊一定會，對不對？」

我說不會。娜拉說：「妳這樣一個大女孩，又這麼漂亮，竟然不會跳舞。那現在該學學了，我保證妳跳起舞來一定好可愛。來，我放一張唱片，我以前常跟著跳，妳爸爸以前也是，在他還跳舞的年代。妳一定不知道妳爸爸以前會跳舞對不對？嗯，妳爸爸很多才多藝呢。」

娜拉放下唱機蓋子，突如其來摟住我的腰，抓起我另一隻手，開始讓我往後退。「就是這樣，對，跳舞就是這樣，跟著我，這腳，妳看，一二三四、一二三四，很好，跳得不錯，別盯著腳。跟著我就對了，妳看，多簡單，妳長大一定很會跳。一二三四、一二三四——班恩，你看你女兒在跳舞。」那曲子唱著：你依偎在我身邊呢喃，你悄悄在我耳畔呢喃……

我們就這樣在亞麻油地氈上轉著圈，我很自豪、全心全意，娜拉則呵呵笑著，跳得輕快，把我包裹在她奇異的歡愉情緒中，她那混雜威士忌、古龍水、汗水的氣息裡。她洋裝的腋窩部分溼了，小水珠也從人中流淌而下，停留在嘴角黑而軟的汗毛之間。她在父親面前把我攬著直轉，我不時絆到，因為她一副我學得很快的樣子，但我其實沒有。接著娜拉放開我，氣喘吁吁。

「你來和我跳吧，班恩。」

「我是全世界最不會跳舞的人了，娜拉，妳也知道的。」

「我從沒這麼覺得。」

「妳現在就會這麼覺得。」

她站在他面前，雙臂輕垂，滿懷希望，她那溫暖豐滿的胸脯前一刻還讓我害臊不已，此刻在一襲寬鬆的花洋裝下起伏著，而她的臉龐閃亮，因為活動，也因為喜悅。

「班恩。」

父親垂下頭，輕聲說：「娜拉，我不行。」

娜拉只好走開，把唱片拿下來。「酒我可以自己喝，舞我可沒辦法自己跳，除非我比自己想像得還要瘋。」

「娜拉，妳沒瘋。」父親微笑著說。

「留下來吃晚餐吧。」

「不了，那樣太麻煩妳了。」

「不麻煩，我會很高興。」

「他們的母親也會擔心，她會以為我把車開進溝裡了。」

「嗯，也是。好。」

「我們耽誤妳夠多時間了。」

「時間……」娜拉淒切地說。「你還會再來嗎？」

「可以的話就來。」父親回答。

「帶孩子來。也帶上你太太。」

「好，有機會的話。」父親說

她送我們到車子旁，途中父親說：「妳也來看我們吧，娜拉。我們就在樹林街那裡，從左手邊進去，就是朝北走，在貝克街這一邊，東側的第二戶。」

娜拉沒有複述父親說的路線。她穿著那襲柔軟鮮豔的洋裝，站在車子旁，伸手觸摸擋泥板，在灰塵上壓出一道隱晦的痕跡。

回家路上，父親沒買冰淇淋和汽水，但在鄉間雜貨店買了一包甘草糖，和我們一塊兒吃。她使錯腳了，我想著，而這些字眼顯得前所未有地哀淒，黑暗，乖張。父親沒叫我回家不能提這些事，但我知道，光看他遞甘草糖給我時的若有所思和停頓，我就知道有些事不能說，像威士忌的事，或者跳舞也是。弟弟倒不用擔心，他根本沒注意到什麼，他頂多只會記得瞎眼的老太太，或馬利亞畫像。

「你唱歌。」弟弟要求父親，但父親嚴肅地說：「不知道，爸爸好像編不出歌了，你觀察路上好不好，看到兔子就跟爸爸說。」

就這樣，父親開車，弟弟找路上的兔子，我則感覺父親的生命從這黃昏的車上流向過去，逐漸變得晦暗陌生，就像一片施了魔法的風景，你盯著瞧時，顯得親切尋常、熟悉，然而一旦你轉過身去，就倏地變成你從未見過的景象，風雲莫測，咫尺天涯。

我們朝塔珀鎮駛去，天色覆上些許陰霾，休倫湖畔的夏日薄暮一如往常。幾乎一如往常。

光彩奪目的房子

瑪莉坐在傅樂登太太家的後門臺階上聊天——或者該說是傾聽。傅樂登太太賣雞蛋，瑪莉等會兒要去參加依迪絲女兒戴比的慶生會，順道來付蛋錢。傅樂登太太平常不串門子，也不邀人到家裡，但倒喜歡借生意之名聊天。瑪莉發覺自己因此得以窺見這位鄰居的人生，正如她從前窺見那些姨婆姑嬸的人生——她會佯裝所知甚少，問些已經聽過的故事，如此一來，這些往事每次重述時，內容、意涵、色彩都會略有出入，儘管多多少少成了傳說，但通常也含了不少純粹的真實。她幾乎快忘了世上仍有人的人生是這樣的，她已經很少和老一輩說話了。現在她所認識多數人的人生都像她一樣，一切都還沒理出頭緒，還不清楚這件事或那件事是否該被嚴肅看待。傅樂登太太可沒這類的猶疑，好比傅樂登先生那寬闊快活的身影在某個夏日消失在路的盡頭，一去不返，這樣的事哪能不嚴肅看待呢？

「我不曉得，我一直以為傅樂登先生去世了。」瑪莉說。

「去世個鬼，他活得可好了。」傅樂登太太挺直身子說。這時一隻大膽的蘆花雞走過最下面的臺階，瑪莉的幼子丹尼站起來小心地追過去。「他只是去旅行而已，就這樣，可能去北方，可能去美國，我不知道，反正他沒死，他死我會感覺到，而且他也還不老，妳知道，沒像我這麼老。他是我第二任丈夫，年紀比我小，這事我從來不避諱讓人知道。我是先住進這棟房子，養大孩子，葬了第一任丈夫後，傅樂登先生才出現的。有一次在郵局，我們一起站在櫃檯窗口前，後來我拿信去投郵筒，忘了皮包，傅樂登先生準備跟著我走，櫃臺小姐就喊他：喂，你母親的皮包沒拿。」

瑪莉微笑，回應傅樂登太太多疑的尖銳笑聲。傅樂登太太是老沒錯，像她自己說的——可能比外表看起來更老，儘管她的頭髮仍然蓬鬆烏黑，脫線的鮮豔毛衣上還別著廉價商店買來的胸針。顯老的是她的眼睛，黑得像李子，覆著一層無生氣的淡淡光澤，把一切事物直沉入底，眼神漠然。她臉上的生命力全在鼻子和嘴，那嘴鼻總是抽搐、顫動，在臉頰上拉出緊繃的法令紋。她每週五送蛋來的時候，頭髮總捲得好好的，襯衫上繫著一束棉質花飾，嘴唇也上了唇膏，兩道細長的殷紅色，她可不會在新鄰居面前露出半點老婦的邋遢樣。

她說：「還以為我是他媽呢，我才不在乎，也只是笑笑。不過我要說的是，那年夏天，有天他休假，在我的櫻桃樹下架好了梯子要幫我採櫻桃，後來我出來晾衣服，看到一個我從沒見過的男人，他接過我丈夫遞給他的整桶櫻桃，捧著吃，而且不是背對著，是坐下直接從桶子裡拿著吃。我就問我丈夫，這是誰呀，他說只是個經過的人。我說，如果是你朋友，請他留下來吃晚餐吧，結果他說，妳在說什麼呀，我根本沒見過他。所以我就沒再說話。傅樂登先生去跟他說話，他還在吃我本來要拿來做派的櫻桃。但那傢伙就是跟誰都能聊，不管是流浪漢，或是耶和華見證人，誰都可以，所以那不代表什麼。

她接著說，「那人走了半小時後，傅樂登先生穿著他的咖啡色夾克出來，頭上戴著帽子說，『我要去市區跟人碰面。』我問：你要去多久呀？『噢，不會很久。』他就那樣走上那條路，往以前電車的方向走——那時候這裡還沒開馬路。不知道為何，一股直覺讓我看了他的背影一眼，我心想，他穿那件夾克太熱了吧。就在那一刻，我突然明白他不會回來了。但我真的沒有心理準備，他喜歡這裡，還說要在後院養栗鼠。男人腦裡在想什麼，就算你和他住同個屋簷下也不一定摸得透。」

「很多年了嗎？」瑪莉問。

「十二年了。我兒子勸我把房子賣了，去住公寓，但我不肯，我還養著蛋雞，當時還養著一隻母山羊，其實算是寵物，有陣子我還養浣熊當寵物，常餵牠吃口香糖。我說，反正丈夫來來去去的，但一個住了五十年的地方可是另一回事，我常這樣跟家人打趣。另外，我也想，如果傅樂登先生回來，他會回這裡來，否則他也不知道要上哪兒；當然，他大概也很難找到這兒，鎮上變化太大了。但我總想，他或許是失憶了，哪天會恢復記憶也不一定，真有這種事啊。」

她繼續說：「我不是在抱怨，有時我甚至覺得男人想走也沒什麼不對。而且我也不討厭改變，現在這樣我的雞蛋生意比較好；惱人的就只有當保母這事，這些年來老有人請我幫他們看孩子，我說，我有自己的家要看，而且我該養的孩子我都已經養大了。」

這時瑪莉想起了慶生會，便起身喚兒子。傅樂登太太說，「明年夏天我可能會賣我的黑櫻桃，要買的話自己來採，五十分錢一盒，我這把老骨頭，不敢再爬梯子囉。」

「這樣太多了，這樣比超市賣的還便宜。」瑪莉微笑道。傅樂登太太很氣超市削低了蛋價。瑪莉倒出最後一根菸留給傅樂登太太，說自己皮包裡還有一盒；傅樂登太太愛抽菸，但要送她得出其不意她才肯收。瑪莉心想，其實幫人看孩子賺的錢就能買菸了，但同時她又頗欣賞傅樂登太太這種不隨和的態度。瑪莉每回從這兒走出來，總感覺像走出了層層屏障。這棟房子及其周邊庭院是如此自給自足，菜圃、花壇、蘋果樹、櫻桃樹、鐵絲網雞場、漿果園、木棧道、柴堆，以及許多簡陋陰暗的小牲棚，養著母雞、兔子、羊，分布錯綜複雜，彷彿永遠動不得；這裡沒有公開或一目了然的設計，沒有外人可理解的秩序，年復一年，原本的蕪雜就地成了條理，整個地方就這麼凝結下來，堅如磐石，所有日積月累的東西似乎都是必要，最後連堆在後門廊的洗衣盆、拖把、沙發彈簧、成疊的警局刊物也不動如山了。

瑪莉和丹尼走在路上，這條路在傅樂登太太的時代叫威克斯路，但現在區地圖上的正式名稱是石楠道；他們這一區叫花園廣場區，街道都以花為名。這條路兩旁土地光禿，溝裡的水滿滿的，水溝是開放的，蓋著一條條木棧道，通往一棟棟新成屋。那些簇新、潔白、光彩奪目的房子，肩並肩排成列，坐落在土地的傷口上。那些屋子給她的印象就是白的，當然，屋子並非真的全白，有灰泥和牆板，只有灰泥是白色的，而牆板其實漆得青粉碧黃，有各種鮮豔的顏色。去年這時節，三月的時候，推土機剷除了灌木叢和山上的次生及老樹林，不久後，在巨礫、撕裂的碩大樹木殘幹之間，在這塊土地上各種無從想像的劇變之間，一棟棟新屋便拔地而起了。這些屋子起先十分脆弱，只是一具具新木料搭出的骨架，佇立在寒春的薄暮中，但接著屋頂搭出來了，紅藍綠黑，接著是灰泥和牆板，然後安了窗戶，裝了招牌，上頭寫著莫瑞玻璃、法蘭西硬木地板等等，有房子的樣子了。未來的住戶開始在週日時前來，在泥地上四處踩。這些房子是給瑪莉和她的丈夫孩子這類人住的，就是目前沒什麼錢，但期待未來能發達的人家。這時花園廣場在了解地段的人心中的地位也已經定下，沒松林山莊高檔，但又比威靈頓公園好。這些房子的浴室漂亮，都裝著三面鏡、瓷磚、有色管線，廚房櫥櫃是淺色樺木或桃花心木，廚房和飯廳都設有銅製燈具，客廳和走道之間還有磚砌的花圃隔開，壁爐也是同樣的磚砌款式，房間寬敞明亮，地下室乾爽，而這一切的牢固與出色似乎都矜誇地表明在每棟房子的門面上——從街頭至街尾，一列房子相像到直率的程度，一棟棟平靜地互望。

今天是星期六，因此所有男人都出來打理他們的房子，挖排水溝、弄些石頭造景，整理樹枝樹叢，該清的清，該燒的燒，帶著一種出於好勝心的蠻勁和活力，這一切於他們都是嶄新的經驗；他們不是做勞力工作的人。他們就如此每週六日地鎮日勞動，為的是一、二年後能打造出綠意盎然的陽臺、石牆、優美的花壇和觀賞灌木。現在的土一定很實很難挖，因為昨晚和今早都下雨。但這時天色放晴，雲散了些，露出一條狹長的三角形天空，那藍仍顯得冰冷纖弱，是冬天的色彩。馬路一側的房屋後面長著一些松樹，笨重對稱的姿態，風幾乎撼動不了；這些樹隨時可能被砍，因為那塊地準備蓋購物中心，這批房屋賣出時已開了支票。

而在新社區的結構底下，仍能看見些其他東西，那就是舊城區，坐落在山這頭的荒蕪舊城。這裡還是得稱為「城」，是因為林間有電車軌道蜿蜒，屋舍有門牌，一座城該有的公共建築也都不缺，都在水畔。然而這些像傅樂登太太家的房舍都相距甚遠，隔著自然奔放的森林，和一大片野生覆盆子及鮭莓樹叢，這些屹立的舊屋會從煙囪裡排出濃濃灰煙，牆壁沒上漆，有著斑駁的補塊，各流露不同程度的滄桑，日益黯沉，而四周環繞著簡陋棚屋、木材堆、堆肥、灰紙板圍欄。在含羞草道、金盞花道和石楠道這些地方大而新的屋舍旁，不時能見到這樣的舊房子——陰暗、封閉，雜亂和斜陡至極的屋頂都流露著野蠻之氣，與這些街道格格不入，卻這樣坐落其間。

「他們在說什麼？」依迪絲添咖啡時問。她在廚房裡，周遭是慶生會的一片狼藉——

蛋糕、果凍、動物餅乾。一顆氣球滾過腳邊。孩子都吃飽喝足，在閃光燈相機前擺姿勢拍了照，也撐過慶生會遊戲了，現在在後面臥房和地下室裡玩，家長則喝起咖啡。依迪絲問：「他們那邊在聊什麼呀？」

「我沒在聽。」瑪莉說。她拿著一個空奶油罐，走到水槽窗前，雲層裂出開闊的縫隙，太陽閃耀，屋裡似乎嫌熱了。

「在聊傅樂登太太的房子吧。」依迪絲說著，趕忙走回客廳。瑪莉其實知道他們聊什麼。這種鄰居的閒話家常，若非時不時就跑到這個話題上，而且總是猛烈激起一串重複的抱怨迴圈，也不致如此惱人。這使她絕望地凝視窗外，或者俯首尋思，想找個好說法來終結話題，但徒勞無功。她得回客廳，他們還等著她的鮮奶油。

客廳裡坐著十來個街坊婦女，許多心不在焉地抓著孩子讓她們拿的氣球。因為這條街上的孩子都還小，也因為這個社區裡的聚會有著健康的形象，多數慶生會除了孩子，母親也都參加。這些天天打照面的女人這會兒見面戴了耳環，穿了絲襪和裙子，妝髮俱全。一些男人也來了，例如依迪絲的丈夫史帝夫，還有幾個他邀來喝啤酒的男人，他們都是平日的上班衣著。而傅樂登太太的房子，是少數鎮上男人女人都感興趣的共通話題。

「我告訴你們，如果我住在她隔壁會怎麼做，」史帝夫堆出一個等著眾人大笑的取寵表情，「我就讓我小孩去她家玩火柴。」

「噢，真好笑，但這事嚴肅多了。你只顧著說笑，我可是試圖解決問題呢，我還打電話給市政廳。」依迪絲說。

「他們怎麼說？」瑪麗露．羅斯問。

「**我**問難道他們不能讓她至少重新油漆，或是拆掉一些棚子嗎，他們說沒辦法。我說，我以為會有一些相關法規可以治這樣的人，對方回他可以理解我的**感受**，說他們很**抱歉**——」

「可是沒辦法嗎？」

「對，沒辦法。」

「但那些雞呢？我以為——」

「噢，按照他們的規定，我們一般人不能養雞，但她有某種特許可以養，我忘了是什麼了。」

「我不要再買她的雞蛋了，超市的還比較便宜，而且誰那麼在乎新不新鮮啊？還有那個臭味，老天，我還對卡爾說，我知道我們要搬到鄉間，可是真沒想到要住在畜棚旁邊。」詹妮．英格說。

「住她對門比隔壁更慘，我都想我們幹麼裝觀景窗呢，每回有人來家裡我都想把窗簾拉起來，以免客人看到對面的樣子。」

「好了好了。」史帝夫朗聲打斷這些婦人之語。「我和卡爾剛剛就是想告訴你們，只要我們敲定這個開巷計畫，就可以把她弄走了，簡單又合法，完美。」

「什麼開巷計畫？」

「聽我們解釋。我和卡爾籌備好幾個星期了，只是八字還沒一撇之前不想公開。卡爾，你說。」

「嗯，反正就是她家在巷道預定地上。」卡爾說。卡爾是個房仲，人矮壯、熱心，事業有成。「我猜想有沒有可能是這種情形，就跑了一趟市政廳查查。」

「什麼意思啊老公？」詹妮用夫妻間的口氣隨意問道。

「這樣說好了，每個地方都會有巷道預定地，概念是一個區域發展起來的話，就可以開新的巷道。但以前的人沒想過這裡真的發展得起來，大家的房子都是想蓋哪兒就蓋哪兒。她的一部分房子和六、七個畜棚都在巷道預定地上，所以我們可以讓市政府把巷子鋪起來，反正我們也需要。這樣她就非走不可了，這是依法行事。」

「依法行事，真有腦袋，搞房地產的就是有腦袋。」史帝夫語氣滿是讚揚。

「那她會得到什麼補償嗎？她家我也看得心煩，可是我不希望有人因為這樣淪落到救濟院。」瑪麗露說。

「噢，她會拿到錢，而且還超過她房子的價值，這對她有好處。她會拿到一筆錢，她不能把房子賣掉，或贈與他人。」

瑪莉放下咖啡開口說話，她注意自己的語氣，盡量不顯出情緒或怯懦。「可是別忘了，她已經住在這裡很久了，我們大部分人都還沒出生她就在這了。」她竭力想找其他話說，其他更穩當合理的說法，面對如此堅定的聲浪，她不能流露半點讓他們覺得她站不住腳、浪漫主義的想法，否則她的論述便毀了。但其實她想不出什麼論述，就算徹夜尋思，她也想不出什麼能與他們的話抗衡的話語，那些銳不可當的語言這會兒從四面八方朝她射來——小破屋、妨礙市容、髒臭、房產、價值。

詹妮感覺丈夫的計畫遭到攻擊，便說：「妳真的覺得一個讓自己的房子土地破敗成那樣的人值得我們替她設想嗎？」「她在這裡四十年，但現在我們來了，所以她的房子留不得。而且不管妳知不知道這點，但她家不拆，這條街上每棟房子的房價都會受到影響，我是做這行的，我知道。」卡爾說。

其他人紛紛聲援。他們說什麼其實不重要，重點在自信滿滿、怒氣騰騰，這便是他們的優勢，證明他們的成熟、有主見，證明他們是認真的。這股怒氣盤旋而起，撐起他們年輕的嗓音，如同一股使人迷茫的洪流，將他們席捲在一塊兒，而他們讚賞彼此身為房產主人的倡議行動，一如酒醉的人彼此欣賞。

「我們現在就讓大家簽吧，才不用再一戶戶跑。」史帝夫說。

晚餐時間了，天色漸暗，大家都開始準備回家，女人都在替孩子扣上外套，孩子則不情願地抓著他們的氣球、哨子，和裝滿雷根糖的紙籃子，而彼此間也不吵了，幾乎不再有互動。派對散會，大人也冷靜下來，疲憊了。

「依迪絲——依迪絲，妳有筆嗎？」

依迪絲拿了一枝筆來，眾人把卡爾預先擬好的申請巷道請願書攤在桌上，移開沾著乾掉冰淇淋的紙盤。大家機械式地簽字，一面道別。史帝夫仍有些怏怏不樂；卡爾站著，一隻手按著請願書，工作的模樣，但神情自豪。瑪莉跪在地上，費一番勁才拉上丹尼的拉鍊，然後站起身穿上外套，順順頭髮，戴上手套又脫掉。她想不出還有什麼事能做了，便往門口走去，經過餐桌時，卡爾遞筆給她。

「我不能簽。」瑪莉說著臉倏地紅了，聲音發顫。史帝夫伸手摸她的肩。

「怎麼啦，親愛的？」

「我覺得我們沒有權利這樣做，不能這樣做。」

「瑪莉，妳不在乎市容嗎？妳也是這裡的居民啊。」

「對，我——我不在乎。」噢，多奇怪，你總想像挺身直言時，你將鏗鏘有聲，而眾人吃驚困窘；然而在現實生活中，他們卻都露出一種曖昧的微笑，你明白你剛剛讓自己成了他們下次喝咖啡的話題。

詹妮開口：「瑪莉，別擔心，她還有存款，一定有。有一次我請她當臨時保姆，結果她只差沒吐口水到我臉上，妳知道嗎，她不是什麼慈祥老太太。」

「我知道她不是什麼慈祥老太太。」瑪莉回答。

史帝夫的手仍搭在她肩上，「喂，妳把我們想成什麼了，一群吃人怪獸嗎？」

卡爾接話：「我們趕她走不是為了好玩；這件事很遺憾，我們都知道，可是我們必須為整個社區設想。」

「對。」瑪莉應道，但仍把雙手插進外套口袋，轉身向依迪絲道謝：今天慶生會妳辛苦了。她突然明白，這些人說得沒錯，為他們自己，為了他們一心想成為的樣子。而傅樂登太太那樣老，有一雙無悲無喜的眼睛，不被觸動的心。瑪莉出了門，和丹尼一起往街上走，她見到伊迪絲家客廳的窗簾漸被拉上，那層層疊疊的花卉、葉片、幾何圖案，把黑夜隔絕在屋外。外頭天色昏暗，白房子漸漸黯淡下來，雲層散得愈來愈開，傅樂登太太家的煙囪飄著煙。花園廣場的街道輪廓白天時那麼堅決自信，夜裡卻彷彿縮進那原始黑暗的山林中。

剛才客廳裡的人聲都隨風飄散了，瑪莉心想。倘若那些人聲能隨風而逝，他們的計畫都被遺忘，而一件事能默默過去就好了。然而這些人注定要贏，而且他們都是好人，他們建立家園養兒育女，他們在彼此有難時伸出援手，他們為社區作規劃——他們說著社區這個詞的口吻，彷彿這東西帶著現代而恰到好處的魔法，絕不會出差錯。

在這個世道下，人只能把雙手插在口袋裡，懷著一顆憤憤不平的心。

形象

瑪麗・馬魁德來了，我假裝不記得她，這似乎是最明智的做法。她自己則說：「如果妳連我都不記得，那妳記得的東西大概很少。」但之後她便沒再多說，只有一度補了一句：「我敢說妳去年夏天沒去過妳奶奶家，我敢說妳連這事也忘了。」

即便那年夏天爺爺還沒過世，大家已經管那裡叫「奶奶家」了。當時爺爺已經退居房裡，是前屋最大的一間臥房，窗戶裡邊裝著與客廳和飯廳一樣的木質百葉窗，不像其他臥室只有一般百葉窗。陽臺遮蔽了光線，因此爺爺成天躺在幾近全黑的空間裡，一頭白髮洗淨梳妥，柔軟如嬰孩，而他白色的睡衫和幾顆白枕頭堆成房裡的一座島，大家總怯生生但毅然地走向這座島。穿著制服的瑪麗・馬魁德是房裡的另一座島，她大部分時間都坐著不動，風扇在一旁倦然攪動空氣，像攪著一鍋湯。就算她想讀書或打毛線，房裡想必也暗得沒法做這些事，所以她只是枯坐呼吸，發出的聲響如風扇那悠遠晦澀的牢騷聲。

我當時還小，睡嬰兒小床——在家裡不是，但在奶奶家我只有小床可睡。床放在走廊對面的房間，那裡沒有風扇，屋外絢爛的風景——豔陽下屋子四周的一片片原野，到波光瀲灩的湖水——透過放下的百葉窗縫隙射進來，誰睡得著呢？母親奶奶姑姑的聲音織成尋常的重複，在陽臺在廚房在飯廳裡（飯廳裡有一把母親用來刷白桌巾的黃銅把手的小刷子，圓桌上方則懸著幾枚不會亮的、黃油硬糖顏色的玻璃花燈）；屋裡的一頓頓飯，那些烹調，那些訪客，那些對話，甚至是鋼琴聲（是我那位沒嫁人的小姑姑依迪絲單手彈的，她邊彈邊唱，妮塔，璜妮塔……南方的月亮輕柔落下），日復一日。但在這挑高的屋子裡，每間房的天花板下方都有一塊沒用處的陰暗空間，每當我躺在嬰兒床裡熱得睡不著，我便抬頭盯著那片虛空，那些髒汙的角落，感受著屋裡其他人必然也感覺到的東西，儘管當時我並不明白那是什麼——在一片使人冒汗的熱氣下，有著死亡的氣息，如一小團魔幻的冰，而瑪麗・馬魁德穿著她一身漿挺的白衣枯坐著，她體型龐大而陰沉，一如冰山，毫不寬容，等待著，呼吸著。我把這一切怪在她身上。

因此我假裝不記得她。如今她沒穿那身白制服——其實並沒有使她看起來不危險——但至少代表她還沒能開始發揮力量。這會兒在室外日光下，又沒穿得一身白，我才看出她原來長滿雀斑，視線所及密密麻麻，彷彿灑了燕麥似的，另外她還頂著一頭發亮的天生黃銅色的鬈髮。她嗓門大而粗，而且成天開口就是抱怨。「這麼多衣服要我一個人晾嗎？」她在院子裡對我嚷道。我跟著她走到曬衣臺上，她一聲悶吼放下一籃溼衣服。「拿夾子給我。一次一支，不要反著拿。風這麼大，我根本不應該到外面來，我支氣管不好。」我低著頭，如一頭被拴在她身旁的獸，把一支支曬衣夾遞給她。在這寒涼三月天的室外，她的體積和氣味都消散些。在屋裡，我到哪兒都聞到她的氣味，甚至是在她很少走進的房間裡。她的氣味像什麼呢？像金屬，又像深色的香料（丁香——她確實犯牙疼），也像我每次感冒時大人抹在我胸口的藥劑。我曾向母親提起這件事，她卻說：「別說傻話，我什麼也沒聞到。」因此我便沒提起味道的事——對，還有味道，所有瑪麗．馬魁德準備的食物，甚至只要用餐時她在場，食物裡都會有她的味道——我早餐喝的粥有，午餐的炒馬鈴薯塊有，她給我讓我在院子裡吃的紅糖奶油麵包也有；那味道奇異，難堪，令人沮喪，父親和母親怎麼可能沒察覺呢？但他們自有假裝的原因，而一年前我還不明白。

她掛完衣服就得泡腳。她的兩條腿露在熱氣蒸騰的水盆上，粗圓如排水管。她會把雙手分別放在雙膝上，俯身湊向蒸氣，發出又痛又滿足的哼聲。

「妳是護士嗎？」我鼓起勇氣問她；其實母親已經說過她是。

「是啊，真希望我不是。」

「妳也是我的姑姑嗎？」

「如果我是妳姑姑，妳就會叫我瑪麗姑姑了不是嗎？但妳沒有，對吧？我是妳表親，妳父親的表妹，所以他們才不找護士而是找我來。我不是護士但有經驗，然後親戚間永遠有人生病，我就要負責照顧，永遠沒得休息。」

對這說法我很懷疑。我感覺是她自己想來的。她來到這裡，煮她喜歡的食物，把一切安排成她喜歡的樣子，然後抱怨風吹，然後在家裡盡情施展她的力量。要不是她來，母親也不會臥病在床。

母親的床就擺在飯廳裡，好讓瑪麗．馬魁德不必爬上爬下。母親的頭髮紮成兩條細瘸的深色髮辮，面色如土，頸子溫暖，帶著她慣常的葡萄乾氣息，然而身體其他部分則蓋在被單下，變成一個巨大脆弱而神祕的物體，不動如山。她會用第三人稱陰鬱地稱呼自己，好比：「小心，這樣妳母親會痛，不要坐在妳母親腿上。」每當她說「妳母親」，我就會起一陣寒顫，會有一股可鄙和羞辱的感覺襲捲全身，彷彿是聽到人直呼耶穌基督之名。我真正的母親，我那脖子暖呼呼、個性暴躁但又慈愛的真人母親，拿這個「妳母親」擋在我倆之間，它是個永恆受傷的幽靈，就像主一樣，為著我還不知道自己將犯下的罪行哀慟。

母親用鉤針打著阿富汗毯的小方格，是各式各樣的紫顏色，方格散落在床單和被褥上，她毫不在意，打完便忘。母親也忘了所有的故事，高塔王子的故事，一個皇后給砍頭時裙裡還躲著小狗的故事，一個皇后替丈夫吸出傷口毒素的故事，母親甚至忘了自己小時候的故事，那時光在我聽來也有如傳奇。她臣服於瑪麗的照顧，經常孩子氣地嗚咽：「瑪麗，我好想妳幫我按摩背。」「瑪麗，妳可不可以幫我泡杯茶？我覺得再喝下去，我就要變成個大氣球浮到天花板了，可我就想喝。」瑪麗會大笑個幾聲說：「妳呀，妳才浮不起來，要起重機才挪得動妳。好了，起來，妳這樣只會病得愈來愈重。」她發出噓聲趕我下床，接著便開始把床單被單拉平，力道粗魯。「妳又在煩妳母親？外面天氣這麼好，妳還在這煩妳母親呀？」「我想她是寂寞吧。」母親為我辯道，但語氣軟弱而不真誠。瑪麗用她一貫傲慢平板的威嚇姿態說：「她可以去外面院子裡寂寞。把妳的東西收一收，出去！」

瑪麗來後，父親也不一樣了。他每回進來用餐時，瑪麗總等著他，藏在胸中的惡作劇使她像隻牛蛙似的鼓脹起來，面目猙獰，滿臉通紅。她會在他的湯裡偷放硬得像石子的生白豆，等著看父親會不會為了禮貌勉強吞下，或者在父親水杯底下黏東西假冒蒼蠅，或者假裝不小心給他一把缺了根尖齒的叉子。父親會把叉子扔向她，不會真的扔到，卻讓我嚇一大跳。父親和母親吃飯時總是輕聲地嚴肅交談，但在父親的家族裡，就連大人也會拿橡膠毛毛蟲和甲蟲惡作劇，胖姑姑會被邀去坐在快散架的小椅子上，幾位叔伯則會公然放屁並說：「喝，等等！」彷彿自豪自己吹了一段抑揚頓挫的口哨似的，此外，每個人問別人年紀前總會先來段冗長的廢話揶揄一番。因此面對瑪麗．馬魁德，我父親便恢復他家族那套，就像他恢復家族飲食一樣：吃下小山般的炒薯塊、醃鹹肉，以及厚而鬆軟的派，並且一邊直接從錫壺喝黑濃得像藥的茶，一邊用感激的語氣說：「瑪麗，妳真懂得男人該吃些什麼！」然後接一句：「妳不覺得妳也該找個自己的男人來餵嗎？」這句話換來的不是迎面擲來的叉子，而是洗碗布。

父親對瑪麗的揶揄總是關於丈夫，好比他會說：「我今早替妳想到一個人選。」「瑪麗呀，我可沒在耍妳，這人妳考慮一下。」她總先發出一小陣怒笑，接著緊閉的唇間迸裂出笑聲，臉龐漲紅到令人無從想像的程度，身體則抽搐著，在椅子上發出低沉威脅的響聲。對於這些無中生有的荒謬配對，她顯然樂在其中，儘管要是母親聽到，一定會說這樣對老小姐揶揄男人的事太殘酷了，殘酷又不得體，但在父親的家族裡，這當然就是拿來笑她的話題，否則還能笑她什麼呢？隨著她變得愈肥壯、粗俗、誇張，大家就笑得更凶。在這個家族裡，被說「敏感」是件壞事，母親就被大家這樣說。所有叔伯姑嬸和堂表親戚都在成長過程中被這類人身攻擊磨練得堅強，甚至因此引以為傲，嘲笑他人的缺陷與失敗於他們來說已是無所顧忌。

儘管那時節白天漸漸長了，到了晚餐時間，屋裡依然一片陰暗，當時家裡還沒有電——之後不久就接電了，似乎是隔年夏天吧——但此時就只有餐桌上的一盞燈。父親和瑪麗・馬魁德在燈光下投射出巨大的身影，頭部的黑影隨著他倆的說笑笨拙地晃動。我沒看他們，而是盯著那影子。他們問我：「妳在做什麼夢呀？」不過我沒在做夢，我在努力判讀危險，研讀種種入侵的跡象。

父親問我：「妳要不要跟我一起去看陷阱？」他沿著河邊布了一條捉麝鼠的陷阱路線。他年輕時總日日夜夜、甚至花上數週的時間待在樹叢裡，沿著瓦瓦納斯郡的溪流上下游地跑，而且不只捉麝鼠，還捉赤狐、野鼬鼠、貂，和各種秋天時毛皮豐美的獸類。麝鼠是春天裡唯一能捕到的動物。現在父親結了婚，安定下來從事畜牧業，便只保留這一條陷阱路線，而且也只保留了幾年，這年似乎就是最後一年。

我們穿過一片秋天犁過的田地，犁溝裡還有點雪，但不是真的雪，而是一層薄冰，像結霜的玻璃似的，我用鞋跟就能踩破。這塊田地緩坡向下，通往河流沖積的平原。柵欄有些地方被積雪壓垮，我們便從缺口跨過去。

父親的靴子走在前方，對我而言，他的靴子獨特又熟悉，就像他的臉一樣足以代表他。每回他把靴子脫下，靴子佇立在廚房牆角，散發出一股複雜的氣息，揉合了糞肥、機油、乾燥黑泥，以及鞋跟裡那一條條鬆散的陳年汙物；這雙靴子是他自我的一部分，只是暫時給撇下了，它靜靜等待著，帶著一種頑強固執、甚至是蠻橫的神態，這在我腦中成為父親樣貌的一部分，像他的另一張臉，能欣然面對各種玩笑和禮數。那份殘忍也不使我驚訝，因為父親總是從各種我和母親無從評斷的地方回到我們身邊。

好比這個捉麝鼠的陷阱。我先是看見麝鼠在水的邊緣擺動，像某種熱帶的東西，一株深色的蕨類。父親把牠拉起來，上頭的毛不再擺動，緊貼著鼠身，原本的蕨類現在成了一條緊連著麝鼠身體的尾巴，滑溜滴水。牠的牙齒外露，眼睛表面是溼的，底下則僵死呆滯，如洗過的石子般閃動。父親抓著牠甩一甩，灑落一滴滴冰涼的河水。他說，「好大一隻，好大一隻鼠王，妳看牠的尾巴。」接著父親或許以為我在擔心，又或只是想讓我見識簡潔完美的機械裝置，便將陷阱從水裡拿出來，向我說明原理，展示這裝置如何同步將麝鼠的頭壓進水中，慈悲地淹死牠。我其實不理解也不在意眼前的事，滿腦子只想碰觸那溼透的僵硬軀體，那死亡的事實，只是我不敢。

父親在陷阱裡重新下餌，放些冬天乾黃了的蘋果片。他把死掉的麝鼠放進一只暗色袋子，像畫裡的小販般甩過肩揹著。他削蘋果時，我看見那把去皮刀，刀鋒薄透森冷。

然後我們沿著瓦瓦納斯河走，水位很高，滿滿的，陽光把河中央照射得銀閃閃的，光線一箭箭射在激流上。這就是水流，我心想；在我腦海中，水流和水是不同的事物，一如風和空氣也是不同的，風自有一種侵襲的形態。河岸陡峭滑溜，長著一排柳樹，稀疏低垂，看上去纖弱如草。流水淙淙，聲音輕而沉，彷彿出自河流深處，出自地底某個水怒號而出的隱蔽之處。

河流蜿蜒，我失去了方向感。我們沿途收了其他陷阱的麝鼠：取出，甩水，裝袋，上新餌。我的臉和手腳都好冷，但我沒說，對父親我說不出口。他全程沒叫我小心或離河邊遠一點，他認為我理當會小心別跌進水裡。我也沒問我們還要走多遠，或陷阱路線還有多長。走了一會後，我們背後出現灌木叢，暮色逐漸深沉。我很久之後才意識到那就是從我們家院子看出去能看到的樹叢，樹叢中央開展出一道扇狀的緩坡，坡上的樹在冬季裡一片光禿，瘦骨般的新枝襯著天際。

這裡的河濱已經不見柳林，而是高過我的濃密樹叢。我留在小徑上，大約是河岸一半的地方，父親則走到水邊。他俯身檢視陷阱時，我便看不到他了，就徐徐打量四周，發現有動靜。再過去些的河岸高處，有個男人正往這走下來，他走過樹叢時不發出半點聲響，行進從容，彷彿走在一條隱形的小徑上。起初我只看見他的頭和上半身，他長得黝黑，額頭高禿，頭髮長到可塞耳後，雙頰上有深直的皺紋，隨著樹叢漸疏，我看到他身體其他部位，利索的長腿，削瘦的身材，灰濛濛的迷彩服，他手裡的東西在夕照下閃閃發光——一把小斧。

我從頭到尾沒過去警告父親，或甚至喊他。男人在前方穿過我走的小徑，繼續往河邊走。很多人都說他們曾恐懼得癱軟無力，但我當時卻是怔住不動，彷彿被雷擊般，席捲而來的感覺不像恐懼，倒像是辨認出某種事物。我不驚訝，眼前景象並不令人驚訝，好像你一直都知道存在的事物出現了，來得如此自然，步態靈巧，怡然自足，不疾不徐，彷彿源於我們自己的想望，是我們默默企盼的可怕結局。我這輩子一直曉得有這樣的人，他就躲在門後，在在走廊漆黑盡頭的角落。因此現在我真正見著他，就只是等著，像一張舊底片上的小童，在午時的陰黑天空下給雷電擊中，頭髮灼燙，睜著一對像漫畫孤女安妮般熾白的眼。男人穿過灌木叢朝父親走去，而我滿腦子只能想到最可怕的事，甚至有點期待。

父親渾然不覺，待他站直身子，男人已經來到距離他沒幾步的地方，並遮住了我的視線。我聽到父親遲疑片刻後開口說話，輕聲而親切。

「喬伊，是你啊，哇，好久不見。」

男人不發一語，側身繞著父親走兩步，仔細打量他。父親對他說：「喬伊，你認識我啊，我是班恩．卓登，我來查看我放的陷阱。這條河今年有很多不錯的麝鼠呢，喬伊。」

男人看一眼父親剛重新上好餌的陷阱，神色懷疑。

「你也應該自己布一條陷阱路線。」

沒回話。男人拿起斧頭，朝空中輕砍一下。

「不過今年來不及了，水位已經開始降了。」

「班恩．卓登呀。」男人吃力地吁了一大口氣，彷彿一個人費力想跳過結巴。

「我以為你認得我，喬伊。」

「我不知道是你，班恩，還以為又是賽勒斯家的人。」

「我都說了是我。」

「他們一天到晚來砍我的樹、拆我的柵欄，你知道嗎我被他們累壞了，班恩，都是他們在搞鬼。」

「我聽說過。」父親應道。

「我不知道是你，班恩，根本沒想到是你，我帶著這把斧頭，只是想嚇嚇他們，早知道是你就不帶了。你來，來我現在住的地方坐坐。」

父親喚我。「我今天帶小孩跟我出來。」

「那你們兩個一起來，進來暖暖身子。」

我們跟在男人後面爬坡，走進灌木叢，而他仍拿著那把小斧，漫不經心揮著。有樹的地方冷得多，樹下積著真正的雪，殘餘的冬雪，有一、二英尺深。樹幹上圈著線繩，這空間奇異黝暗，如嘴巴呵出的一團暖氣。

我們出了樹叢，進入一片枯草原，走一條小徑穿過草原，來到另一片較寬廣的地，有塊東西拔地而起。那是一方屋頂，往一側斜的，不是尖屋頂，上頭伸著一根有蓋的管子，飄著煙。我們走下樓梯，就是那種通往地窖的階梯，而也確實，這就是一間地窖，上頭蓋個屋頂。父親開口：「你這地方弄得不錯喔，喬伊。」

「很暖和，地底下冬暖夏涼，我就覺得何必再把房子蓋起來，他們放火燒過一次，就可能再放第二次；再說我要房子幹麼？這個空間就夠我住了，我把這裡弄得很舒服。」他打開階梯下方的門。「你們小心頭。我也不是叫大家都來住這種地洞啦，班恩，雖然說動物會住地洞，動物做的事通常不會錯。不過如果結了婚就是另一回事啦。」他笑出聲來。「我啊，我沒打算結婚。」

裡頭不是全黑，有幾道舊式的地窖窗戶，透進幾許灰濛光線。但男人仍將一盞煤油燈點燃，擱在桌上。

「好了，你們可以到處看看。」

地窖沒有隔間，泥地上的木板沒釘接在一起，直接鋪成寬寬的走道，有個稍微高起的臺子上有爐灶，也有桌椅，有沙發，甚至還有個廚房碗櫃，以及幾張極髒的厚毯，就那種鋪在雪橇裡或蓋在馬背上的毯子。要是這裡沒有煤油、尿液、泥土、不流通的空氣混合成的可怕氣味，或許會是我想住的地方。這裡很像冬天時我在雪堆底下挖的小窩，用木柴充當傢俱，也像很久以前我在陽臺下做的小屋，地板是太陽曬不到、雨水淋不著的粉質乾土。

但此時我很是警戒，坐在骯髒的沙發上，假裝什麼也沒在看。父親開口說：「沒錯，你住這裡很舒服，喬伊。」男人坐在桌邊，把斧頭擱在桌上。

「你應該在雪融之前來看的，只露出一根煙囪。」

「你也不覺得寂寞嗎？」

「我不會，我這人不會寂寞，而且我還有一隻貓呢，班。貓呢？啊，在那裡，爐子後面，牠可能不喜歡人來。」他把貓抱出來，一隻巨大的公灰貓，有一雙陰沉的眼睛。「給你們看看牠會做什麼。」他從桌上拿了一只碟子，又從碗櫥取出一支玻璃瓶往碟子裡倒點東西，拿到貓面前。

「貓不能喝威士忌吧，喬伊？」

「你看就對了。」

貓站起來，僵硬地伸展身子，以凶惡的眼神舉目四顧，接著便低頭喝起來。

「純威士忌啊。」父親說。

「怎樣，這輩子從來沒看過吧，以後應該也看不到了。這隻貓每天還沒喝牛奶就先喝威士忌，應該說牠根本沒牛奶喝，忘了牛奶是什麼味道。你要喝點嗎，班恩？」

「不知道你怎麼想出來的，我不像你的貓有鐵胃。」

大灰貓喝完後，斜側著身子從碟子前走開，停頓片刻，爪子一伸，腿一跳，落地腳步不怎麼穩，但沒跌倒。牠搖搖晃晃，朝空中抓了幾下，絕望地喵了兩聲，接著直衝向前，鑽進沙發一端底下。

「喬伊，你再這樣，你很快就沒貓了。」

「牠不會怎樣，牠可喜歡的。我來看看有什麼可以給你女兒吃。」我希望他找不到東西，然而他拿出一罐枴杖糖，看起來像是融化又凝固、再融化再凝固過的，條紋都變形了。嘗起來有鐵釘味。

「都是賽勒斯家的人在煩我，班恩，他們每天每夜都來，我整天被煩，沒完沒了，晚上都可以聽見他們在屋頂上的聲音。班恩，如果你看到賽勒斯家的人，就告訴他們我準備用什麼對付他們。」他拿起斧頭往桌面砍，把腐爛的油布劈成了兩半。「我還有一把霰彈槍。」

「喬伊，也許他們不會再來煩你了。」

男人悶吼一聲，搖搖頭。「才怪，他們才不會收手，永遠不會。」

「你不要再理會他們，他們就會累了，就會離開。」

「他們會趁我睡覺的時候放火燒我，他們之前就燒過。」

父親不再說話，只用手指探探斧刃的利度。大灰貓在沙發底下用爪子抓著，發出喵嗚聲，在幻覺中虛弱地抽搐。我累壞了，受寒後這一陣暖，加上超過我能承受的困惑感，便睜著眼睛睡著了。

父親把我放下。「起來囉，站起來，來，我沒辦法又抱妳又拎這一大袋鼴鼠。」

我們在一道長坡的坡頂上，我到這裡才醒過來。天色漸暗，整個瓦瓦納斯河沖刷出來的鄉間盆地攤展在眼前——一簇簇尚未抽芽、褐中帶綠的樹叢，以及點綴其間的常綠樹，過了個冬天顯得暗沉寒酸，還有枯草色的田野，也有一些去年犁過之後加深了色澤，上頭覆著鱗片般的雪，畫出一道道隱約的線條（像我們幾個鐘頭前橫越的田野），還有小小的柵欄和一些灰色穀倉的聚集帶，屋舍散落在田野間，看起來胖墩墩，小不隆咚的。

「妳看那是誰家的房子？」父親用手指著問。

是我們家，我瞧了片刻看出來了。我們已經繞了個半圓，現在看到我們家的這一面是平常冬天看不到的——前門從十一月到四月都緊閉著，此時四邊仍塞著布，防止東風灌進家裡。

「這段路不到半英里，又是下坡，輕輕鬆鬆就可以走回家。等下我們就可以看到飯廳的燈了，可以看到妳母親在裡面。」

途中我開口問：「那位叔叔為什麼拿一把斧頭？」

父親說，「妳聽著，聽我說，他拿那把斧頭不是想傷害人，他就是習慣到哪都帶著。但妳回家不要說這件事，不要對妳母親說，也不要對瑪麗說，因為她們可能會怕；我和妳不會怕，但她們可能會，所以沒必要。」

一會兒後父親又提醒：「等下回家不能說什麼事？」我說：「斧頭的事。」

「妳不怕對不對？」

「不怕。」我樂觀地回答。「所以是誰要趁他睡覺的時候放火燒他和他的床？」

「沒人，除非他像上次自己放火。」

「那賽勒斯家的人是誰？」

「沒有什麼賽勒斯家的人，沒有。」父親說。

「我們今天替妳找到一個男人，瑪麗。噢，真希望可以把他帶回來。」

「我們還以為你們跌進瓦瓦納斯河了。」瑪麗．馬魁德氣呼呼地說，一邊粗手粗腳地脫下我的靴子和溼襪子。

「就喬伊．費朋，那個住在灌木叢後面荒郊野外的傢伙。」

「那傢伙！」瑪麗彷彿炸開一般。「就是那個燒掉自己房子的人，我知道他。」

「對，現在他不住房子也適應得挺好，住在一個地洞裡，妳去住的話可會舒服得像土撥鼠一樣，瑪麗。」

「我敢說他在他的狗窩裡自得其樂。」她給父親端上晚餐，父親則告訴她喬伊．費朋的事，包括他那有屋頂的地窖、鋪在泥土地上的木板；父親沒提到斧頭，威士忌和貓咪的事倒說了。這些已經夠讓瑪麗受不了。

「會做出這種事的人真該關起來。」

「大概吧，但我還是希望他們別那麼快抓到他。可憐的喬伊。」父親說。

「快吃飯。」瑪麗俯身對我說。我過了好一會兒才發現自己已經不再懼怕她。她說：「你看看她，眼珠子都要掉出來了，去那些不該去的地方，看那些不該看的東西。喬伊該不會也餵她喝威士忌吧？」

「一滴也沒有。」父親說著眼神鎮定地往下望著我。而我就像童話故事裡的孩童，看著父母和恐怖的陌生人立下約定，發覺自己的恐懼真憑實據，但仍虎口逃生，全身而退，最後謙恭有禮地拿起刀叉，準備迎接幸福快樂的生活——也像他們一樣，因祕密而怔忡，卻又充滿力量。我從沒把這件事說出去。

兜風

我和表哥喬治在一個鄰近休倫湖的小鎮，坐在一家叫波普小館的餐廳裡。天色漸暗，店家還沒開燈，但仍看得到店裡的鏡子上死蒼蠅滿布、微微泛黃的草莓聖代和番茄三明治圖案之間貼著的一張張告示。「請勿詢問資訊。」喬治把告示念出來。「我們要是知道任何資訊的話就不會在這裡了。」還嚷道：「如果你沒事做，來這個地方還真對了」。喬治看到什麼都要朗讀出聲，無論是海報、廣告看板或那些幽默的緬甸牌刮鬍膏路牌——好比「傳教溪——人口一千七百人——布魯斯半島國家公園由此去——我們很愛我們的小孩」。[1]我在想這些告示背後都是誰的創意，八成就是站在收銀機前的那個男人。他就是波普嗎？男人嘴裡叼著一根火柴，眼睛望向外頭街道，眼巴巴看著哪個人會被人行道上的裂縫絆到，或是爆胎，或

1　緬甸牌刮鬍膏（Burma-Shave）的看板仿照路標形式，通常由數段文字連成一則幽默的廣告。文中末二句的詼諧之處在於此國家公園是父母送兒女參加營隊活動的勝地。

是出任何他自己絕不會出的糗——他這個在收銀檯後生根不動、高頭大馬、憤世嫉俗，總是事不關己的人。或許甚至不用那樣，光是看著人來人往、車來車往，大夥東奔西走的樣子，這世界在他眼裡便夠荒謬了。每個望向窗外的人臉上都有那樣的批判神情，這種人坐在小鎮裡自家門前的臺階上，如此冷眼旁觀，彷彿他們在暗處欣然藏著某種夢想幻滅的泉源。

店裡只有一位服務生，是個矮胖的女孩子，倚著櫃檯在刮除手上的指甲油，把一隻大拇指上的指甲油刮得差不多後，就把拇指放在牙齒上專心地來回磨著。我們問她叫什麼名字，她沒回答，過了兩、三分鐘，她把拇指放下，檢查著拇指邊說：「不告訴你們，自己猜。」

「好吧，那稱呼妳米奇可以嗎？」喬治說。

「誰管你怎麼叫。」

「因為妳讓我想到美國演員米奇．魯尼。請問這鎮上的人都到哪兒去？大家出門都去哪些地方？」喬治問。這時米奇已經轉過身去倒咖啡，似乎懶得再回話，喬治於是變得有些緊張不安，他每回被迫安靜或沒人搭理時就這樣。「喂，這鎮上都沒有女孩子嗎？」他的語氣簡直有些哀怨。「都沒有女孩子或舞會什麼的嗎？我們人生地不熟，妳不幫幫我們嗎？」

「湖邊那家舞廳勞動節休息。」米奇冷冷地說。

「那還有其他舞廳嗎？」

「今天晚上在威爾森中學有一場舞會。」米奇又說。

「老式舞會嗎？不要，我不想去那種老式舞會，什麼『所有男士站左邊』之類的，以前教會地下室都會辦，『來，大家一起轉』，我不喜歡那種教會地下室的舞會。」喬治說著隱約有些惱火。「你不記得，你年紀太小。」他對我說。

我才高中剛畢業，而喬治已經出社會三年，在市區一家百貨公司的男鞋部工作，我們年紀確實差了一截。不過我們以前在城裡根本沒往來，現在湊在一塊兒純粹是因為我們在一個莫名其妙的地方不期而遇，而喬治身無分文，我則有點小錢。此外我有父親的車，而喬治這陣子正好沒車——這期間他老是有點易怒和不滿。不過他最好能搞定沒車的事，因為那使他不安。我能感覺他極力想營造氣氛，多年老友的感覺，而且把我喊作「老迪」，好夥伴，彷彿真有這號人物——其實無論怎樣都沒差，只是我看著他那邋遢但金髮柔軟的俊俏模樣，看著他粉嫩的嘴唇，以及額頭上因為經常困惑而開始浮現的驚訝紋和生氣紋，怎樣也無法喊他一聲老喬。

遇到他之前，我開車到休倫湖接母親回家，她去湖濱的一座仕女度假村，讓女性在那裡喝果汁、吃茅屋起司減肥，在休倫湖晨泳，另外顯然還有些宗教活動，因為度假村旁有一間小教堂。喬治的母親，也就是我的姨媽正好也在那裡，我到了大約一小時後喬治也到了，不是去載他母親回家，而是要向她要錢。他和他父親處得不好，在男鞋部賺的錢也少，因此經常經濟困難。他母親說只要他在那過夜，隔天陪她上教會，她就借他錢，他便答應了。接著我和喬治就抽身，沿著湖邊開了半英里的車，來到這個我們兩人都沒到過的小鎮，喬治說這裡會有很多私酒商，很多女孩子。

結果這個鎮上淨是沒鋪柏油、滿佈沙塵的寬街道，庭院也光禿禿的，只種得活少數耐寒的東西，好比紅色或黃色的金蓮花，或是葉片萎黃、從乾裂的土中長出來的丁香樹叢。屋舍之間都離得遠遠的，屋後都有各自的抽水機、棚屋、茅房，而房子大多以木頭搭建，漆成綠、灰或黃色。這裡種的樹都是大大的柳樹或白楊樹，細細的葉給沙弄得灰白。市區的主街上一棵樹也沒有，只有成片的高草、蒲公英、吹薊，長在一棟棟店面之間的空地上。市政廳大得驚人，有一座大鐘塔，紅磚在一片褪色的白漆木牆之間很顯眼。門邊告示說這裡是為紀念一次世界大戰的死難將士而建。我們在外頭的飲水機喝了水。

我們開車在主街上兜了一陣，喬治嚷著：「這什麼鳥地方，老天爺，這什麼鳥地方！」要不就是「喂，你看那個——噢，也沒多好。」街上的人回家吃晚飯了，店鋪在街上投下一道道殷實的黑影。我們便走進這家波普小館。

「喂，這鎮上有其他餐廳嗎？你看到任何別的餐廳嗎？」喬治問。

「沒有。」我說。

「我去過的其他小鎮窗外都掛著豬呢，差不多就是一頭頭掛在樹上，這裡都沒有，老天，應該是旺季過了吧。」喬治說。

「你想去看場電影嗎?」

這時門開了,進來了一個女孩,走過來坐在一張高腳椅上,裙子幾乎一團壓在身下。她有一張長臉,看起來昏昏欲睡,平胸,鬈髮,人長得很蒼白,幾乎算醜了,但卻有一股難以解釋的性吸引力。喬治頓時有了精神,雖然不到精神大振。他說:「沒關係,這可以,聊勝於無對吧?湊合湊合。」

他走到吧檯末端,往那女孩旁邊一坐,攀談起來。大約五分鐘後,兩人一起走回來了,女孩喝著一瓶橘子汽水。

「這位是愛德蕾,小愛——可愛的小愛,我要叫她可愛的小愛。」喬治介紹。

愛德蕾吸著吸管,不大理會他。

「她還沒有人約。親愛的,妳今晚沒約會對不對?」喬治說。

愛德蕾若有似無地搖搖頭。

「你對她說什麼她一半都沒在聽。愛德蕾,可愛的小愛,妳有朋友嗎?有沒有什麼不錯的女生朋友可以和阿迪約會啊?我、妳、阿迪、她,四個人一起去約會?」喬治說。

「要看啊,你們想去哪兒?」愛德蕾說。

「看妳想去哪,開車兜風,開去歐文灣之類的。」

「你們有車?」

「對，沒錯，我們有車。來嘛，妳一定有不錯的女生朋友可以介紹給阿迪吧。」他摟住女孩，手指攤開貼緊她的襯衫。「走嘛，給妳看車子。」

愛德蕾說：「我知道有個女生可能願意來。她和一個男的在一起，結果他訂婚了，那女的也來到這裡，住在他父母湖邊的房子裡，然後——」

「噢，相當有意思，妳朋友叫什麼名字？來吧，我們去接她，妳應該不想坐在這裡喝一整晚汽水吧？」喬治說。

「我喝完了。她也不一定會來，不知道。」愛德蕾說。

「為什麼，她母親不讓她晚上出門嗎？」

「哦，她想幹嘛都可以，只是有時候她就是不想，我不知道。」愛德蕾說。

我們走出餐廳，上了車，喬治和愛德蕾坐在後座。在大街上，車子從小館往前開大約一個街區時，經過一個削瘦的金髮女孩，她穿著一條便褲。愛德蕾喊道：「停車！就是她，她就是露易絲。」

我停車，喬治把頭伸出窗外，吹起口哨，愛德蕾高聲呼喚，女孩沒有半點猶豫便從容地朝車子走來。她聽愛德蕾解釋，臉上笑容有禮但冷淡，而喬治在一旁不斷說著：「快點，來嘛，上車！上車再慢慢說。」女孩微笑，眼睛沒看我們任何一個人，但半晌後，出乎我意料之外，她打開車門上了車。

「反正我也沒事，我男朋友不在。」她說。

「這樣子啊？」喬治說。我從照後鏡看到愛德蕾對他做了個惱火的警告表情。露易絲一副沒看到的樣子。

她說：「先開去我家吧，我出門買可樂，所以只穿便褲。我們先開去我家，我換個衣服。」

「我們要去哪兒？這樣我才知道要穿什麼衣服。」她又說。

「你們想去哪兒？」我問。

喬治說：「好好好，一件一件來。首先就是買瓶酒，然後我們再決定去哪。妳們知道哪裡可以買酒嗎？」愛德蕾和露易絲都說知道。接著露易絲對我說：「如果你想，你可以進來我家等我換衣服。」我往照後鏡一看，心想愛德蕾和她之間大概有某種約定的默契。

露易絲家的門廊上擺著一張舊沙發，欄杆上掛了幾張地墊。她走在前面，領我穿過庭院。她淺金色的長髮紮在脖子後面，皮膚覆滿雀斑，但很白，沒曬什麼太陽，眼珠也是很淺的顏色。她整個人冷漠、緊閉而蒼白，嘴邊帶著點嘲諷而嚴肅的味道。我猜她年紀跟我差不多，或稍長些。

她打開前門，然後刻意大聲說：「我想讓你見見我家人。」

小小的客廳鋪著油地氈，窗上掛著花卉圖樣的紙窗簾。這裡擺著一張光可鑑人的菱形格紋皮沙發，上面放了一個印著尼加拉瀑布和「給母親」三個字的靠枕。黑色的小火爐在夏天用遮簾蓋住，大花瓶裡插著一束紙做的蘋果花。一位高䠷孱弱的婦人走進客廳，邊用洗碗巾抹乾雙手，然後把洗碗巾扔在椅子上。她整張嘴都是白中透藍的瓷牙，脖子上幾條長筋顫動著。我對她說「您好」，還在尷尬於露易絲剛剛突然而刻意的老套進門宣告。我想著這次出遊的意圖被喬治弄得如此明顯，不曉得她還會不會誤會。但我想不會，我在她臉上看不到半點純真，她的臉一副見多識廣的模樣，氣定神閒又帶著敵意。那麼她這麼做或許是為了嘲弄我，把我塞進這個「典型約會」的滑稽漫畫裡，扮演一個咧嘴傻笑、在前廳站立難安的男孩，等著被介紹給好女孩的家人認識。不過這有點牽強附會了，她根本沒正眼瞧我就答應出來，又怎麼會想讓我難堪？她根本沒放在心上。

我和露易絲的母親在皮沙發上坐下，她開始起話題，顯然真以為我們這是正式約會。我注意到屋裡的味道，由散發霉味的狹小房間、床單、油炸、清洗、藥膏等事物混合而成的氣息，此外還有灰塵味，儘管屋裡看起來不算髒。露易絲的母親說：「你外面那輛車很不錯，是你的車嗎？」

「我父親的。」

「真不錯，你父親有輛這麼好的車，有好東西我覺得很好，我才不理那些見不得別人好的人，有好東西很好。我想你母親應該想要什麼東西就可以去店裡買吧——新外套、床單，鍋碗瓢盆的。你父親做什麼的，律師還是醫生之類的嗎？」

「他是有執照的會計師。」

「喔，坐辦公室的是嗎？」

「對。」

「我弟弟，露易絲的舅舅，他也在加拿大太平洋鐵路公司坐辦公室，在倫敦市[2]，他位子很高，所以我能想像。」

然後她說起露易絲的父親死於碾磨廠意外的事。接著我注意到客廳門口站著一位老婦人，或許是她祖母。老婦人不像這對母女一樣削瘦，但看上去像塌陷的布丁般軟不成形，無數淺棕色的斑在臉龐和手臂上融成片片，嘴邊黏著幾綹溼髮絲，屋裡某些氣味似乎正是從她身上來的，一種潛藏的腐敗氣味，像陽臺下死了不知名的小動物。這氣味，這邋遢感，傾訴的口吻——這是一種我從未見識過的生活，我不曾認識的一類人。我想著：我母親，喬治的母親，她們都是純真的，就連喬治，連喬治也是純真的，而眼前這些人則生來狡詐、悲傷，洞悉了生活。

2　倫敦市（London）為加拿大安大略省西南部的一個城市。

我沒專心聽露易絲父親的事，只聽到他的頭給切斷了。

「整個切斷，你想看看，整顆滾到地上！棺材都沒辦法開著讓人家看。當時是六月，大熱天，鎮上所有人都把花園的花都拔除了，就為了那場喪禮，大家把他們的繡線菊、牡丹、鐵線蓮什麼的都摘下了；我想這大概是這鎮上發生過最嚴重的意外。」

她又說：「露易絲今年夏天交了個不錯的男朋友，之前常帶她出去玩，有時候他家人不在他們家度假小屋的時候，他不想自己一個人，就會來這裡過夜。他會帶糖果給小孩子，甚至還送禮物給我，像那邊那隻陶瓷大象，裡面可以種花，那就是他送的。他還幫我修理收音機，讓我不用拿到店裡修。你家在這裡有度假小屋嗎？」

我說沒有，此時露易絲走出來，身上穿著一件洋裝，有著黃綠顏色的花樣——呆板鮮豔，像聖誕節包裝紙似的，還搭配了高跟鞋和水鑽，雀斑上也蓋著一層厚厚的深色粉底。她母親雀躍不已。

「你喜歡這件洋裝嗎？她大老遠跑去倫敦市買的，在這附近可買不到。」

我們離開時得經過老婦人，她注視我們像是猛然想到了什麼，凝濁的淺色雙眼定睛一看，顫抖著張開嘴巴，把臉湊過來。

「你想和我孫女幹麼都可以，」她的聲音蒼老有力，鄉下女人的粗野嗓音，「不過要小心點，我的意思你應該懂。」

露易絲的母親僵笑著把老婦人推到她背後，眉毛揚起，額頭緊繃，她用嘴型無聲地說：「沒事，沒事，她老糊塗了。」對我扮了個鬼臉。那笑容停在她臉上；皮膚都給往後拉，她好像一直在腦海裡聽著永恆不歇的嘈嚷喧囂。我跟著露易絲走出去時，她抓住我的手低聲說：「露易絲是個好女孩，你們好好玩，別讓她悶悶不樂。」我想她原是想擠眉弄眼一下，展現一點媚態吧。她說：「晚安。」

露易絲走在我前面，身姿僵硬，薄如紙的裙子被她弄得沙沙作響。我問：「妳是想去舞會之類的地方嗎？」

「不是，我都沒差。」她回答。

「但妳這麼盛裝打扮——」

「我每個星期六晚上都會盛裝打扮。」露易絲的聲音飄向走在後面的我，低而輕蔑。她隨即笑出聲來，我看出她和她母親相像的地方，同樣的尖刻與歇斯底里。她悄聲說：「噢，我的老天。」我知道她指的是剛剛家裡發生的事，我跟著笑了，因為不知該作何反應。我們便像朋友般笑著回到車上，儘管我們其實不是。

我們開到市區外的一棟農舍，一位婦人拿了支威士忌酒瓶賣我們，裡頭裝著混濁的私釀酒，是我和喬治從沒喝過的。愛德蕾原本說這婦人應該能讓我們借用她的客廳，結果她不肯，因為露易絲的緣故。婦人仰頭從她戴的男用鴨舌帽下瞥了我一眼，然後對露易絲說：「休息不如換新，是吧？」露易絲沉著一張臉沒回話。稍後婦人便說，我們這麼跩的話，她家客廳配不上我們，我們開去野外吧。車開回小路上時，愛德蕾不斷說：「有些人就是開不起玩笑是吧？對，說跩真是沒錯——」後來我只得把酒遞給她，好讓她閉嘴。我看見喬治似乎不介意，大概覺得這樣她可以不再想著開車到歐文灣也好。

我們在小路盡頭停車，坐在車上喝酒。喬治和愛德蕾喝得比我們兩個多，他們倆人不說話，就只是來回傳著酒瓶喝著。我從沒喝過像那樣的東西，很烈，而且令我反胃，此外便沒其他效果，我開始鬱悶地感覺今天是喝不醉了。露易絲每回把酒遞給我時總會說聲「謝謝」，客氣又帶點瞧不起人的味道。我一手摟著她的肩，但並非打心裡想這麼做。我心裡想的是這究竟怎麼一回事，這女孩子躺在我臂彎裡，有點輕蔑、逆來順受，憤怒卻悶不吭聲，飄忽而遙不可及，比起碰她，我更想和她聊天，但那卻是不可能的，對她而言，交談可不像肢體接觸是小事。在此同時，我也意識到自己早該超越目前進度，從這壘跑到下壘了（因為我也懂的，雖然懂得有限，但也知道循序漸進攻壘的道理，在汽車前座和後座的勾引儀式）。我幾乎希望自己是和愛德蕾一起。

「妳想去散個步嗎？」我開口。

「這是你今晚最聰明的點子。」喬治從後座對我說。我們下車時，他又說：「別走太快——」他和愛德蕾傳出蒙住的笑語聲。「別急著回來！」

我和露易絲沿著一條在草叢旁的馬車道走，曠野上月光瑩瑩，涼颼颼的，颳著風。此時我感到一股復仇心理，便輕聲說道：「我和妳母親聊了很多。」

「可以想像。」露易絲說。

「她告訴我關於妳上個夏天交往的那個人。」

「這個夏天。」

「現在已經算上個夏天了。他訂婚了之類的，是不是？」

「對。」

我還不想放過她。「但他比較喜歡妳吧，是嗎？他比較喜歡妳？」

「沒，我不會這麼說。」露易絲說。從她漸濃的諷刺語氣，我判斷她大概開始醉了。她說：「他還算喜歡我母親和小孩子，不過沒喜歡我——喜歡我，那是什麼？」

「但他和妳約會——」

「他只是約我出去打發夏天，湖邊那些男孩子都這樣，跑來這裡參加舞會，把個女孩子一起四處玩，打發夏天，他們都這樣。

「我怎麼知道他不喜歡我呢，因為他說我老是發牢騷，你知道，只要你沒對那些男孩子表現出感激的樣子，他們就說你在發牢騷。」

讓她吐露出這些話，我有點嚇到。我說：「那妳喜歡他嗎？」

「哦，當然，我當然該喜歡他，不是嗎？我應該跪下來感謝他；我母親就是這樣，他送給她一個廉價的舊陶瓷大象——」

「他是妳第一次嗎？」我問。

「第一次穩定交往的。你是要問這個嗎？」

不是。「妳幾歲？」

她猶豫片刻。「快十七了，裝十八或十九歲也騙得過去，我可以混進啤酒屋，我混進去過一次。」

「妳現在讀幾年級？」

她看向我，一臉驚奇。「你以為我還在讀書嗎？我已經休學兩年了，我在市區的手套工廠做事。」

「這樣違法吧，我是以說妳休學時的年紀。」

「哦，如果父親死了或出了什麼事就可以拿到許可。」

「妳在工廠做什麼工作？」我問。

「哦，我操作一臺機器，類似縫紉機。過陣子我就可以做計件手工了，那樣賺比較多。」

「妳喜歡這工作嗎？」

「哦，不算喜歡，就是一份工作——你問題很多。」她說。

「妳不喜歡嗎？」

「我不一定要回答你。」她又開始用平板微弱的聲音說話，「除非我想回答。」她撩起裙子，攤在雙手上說：「我裙子上都是刺果。」她俯身把刺果逐一拔起。「我的洋裝上都是刺果，這件可是我的好衣服呢，會留痕跡嗎？我要統統拔起來，慢慢拔才不會脫線。」

「妳不該穿這件的，妳幹麼穿這件洋裝？」

她甩甩裙子，抖落一顆刺果。「我不知道。」她說著，帶點微醺的得意，把裙襬攤開，攤著呆板鮮豔的料子。「就想穿給你們看啊。」她突然爆出一點歹毒的味道，此時她站在那兒攤著裙子，愚蠢而嘲弄的模樣，那股醉醺醺、得意忘形的自滿已經很明顯了。「我家裡還有一件仿的喀什米爾毛衣，要十二塊。我還在付一件皮草外套的錢，明年冬天穿的。我可是有一件皮草外套的——」她說。

「很好啊，看到別人有好東西我覺得很好。」我說。

她把裙子一放，摑了我一巴掌。我感到如釋重負，對我們兩人都是；我們整晚都感覺在醞釀著一場爭吵。我們面對著，在微醺的狀況下盡可能保持警覺，她緊繃著，想再摑我，我則是準備抓住她，或摑回去。我們可以把話說開，把看對方不順眼的地方都說出來，但那衝腦的一刻過去了，我們都吁了口氣，當下都沒做出舉動。接著在敵意都還沒甩開，也沒想清楚事情怎麼會從那裡到這裡，我們便接吻了。對我而言，這是我第一個沒有預謀、沒有遲疑也不會過度草率的吻，而且沒有過往親吻後總伴隨而來的微微失望。她倚著我笑得顫抖，開口說話，接著剛剛的話題，彷彿中間什麼事也沒發生。

她說：「你說好不好笑，你知道嗎，整個冬天女生都一直聊去年夏天的事，開口閉口都是那些男生，但我和你打賭，那些男的早就連她們的名字都忘了——」

然而我已經不想再聊天了，因為我發現了她體內與敵意相伴相隨的另一股趨力，而這力量其實同樣撲天蓋地，無涉個人。一會兒後，我輕聲問：「有沒有地方可以讓我們去？」

她回答：「再過去那塊地有個穀倉。」

這鄉間她瞭若指掌，那裡她之前也去過。

我們在午夜過後開回市區。喬治和愛德蕾在後座睡著了，但我想露易絲應該沒睡著，儘管她闔著眼，不發一語。我曾讀過做愛後動物感傷（Omne animal）的說法，我想告訴她，但又想到她必定不懂拉丁文，一定會覺得我是——哦，裝腔作勢、表現優越感。事後我但願自己當時說了，她一定懂那意思。

完事之後的疲倦，寒冷。一分為二。拍掉乾草，以沉重、不連貫的動作整理儀容，走出穀倉，發現月亮已西沉，但遍地殘株的平坦曠野仍在，白楊樹和繁星仍在。發現我們依然是相同的我們，寒冷震顫，完成一趟草率的旅程，卻仍停在原地。回到車上，看見另外兩個人攤著四肢睡著。正是這樣的感受：感傷。正是感傷。

一趟草率的旅程。之所以如此，因為是兩人的第一次，因為我醉得詭異嗎？不，是因為露易絲。關於愛的行為，有些人只能做一點點，有些人卻能做出許多，表現出更大程度的臣服，如神祕主義者一般。而露易絲這位愛的神祕主義者，此刻坐在車子另一邊，看起來冷漠、凌亂，全然隔絕在她的自我之中。我想對她說的話在腦海中碰出空洞的撞擊聲，下次再來看妳——記得——愛——這些字眼我一個也說不出口，因為以我和她之間的距離，這些話聽起來甚至沒有一半真誠。我想著：我要在下棵樹之前對她說點話，或是下根電話線桿，但我沒有，我只是把車開得更快，太快，讓市區愈來愈近。

路燈彷彿在前方黑暗的林間綻放。後座一陣騷動。

「現在幾點？」喬治開口問。

「十二點二十。」

「那瓶酒一定被我們喝完了，我感覺不太舒服，噢，老天爺，我不太舒服，你呢？」

「還好。」

「還好？感覺你今晚完成震撼教育了，是吧？你是不是這樣覺得？你那位睡著了嗎？我這個睡著了。」

「我沒睡著。」愛德蕾昏沉沉地說。「我的腰帶呢，喬治？——噢，還有我另一隻鞋呢？週六夜現在不算晚吧，我們還可以去吃點東西。」

「我不想吃東西，我要睡一下，我明天還要早起，要陪我母親去教會。」喬治說。

「對，我知道。」愛德蕾一副無法置信的口吻，不過不算太不悅。「你至少也請我吃個漢堡吧。」

我已經把車開到露易絲家。車子停下後，露易絲才睜開眼睛。

她靜靜坐著片刻，然後雙手撫過洋裝裙面，把裙子壓平。她沒看我，我傾身親吻她，但她似乎稍稍閃避了一下，而我感覺這最後的姿態裡畢竟有些虛偽和作態的成分。她其實不是這樣的。

喬治對愛德蕾說：「妳家在哪兒，這附近嗎？」

「對，往前半個街區就是了。」

「好吧，那妳要不要也在這裡下車？我們總要回家的。」

他親她一下，兩個女孩子便下車了。

我發動車子，車子上路，喬治在後座躺下準備睡覺。接著我們聽見一道粗魯的女聲，以一種遭到遺棄的辱罵聲在後頭高喊：

「今晚還真是感激不盡！[3]」喊的人不是愛德蕾，是露易絲。

3 原文為「Thanks for the ride!」，也是該篇章名。

辦公室

一天傍晚我在熨衣服時，突然想到了我生活問題的解決之道，十分簡單卻大膽。我走進客廳，對著正在看電視的丈夫說：「我覺得我應該有一間辦公室。」

這聽來多荒誕，連我自己都不禁覺得。我要一間辦公室做什麼呢？我有一個家，舒適寬敞，還有海景；家裡有地方吃睡、洗澡、約朋友談天，此外我還有座花園；家裡不缺空間。

沒錯，但我要宣告一件對我來說頗難啟齒的事：因為我是個作家。這聽起來不太對勁，太突然、虛假，至少不太有說服力。重來。我平常會寫作。聽起來好些嗎？我試著寫點東西。聽起來更糟，謙虛到矯情。怎麼辦呢？

無所謂，無論我怎麼說，這些字眼總會帶來一片沉默，一段微妙的揭露時刻，然而大家都很好心，沉默會迅速消融在友善的關懷之聲中，大家會以各種方式嚷著，多棒啊，對妳有好處，還有聽起來真有趣。他們也會饒富興致問道，那妳寫什麼呢，我回答，小說。這時我已經能坦然面對那股羞辱感，甚至還帶點隨便的調調，不像平時的我，而一次一次地，那一波波可察覺的驚惶失措，又被有所準備而圓融的聲音撫平了——儘管這時大家已經耗盡腦中的安慰用語，能說出口的僅是一聲「哦。」

這就是我想要有辦公室的原因（我對丈夫說）：我要一個寫作的地方。我旋即意識到這聽起來是過分的要求，是十分罕見的自我放縱。大家都知道，寫作只需要一部打字機，或至少一枝鉛筆，還有紙張和桌椅，這些我都有，就在臥房一隅。但現在我還想要一間辦公室。

而且說到底，我甚至不確定我要在辦公室裡寫什麼，或許我會只是坐在那兒盯著牆壁，但就連那樣的光景在我看來也不糟。我喜歡的其實是「辦公室」這詞聽起來的感覺，帶著尊嚴和平靜，還有目的性和重要性。但我沒想對丈夫說這些，因此我生出了一套冠冕堂皇的說詞，印象中大致像這樣：

男人可以在家裡工作，把工作帶回家裡，就會有一塊空間騰出來，家裡會盡可能以男人為中心調整一番，每個人都明白他在工作，沒人會期待他去接聽電話、找不見的東西、察看孩子為何哭鬧，或是餵貓，他可以把門關上。但想像一下（我對丈夫的原話），一位母親把門關上，兒女知道她在門後——怎麼可以，光想到這畫面就令人髮指；同理，一個女人兩眼出神，望向一片沒有丈夫也沒有兒女的鄉間，這在眾人眼裡也同樣違反自然。因此，家對女人而言是不同的，她不能走進家裡，利用一番，然後隨時再走出去。女人就是家本身，兩者間無從切割。

（然而這都是事實，儘管一如往常，我在爭取某件自己害怕不配的事物時，總會使用過分強調及情緒性的語言。有時候，也許是在漫長的春日傍晚，霪雨霏霏，一片愁苦，春花綻放，海上漂著一道微弱得無法讓人寄託希望的光，我開著窗，感覺整個家重新化為木材、灰泥等各種簡單的建材，而置身其中的生命都退散，只剩下我，無所遮蔽，一無所有，但卻感覺一股強烈而無拘的震顫：那是自由，是一種太粗曠而完美的孤寂，此刻我還無法承受，然後我便明白平常我是如何受著庇護和阻礙，一直以來我是如何受到溫暖呵護和束縛。）

「好啊，如果妳可以找到便宜的地方。」丈夫只回了這麼一句。他不像我，他其實不需要聽解釋。人心是一本闔著的書，他經常這麼說，絲毫不覺遺憾。

即便開了口，我也覺得這事不可能成。或許我打心底覺得，這個夢想似乎太不恰當了，不該成真。我夢想要一襲貂皮大衣或一條鑽石項鍊好像還正常點，至少是女人確實常得到的東西。孩子得知我的計畫，都投以懷疑態度，漠不在乎。儘管如此，我依然跑到兩條街外的購物中心，一棟開著藥局和美容院的建築，樓上的窗戶貼了幾張「出租」告示，我幾個月前便注意到，只是沒想過會跟我有什麼關係。我爬上樓時，心裡有一股完全不真實的感覺。租賃想必是一件複雜的事，不可能到一間空屋敲個門就等人開門讓你進去，應該有特定的管道。再說，租金一定也很高。

但結果我連敲門都不必，一名婦人從其中一間空辦公室走出來，拖著吸塵器，用腳把吸塵器推向走廊對面一道開著的門，那門顯然通往這棟建築後方的一間公寓。她和丈夫就住在這間公寓，他們姓麥利，是這棟建築的所有人，就是他們在出租辦公室。她告訴我，她剛才吸地的那幾間適合當牙醫診所，我不會感興趣，她可以帶我看其他地方。她邀我進她的公寓，等她放吸塵器和拿鑰匙。她丈夫不在家，她說時嘆了口氣，緣由我無從猜想。

麥利太太是一位外貌纖細的黑髮婦人，年約四十出頭，有些邋遢但風韻猶存，身上有些女性化的點綴，好比鮮豔的唇線，或是明顯腫脹的柔嫩雙腳上的粉色羽毛拖鞋。她帶著一種搖擺不定的逆來順受，筋疲力竭、緘默憂慮的氣質，訴說著她這輩子都在悉心照料一個精力充沛、脾氣暴躁而無法自理生活的男人。這其中有多少是我第一眼就看出，又有多少是後來才察覺的，自然很難判斷。但我當下確實認為她沒有孩子，無論她生活的壓力為何，一定大得讓她沒辦法養育兒女，而這點我沒看錯。

我等待的房間顯然是客廳兼辦公室。最先吸引我目光的是模型船——西班牙大帆船、快艇、郵輪，一艘艘擺在桌上、窗臺、電視機上。其餘沒放船的地方則擺著盆栽和一堆被認為充滿「男子氣概」的裝飾品——陶瓷鹿首、青銅馬，以及一個材質沉重閃亮，帶著紋理的巨大菸灰缸。牆上掛著裱框相片以及像是文憑的東西，一張照片裡有一對貴賓狗和鬥牛犬，一隻穿著男裝，一隻穿著女裝，作出令人尷尬的親愛模樣，還題了「情誼比金堅」幾個字。然而客廳裡最顯眼的是一張肖像，打著一盞專屬的燈，裱在鍍金框裡，肖像裡是個英俊的金髮中年人，氣色紅潤、西裝畢挺地坐在辦公桌後，擺出意氣風發、和藹可親的成功人士模樣。又一次，或許出於我的後見之明，我感覺這幅肖像明顯點出男人對這個角色的不安和信心不足，他必須充分、堅持不懈地展現自己，而大家都知道這很可能造成災難。

別管麥利夫婦了。辦公室我一見就想要，空間大過我所需，格局適合當診所。（這裡之前有個整脊師，但後來走了——麥利太太用一種懊悔但沒透露什麼的口吻說。）牆壁冰冷光禿，是帶點灰的白色，使光線沒那麼刺眼。既然這裡現在顯然沒有醫生，過去也好一陣子沒有過——這是麥利太太坦白告訴我的——我便出價月租二十五元。她說她得問問丈夫。

我再來的時候，他們同意了我出的價格，我也見到麥利先生本人。我上回向他太太說過，這回又向他解釋了一次，說我不會在一般上班時間用辦公室，只在週末和偶爾傍晚的時候來。他問我用途，我實話實說，儘管腦中也閃過是否該說我要用來做速記。

他以愉悅的態度接收這個資訊。「妳是作家呀。」

「對，我平常會寫作。」

他豪爽地說：「那我們會盡量幫妳把這裡弄得舒舒服服。我這人也很熱中嗜好，像那些模型船，我都在空閒時間弄，對放鬆神經很有幫助，大家都需要一些消遣放鬆神經，我想妳一定也是吧。」

「差不多。」我欣然回答，甚至如釋重負，因為他以如此朦朧而寬容的觀點看待這件事。至少他沒像我所預期地問，那誰要照顧小孩，以及我丈夫同意嗎？經過了十年、或許十五年的時間，原本肖像中的男人已經大大地肥軟潰散下來，他的臀部和大腿如今累積了驚人的脂肪，使他一舉一動都伴隨著嘆息，一身肉如軟墊般落下，不舒服得像個笨重的老媽子。他的頭髮和眼睛都黯淡下來，五官變得模糊，原本可親和野心勃勃的神情也潰散成令人不安的謙卑以及歲月累積的猜疑心。我沒有直視他，因為我沒打算為了租間辦公室還得認識新的人。

當週週末我便搬進去了，沒讓家人幫忙，雖然他們必定樂意。我帶了我的打字機，以及摺疊桌和椅子，還有一張小木桌，上面擺了電熱爐、一個煮水壺、一罐即溶咖啡、一根湯匙、一只黃色馬克杯，就這樣。我心滿意足想著這一切：空無一物的牆、花費無幾的基本擺設所帶來的尊嚴，沒什麼多餘的東西需要我洗擦掃抹。

但麥利先生對這個景象卻不滿意。我安頓不久，他便來敲門，說要解釋一些事——好比他要把外間的燈泡轉下來，因為我用不到，以及介紹電暖爐及調整窗戶遮篷的方式。他鬱悶而困惑地環顧四周，表示這對一位女士而言真是很不舒適的環境。

「我覺得非常好。」我忍著沒太潑他冷水，因為面對自己莫名不喜歡或純粹不想深交的人，我習慣敷衍他們，有時盡可能好聲好氣，巴望他們能自己走開，還我清靜。

「妳應該要有一張舒服的安樂椅，在找靈感的時候可以坐。我地下室裡有一張椅子，還有很多東西，我母親去年留給我的。角落還有一捲地毯，都沒在用，我們可以把這地方打理一下，讓妳有家的感覺。」

我說，但真的，我真的覺得這樣就夠了。

「如果妳想車個窗簾，我可以付妳布料錢，一個地方總需要一點顏色點綴，不然我怕妳坐在裡頭會悶出病來。」

我笑著說，噢，不會，真的不會。

「如果妳是男人就不一樣了，女人家總喜歡打理得舒服點。」

我於是起身走到窗邊，從百葉窗的間隙俯瞰空蕩蕩的週日街道，只為了避免對上他那張脆弱的肥胖臉龐。我冷冰冰地說：「麥利先生，請不要再用這些事打擾我了。我已經說了這樣很好，我沒缺什麼，謝謝你告訴我燈的事。」這樣的語氣其實經常出現在我腦中，只是要從我懦弱的嘴裡吐出來實在不容易。

結果這番話帶來毀滅性的效果，使我羞愧難當。他用字精準，帶著冷漠的哀傷回答：「我當然從沒想過要打擾妳，我是為了妳的舒適才提出這些建議，要是我知道這樣是在妨礙妳，我早就出去了。」他離開後我感覺好多了，甚至有點高興於自己的勝利，儘管依然慚愧自己三兩句就搞成這樣。我心想，他遲早要被潑這桶冷水，及早處理也好。

下個週末他又來敲門。他的謙卑神情誇張到幾乎帶著嘲弄的意味，但另一方面卻又像發自心底，我沒法確定。

「我不會耽誤妳太多時間，我無意煩妳，只是想對妳說，抱歉上次得罪了妳，我道歉，送妳個小禮物，希望妳收下。」

他手裡拿著一種我叫不出名字的植物，葉片肥厚光亮，花盆則用大量粉色和銀色的鋁箔紙團團包裝。

「好了。」他把盆栽擺在我辦公室一隅。「希望我們之間別有芥蒂，都算我的錯吧。我心想，她可能不要傢俱，不過一小盆漂亮的植物應該無妨，這樣妳這裡看起來會有朝氣點。」

在那個情境下，我沒辦法告訴他我不想要植物，我根本痛恨室內盆栽。他向我介紹如何照顧那植物，多久澆一次水之類的；我向他道謝。此外我無計可施，而且我有種不舒服的感覺，那就是在他的道歉和禮物底下，他其實深知我的厭惡，且感到稱心快意。他話說個沒完，不斷使用「芥蒂」、「得罪」、「道歉」這類字眼。中間我一度試圖打斷他，想解釋我租房就是想在生活中得到一方空間，是任何好或不好的感受都無法進入的，以及我和他之間其實無須牽涉任何的感受。但我發覺這是一件沒有指望的事，我要如何明著反抗這種對人情的渴求呢？而且這株包裝閃亮的植物也使我的思緒迷糊了。

「妳寫作的進度還好嗎？」他像是把我們所有不幸的歧見都拋到腦後。

「跟平常差不多。」

「嗯，如果妳想不到東西可寫的話，我有一大堆。」一陣停頓。「不過我想我又在耽誤妳的時間了。」他以一種故作輕鬆的口吻說。這是個測試，而我沒通過。我微笑，眼睛離不開那株華麗的植物；我說沒關係。

「我想到在妳之前的租戶，他是個整脊師，妳可以寫一本關於他的書。」

我進入聆聽狀態，原本一直摸著鑰匙的雙手也停下來。若說懦弱和虛偽是我最大的缺點，好奇心必然也是。

「他在這裡經營得有聲有色，唯一的問題是，他提供的服務不只整脊，他什麼都服務。他搬走後我進來這裡，妳猜我發現什麼？隔音設備，整間房間都做了隔音，以免他服務的時候吵到別人，就在妳坐著寫故事的這個房間裡。」

麥利接著說：「我們最早會知道是因為，有一天一位女士來敲我的門，向我要萬用鑰匙，說要進他的辦公室，他把門鎖了不讓她進去。

「我猜他應該是不想接這位客人了吧，大概覺得服務她夠久了。妳知道嗎，那是一位年紀滿大的女士，而他那麼年輕。他還有位賢慧的年輕妻子，以及幾個漂亮的孩子，絕對是妳看過最漂亮的。世上就有這些齷齪事。」

我好一陣子後才意會過來，他說這故事並不只是在說一則八卦，而是認為作家應該會想聽這樣的事。在他腦中，寫作和淫穢之間隱約有一種的微妙關聯，儘管如此，就連這個觀念也顯得滿懷憧憬而幼稚，在我看來根本不值得花費精力抨擊。但這時我已經學會別再出言不遜，不是為了他，而是為我自己好，先前以為一點無禮就能解決事情，真是大錯。

下一件禮物是茶壺。我堅持我只喝咖啡，請他改送給太太。他說喝茶比較有助放鬆，還有他第一次見到我就看出我是神經緊張的人，和他一樣。茶壺上滿是鍍金和玫瑰圖案，我曉得一定不便宜，儘管看起來醜陋至極。我把茶壺放在桌上。我也持續照料盆栽，那植物在我辦公室角落長得極好，簡直可憎。我想不出還能怎麼辦。他替我買了個華麗的字紙簍，八個側面都印著中文字；他還替我的椅子弄來一只泡棉靠枕。我鄙視自己竟臣服於這樣的勒索，我甚至不是同情他，就只是沒法拒絕，沒法拒絕那迎合的渴望。而他也心知肚明他已經收買了我的容忍；某方面而言，他一定也因此厭惡著我。

如今他在我辦公室逗留時經常說自己的故事。我意識到他之所以向我訴說生平，是希望我能將那些事寫下來，當然，他大概也無由地向許多人透露過，但對我說的時候，似乎更有某種特別甚至迫切的必要性。一如多數人的人生，他的人生是一連串的苦難：他被信任的人傷過，求助於仰賴的人遭到拒絕，被他善意對待並提供物質協助的友人背叛過。另外也有其他人，只是素昧平生或萍水相逢的人，以各種新奇而富創意的方式無端折磨過他。他還曾數度遭逢生命危險。此外他太太也是個問題，健康不佳，情緒不穩。他能怎麼辦？他兩手一攤說，妳懂了吧，但我還是活下來了。他等著我開口附和。

後來我開始踮腳上樓，轉鑰匙時盡量不發出聲響；這當然很蠢，我畢竟不能讓打字機也消音。我甚至還考慮過改用手寫，而且多次渴望擁有那位邪惡整脊師的隔音設備。我把這問題告訴丈夫，他說這根本不是問題，就告訴他妳在忙啊。事實上我真的說過，每回他來到我門前，無論是以小禮物或什麼事當藉口，他會問一切還好嗎，我便回答我今天很忙。這樣啊，他會說著就溜進門，說他不會耽誤我太多時間，而正如我說的，他自始至終都知道我在想什麼，知道我多麼渴望擺脫他卻無能為力。他知道，卻不願理會。

一晚，我到家後才發現把一封要寄的信忘在辦公室，便回去拿。我從街上就看見辦公室的燈亮著，接著看見他俯在摺疊桌前。果然，他晚上會進來讀我寫的東西。我在門口他便聽見了，我走進去時，他拿起我的廢紙簍，說是想替我整理一下便立刻走出去。我沒說話，但發現自己氣到發抖，卻又心滿意足——找到一個正當理由真美妙，那是一種難以承受的如釋重負。

下回他又到我門前時，我便把門從裡頭鎖上；我熟悉他的腳步，他友善而哄騙似的敲門方式。我繼續用力打字，但中間稍作停歇，因此他知道我聽見了。他喚我的名字，一副我在要把戲的樣子；我緊咬嘴唇，不作聲。莫名的罪惡感襲擊我，但我繼續打字。就在那天，我看見那株植物根部周圍的土都乾了，我沒理會。

接下來的發展我完全沒料到。我發現辦公室門上貼了張字條，寫著麥利先生麻煩我去他辦公室一趟，我立刻去了，想把事情盡快解決。他坐在辦公桌後，讓那些彰顯他權威感的物件包圍著他。他隔著一段距離看我，像不得不以無奈的負面角度重新檢視我似的，那流露出來的尷尬似乎不是為他自己，而是為了我。他開口，裝出一副百般不得已的口吻說，當然他一開始收留我時就已經知道我是個作家。

「當時我沒想太多，雖然我也聽過別人怎麼說作家和藝術家，這類人給我的印象不是太好，妳懂我的意思。」

這倒新鮮，我完全猜不出他想玩什麼花招。

「然後妳出現了，對我說，麥利先生，我需要一個地方寫東西。我信了妳，給妳這個地方，一個問題也沒多問，我就是這種人。可是妳知道嗎，我愈仔細想，就愈是懷疑。」

「懷疑什麼？」我問。

「還有妳的態度，實在讓我沒辦法安心，妳把門鎖著，不肯應門，正常人不會有這樣的行為，除非是想藏什麼東西，一個年輕女子這樣就更不正常，一個婦道人家說自己有丈夫、孩子，卻把時間都用來咔嗒咔嗒地打字。」

「可是我不認為——」

他舉起一隻手，做出一個諒解的手勢。「現在我只要求妳對我坦白，光明正大，我想這是我有權利要求的，還有如果妳把辦公室用在其他用途，或在其他時段進來，或讓妳朋友或任何人進來——」

「我不懂你的意思。」

「還有一件事，妳說自己是作家，嗯，我讀很多東西，從來沒在書報上看過妳的名字，妳用筆名嗎？」

「沒有。」我回答。

「當然了，我也相信不是所有作家的名字我都聽過。」他和藹地說。「我們就不計較了，我只要妳承諾，未來在我讓妳使用的辦公室裡，不會再出現其他欺瞞不當的行徑——」

不知怎的，我的怒氣竟被延遲了，被一股無法置信的愚蠢感覺給堵住了。當下我只曉得要起身，走過長廊，他的聲音尾隨在背後，而我鎖上門。我心想——這地方待不住了。然而在自己的辦公室坐下後，看著眼前自己的寫作，思及我多喜歡這間辦公室，在這裡寫得多順利，我決心不要被逼走。畢竟我感覺我和他之間的角力已經進入僵局，我可以拒絕開門，拒絕讀他的字條，碰面時拒絕和他說話。我已經預付了租金，如果現在離開，也不太可能拿得回來。我決定不把這一切放在心上。這陣子我每天晚上都把草稿帶回家，就是要防他偷看，但現在我連這個預防措施也不在乎了；他偷看又如何，會比老鼠在黑暗中呼溜踩過去還嚴重嗎？

之後我數度在門上發現字條，我不想讀，最後卻總是讀了。他的指控一次比一次具體，說他聽到我辦公室裡有人聲，說我的行為干擾到他太太午睡（但週末以外的日子，我根本不會在下午進來），說他在垃圾裡發現一支威士忌酒瓶。

我對那位整脊師的故事開始大感懷疑。明白麥利先生人生中的諸多傳奇是如何產生的，令人不怎麼舒服。

隨著字條內容益發惡毒，我們不再有面對面的接觸。我只有一、二次在進走廊時，看見他穿著毛衣的駝背背影消失在視線中。漸漸地，我們的關係進入完全奇幻的境界，現在他會在字條上控訴我和「五號」[1]的人過從甚密。「五號」是附近一家咖啡館，我想他引用這個名號或許有象徵目的。如今我感覺再沒什麼事能發生了，字條大概會持續下去，內容可能更古怪可笑，也就更不會影響到我的心情。

一個週日上午，大約十一點鐘，他來敲門。當時我才剛進門，脫好外套，把水壺放到電熱爐上。

這回他的臉完全不同，疏離卻興奮，閃耀著狂喜的寒冷光芒，像是發現別人犯罪的證據。

他用滿懷情緒的口吻說，「不知道方不方便，請妳跟我到走廊另一邊看看？」

我跟他去了。洗手間的燈亮著，這是我專屬的洗手間，沒有其他人用，但他沒給過我鑰匙，這裡向來沒鎖。他在洗手間前停下，推開門，站在那兒，垂著眼，小心翼翼地吐出一口氣。

「這是誰做的？」他以一種全然悲傷的語氣問。

只見馬桶和洗手臺上的牆壁滿是遭人亂畫的痕跡，這種塗鴉有時會在湖邊、市政廳或我成長的衰敗小鎮裡的公廁裡見到。塗鴉是用口紅畫的，一如常見的那樣。我心想，一定是前一晚有人上樓來過，或許是那幫週六夜裡總在購物中心遊蕩徘徊的混混。

「這裡本來就該上鎖。」我以冷靜堅定的語氣說，表現事不關己的態度。「畫得亂七八糟的。」

「可不是嗎，在我看來，這些話都很骯髒，可能妳朋友只是想開玩笑，但我可不覺得好笑，更不要說這些畫了，一早在自家地盤打開門就看到這些還真開心。」

「我相信口紅洗得掉。」我說。

1 Numero Cinq，與一九二五年上市的一款女用香水 Le Numero Cinq 同名。

「我只慶幸沒讓我妻子看到這種東西，這可會讓有教養的女人家很不舒服。好了，妳要不要請妳朋友帶著水桶和刷子過來狂歡一下呀？我也想看看有這種幽默感的人長什麼樣。」

我掉頭走開，他卻一個箭步擋住我的去路。

「我認為這些『裝飾』怎麼會跑到我的牆上應該不需要問吧。」

「如果你是想暗示這件事與我有關，你一定瘋了。」我的語氣相當平板而疲倦。

「那怎麼會有這些東西？這是誰的洗手間，啊，誰的？」

「洗手間根本沒鎖，誰都可以進來，可能是我昨天回家後，街上的孩子跑上來，我怎麼會知道？」

「真可恥啊，大人把孩子帶壞，但什麼事都賴在他們頭上。妳知道嗎，這是妳應該好好想想的事，有一條法律就叫《猥褻法》，適用於這種事，我相信也適用於文學。」

這是我印象中自己第一次為了控制自己有意識地深呼吸，我真的好想殺了他。至今我仍記得他的臉看起來是多麼肥軟可憎，雙眼幾乎闔著，鼻孔張得老大，為了嗅聞那自以為正義和勝利的氣息。如果這樁蠢事沒發生，他或許永遠贏不了，但他贏了。或許是我的某個神情使他洩了氣，即便在這勝利的一刻，因為他往牆邊一退，開始說其實他不覺得我會做這種事，或許是我朋友搞的——我回到我的辦公室，把門關上。

煮水壺發出嚇人的聲音，幾乎要燒乾。我從爐上將煮水壺一把拿起，拔了插頭，在原地站了片刻，憤怒得無法呼吸。怒氣平息後，我做起該做的事，把打字機和紙擱到椅子上，收起摺疊桌；把即溶咖啡的瓶蓋旋緊，然後和黃色馬克杯和湯匙一起收進當初帶來的袋子裡，袋子仍摺得好好的放在層架上。我幼稚地想對那盆植物報仇，盆栽端坐在角落，旁邊擺著花茶壺、廢紙簍、靠枕，還有差點忘了，靠枕後面還有一個小小的塑膠削鉛筆器。

我把東西拿下樓放到車上時，麥利太太來了。我從第一天看房後便很少見到她。她看起來並不心煩，而是務實又認命的模樣。

「他去躺下了，他又發作了。」她說。

她幫我拿裝著咖啡粉和馬克杯的袋子，如此沉靜，我感覺滿腔怒火漸漸熄滅，取而代之的是一股吞沒我的憂傷。

我尚未找到新的辦公室。我想之後我會再找，但目前還無法，至少得等到我腦海中那幅清晰的影像褪去，儘管那僅是我想像的畫面——麥利先生拿著抹布、刷子、一桶肥皂水，以笨拙的動作刷洗著廁所牆壁，那個故作笨拙的樣子，費力彎著腰，傷心地喘著氣，一邊在腦海中編織一個離奇的故事，但怎麼編都不盡滿意，再一個他的信任遭到背叛的故事。我則編排著我的文字，覺得自己有權擺脫他。

一醉解千愁

我父母沒有喝酒的習慣，不過他們也不是狂熱的禁酒派，甚至我還記得在七年級，我和所有同學被暫時洗腦誓言要禁酒時，母親還說：「這只是胡搞和一時狂熱，那麼小懂什麼。」父親也會在大熱天時喝啤酒，但母親不會一起喝，而且不知是巧合或基於象徵意涵，那啤酒總是在屋外喝的。在我們住的小鎮裡，我們認識的多數人也都像這樣。我不該說我的困境是這些因素造成的，因為我所陷入的困境，其實正是我自己天生走楣運的最佳寫照，也正是這種倒楣的特質，使我母親在一般為人母會感到驕傲和有成就感的情境裡（好比我準備出門參加生平第一次正式舞會，或我拚了命為大學入學作準備的時候），總是以一種憂慮又忍不住絕望的神情望著我，彷彿她無法期望或要求我像其他女孩一樣順遂；那種夢想中女兒會有的戰利品——蘭花、好男友、鑽戒等等，會由她那些朋友的女兒在適當的時候帶回家，而那絕不會是我。她只能盼望我出的紕漏小些，別犯大錯——好比只是跟個無法養活自己的男孩私奔，而不是被人口販子拐去當白種奴隸。

但母親說，無知呀無知，或者妳喜歡的話也可以稱為天真，這東西並不像大家說的那麼好，她說，這東西對像妳這樣的女孩子來說或許很危險；然後她又一如往常地引了某句子來支持她的論點，那引言通常帶著一股天真的浮誇和樟腦丸似的陳腐氣息。我聽到連眉頭都沒皺一下，因為我很明白她拿這套說法來對付貝瑞曼先生想必十分奏效。

我去貝瑞曼夫婦家當保姆那晚該是四月的事。當時我已經戀愛了一整年，或至少可以說從九月第一週，馬汀．柯林伍德在學校集會上對我投以驚喜、欣賞且不祥的自滿微笑時便開始了。我一直不曉得是什麼使他驚喜，我當時就是我平常的模樣，穿著一件舊襯衫，自己燙的頭髮也很糟糕。幾週後，他第一次邀我出去，在門廊陰暗的一側親了我——容我補充，只是親在嘴上。我很確定那是我第一次正式的親吻，而且我記得當晚到隔天上午都沒洗臉，只為了不破壞那吻的印記。（我在這整場戀情中做盡了所有難堪的俗套事情，隨後一一介紹。）兩個月後，在經歷幾階段男女間的進展後，他甩了我，愛上在聖誕話劇《傲慢與偏見》中與他演對手戲的女孩。

我說我不想再跟那齣劇有半點關係，就讓另個女孩子接下我負責的化妝工作。但當然我終究還是去看了戲，和我的朋友喬依絲一起坐在前頭，在我看見臺上穿著白色馬褲搭絲質背心、留著鬢角的達西先生，心中悲喜交加不能自持時，她便捏住我的手。我當然是把馬汀視作達西才愛上他的，達西是每個女孩的夢中情人，這角色使馬汀在我眼中煥發神氣和男性美，使我根本忘了他不過是個高三學生，長相還算好看，腦袋平庸（而且還因為喜歡參加戲劇社和樂隊這類社團，名聲欠佳），他不過恰好是第一個對我有興趣而且上得了檯面的男孩子。最後一幕時，他在戲中有個機會可以擁抱伊莉莎白（瑪麗．畢夏普演的，她膚色蠟黃，沒身材，但有雙靈動的大眼睛），在這寫實的一幕中，我恨恨地將指甲箝進喬依絲同情的掌心。

自那晚起，我長達數月的悲慘生活便展開了，就算多少是自尋的。為何人總忍不住以嘲諷的態度將這種事情輕描淡寫呢，甚至會驚訝，對於自己過去竟有那樣荒誕的情緒感到不可思議？談到愛情，我們習慣如此反應，而青春期的戀愛更是如此。你會想像我們在百無聊賴的下午圍坐在一起，拿這些引人發噱的痛苦回憶說笑，但當我回憶起自己如同所有戀愛中人所做過的那些悲傷又有些難為情的蠢事，並未因此覺得快活，想起來還是很糟，沒有驚訝的感覺。我會在他可能出現的地方徘徊，然後假裝沒看見他。我會在聊天時以一種荒謬的迂迴方式，歡喜而苦澀地不經意提到他的名字。我成天作白日夢，老實說，如果以數學角度看，我想著馬汀．柯林伍德的時數大概是與他真正相處的十倍——沒錯，為他思念和哭泣。他持續不斷地占據了我所有心思，過一陣子後，甚至我不願想他也無法。因為縱使一開始我放大了自己的感情，後來也巴不得擺脫那些情緒，那些翻來覆去的空想已經開始使我憂鬱，甚至不能帶來片刻撫慰了。每當我面對這些數學問題，便機械地、無可救藥地折磨自己，我清楚記得馬汀是如何親吻我的頸間，每個細節都歷歷在目。一天晚上，我有一股衝動想吞了浴室壁櫃裡所有的阿斯匹靈，但吃了六顆就停下來。

母親注意到不對勁，拿給我一些鐵錠。她問：「妳在學校真的都還好嗎？」誰管什麼學校！我告訴她，我和馬汀已經分手了，她只說了一句：「嗯，這樣也好，我沒看過那麼自戀的男孩子。」「馬汀的自戀多到可以弄沉一艘戰艦。」我悶悶不樂地回完她，便上樓哭去了。

我去貝瑞曼家幫忙看小孩那晚是個週六夜。我滿常在週六去當他們的臨時保姆，因為他們很喜歡開車去貝禮維爾，一個距離這裡約莫二十英里，大得多也熱鬧得多的大鎮，他們可能在那裡吃晚餐，然後看場戲。貝瑞曼夫婦才搬到我們鎮上兩、三年——因為貝瑞曼先生被安插到那家新的製門工廠當經理，而一直沒有融入這個小鎮，我猜是出於選擇。他們多數朋友都是和他們一樣的年輕夫婦，都來自外地，住在小鎮外山丘上的新式牧場房子裡，以前我們經常到那片山坡玩雪橇。那個週六夜，他們先邀了另外兩對夫婦到家裡喝酒，之後才一起開車到貝禮維爾，參加一家新俱樂部餐廳的開幕式，他們都相當歡樂。我坐在廚房裡，假裝在讀拉丁文。前一晚是我們中學的春季舞會，我沒去，因為唯一邀我的男孩是米勒德．克郎卜頓，他實在開口邀過太多人，還被懷疑是按照字母序在全年級女生裡一個個碰運氣。但舞會辦在國民兵訓練中心，距離我家就半條街，因此我還能看到男孩子穿著深色西裝、女孩子在外套底下穿著淺色的長禮服，一本正經地從路燈下走過，腳下踩著今年最後的殘雪。我甚至能聽見音樂聲，至今我仍記得他們放了〈芭蕾女伶〉，還有，我的心碎之曲〈往中國的慢船〉。今早喬依絲打電話給我，壓低聲音對我說（好像我們在討論我的某種絕症似的），沒錯，馬汀和瑪麗一起去了舞會，還有瑪麗穿了一件像是用舊蕾絲桌巾改成的禮服，垂垂掛掛的。

貝瑞曼夫婦和友人出門後，我走進客廳看一本雜誌。我鬱悶得要命，那燈光柔和的寬敞客廳，綠棕相間的色調，是個清爽而適合醞釀情緒的情境，彷彿等一下就要上臺。在我家這些情緒也都算能發展，但似乎總會被埋於成堆待修補的東西、待熨的衣物、小孩子的拼圖和蒐集的石頭底下。我家是那種家人會在樓梯間相撞、收音機播報著曲棍球賽和《超人》廣播劇的房子。

我站起身，找出貝瑞曼夫婦的《死之舞》那張唱片，用唱機播放，然後熄了客廳的燈。窗簾是半掩的，一盞路燈斜照在窗玻璃上，映成一塊薄透暗金的方形，光禿樹枝的暗影在上頭移動，迎上春天強而甜美的風。這是個柔和的黑夜，最後一場雪正在融化。要是一年前，這一切——音樂、晚風、暗夜、枝枒的影子——必定帶給我極大的快樂，如今不是了，這一切只乏味地喚起一些熟悉而私密得令人感到羞辱的念頭，於是我揚棄了靈魂，走進廚房，決心大醉一場。

不，其實不是這樣。我進廚房其實是想看冰箱裡有沒有可樂之類的東西，結果在檯子前面看見三支美麗的長酒瓶，都盛著半滿的金黃液體。但我即便在看到且拿起來掂掂重量後，也還沒想喝個爛醉，我只想喝一杯而已。

而這就是我的無知，或說我災難性的天真出場的時刻。我是看過貝瑞曼夫婦和朋友喝威士忌蘇打沒錯，輕鬆寫意得像我喝可樂一樣，但我不願用那種態度。不，在我心裡，烈酒就該有壯烈的喝法，而且要喝出誇張的後果，無論好壞。我的態度幾乎像小美人魚喝女巫的晶瑩藥水一樣壯烈，我極其肅穆，往水槽上方黑亮的窗戶裡看了看自己漠然的臉，然後從三支酒瓶裡各倒了一點威士忌（我現在回想，應該是兩種不同牌子的裸麥威士忌，以及一種昂貴的蘇格蘭威士忌），倒滿酒杯。因為我今生從未看過別人倒酒，因此我不知道大家通常會用水或蘇打水等來稀釋酒精，而我之前經過客廳時，看貝瑞曼夫婦的客人手上拿的酒杯都是幾乎全滿。

我以最快的速度一飲而盡。我放下酒杯，站著看窗戶裡自己的臉，部分期待見到臉上發生什麼變化。我的喉嚨灼熱不已，但除此之外沒有其他感覺，真令人失望，畢竟我可是鼓起勇氣才試的。但我不會就此放棄。我又倒了滿滿一杯，然後用水把三瓶酒添回和原本差不多的高度。我喝第二杯時只比第一杯稍微慢了點。或許是感覺腦袋裡有東西沙沙作響，我小心翼翼把空杯子放在檯面上，走回客廳坐到一張椅子上。我伸手打開椅子旁的一盞立燈，整個客廳便倏地撲向我。

我說我期望喝出誇張的後果時，心裡想像的並不是這樣。我想的是一些撲天蓋地的情緒變化，突然湧上的歡快和任性、放肆和逃避的感覺，伴隨一點暈眩，或是咯咯傻笑；我可沒料想到天花板會旋轉，彷彿一塊大盤子朝我扔來，也沒想到椅子上的淺綠斑點會擴大，凝聚，瓦解，跟我玩這樣一場遊戲，充滿令人死氣沉沉、不省人事的巨大惡意。我的頭向後倒；我把眼睛閉上，旋即又睜開，睜得大大的，一個勁站了起來，穿過走廊來到——感謝老天，感謝上帝——來到貝瑞曼夫婦的浴室。我吐得到處都是，真的是到處，然後像石頭一樣倒地不起。

從這時起發生的事我就沒有連貫的印象了，接下來一、兩個小時的記憶都裂成片段，似真亦假，如夢似幻，片段與片段之間只剩茫茫黑霧。我記得自己吐得全身簡直像要散架，癱在浴室地上，倒向一側，以短暫的慶幸心情和清明神志，望著白色的小六角磚，看它們一片片緊挨著，排成如此令人讚歎合乎邏輯的圖案。接下來我記得的就是自己坐在走廊電話前的椅凳上，虛弱地詢問喬依絲的電話號碼。喬依絲不在家，她母親告訴我（她是一個話多無腦的婦人，似乎沒發現什麼不對勁——對此我虛弱而機械式地感到慶幸），她在凱伊·史傳納家。我不知道凱伊家的電話，就直接問接線生，因為我不敢冒險低頭查電話簿。

凱伊．史傳納不是我朋友，是喬依絲新結交的朋友。她隱約有些放蕩不羈的名聲，還有一頭長鞭似的頭髮，髮色很奇特——介於肥皂黃到焦糖棕——不過是天生的。她認識許多比馬汀．柯林伍德更有意思的男孩子，好比輟學生，或被送進城加入曲棍球隊的男生。她和喬依絲經常搭著那些男孩子的車四處跑，有時還和他們去小鎮北邊公路上的一間「歡樂舞廳」，當然她們都先向母親撒了點謊。

我和喬依絲通上電話。她聽來非常興奮，只要有男孩子在旁邊她總是這樣。她似乎沒聽清楚我在說什麼。

她說：「哦，我今天晚上不行，有一些人在這裡，我們要玩牌，妳認識比爾．柯林嗎？他也在，還有羅斯．阿爾莫——」

「我吐了。」我試著把話說清楚，卻發出一種不像人類的嘶啞聲。「喬依絲，我喝醉了。」接著我便跌下凳子，話筒從手上掉落，在牆壁上淒涼地敲了一陣。

我沒告訴喬依絲我在哪，因此她思考片刻，便打給我母親，用那種年輕女孩最愛、天花亂墜而不必要的假話套出了我的行蹤。然後她和凱伊帶上那些男孩子——一共三個，向凱伊的母親編了個故事說要出門，便上車出發了。他們發現我時，我仍躺在走廊的寬幅地毯上，已經又吐過一次，而且這回沒能趕到浴室。

沒想到因緣巧合來到這裡的凱伊．史傳納是我真正需要的人。她熱愛危機事件，特別是像這樣的危機，帶著陰暗羞恥的特質，這種必須瞞著大人的事。她變得興奮、氣勢洶洶而有效率；她那被指放蕩不羈的精力，實際上只是一股滿溢的強大女性本能，想要打理、撫慰、控制的本能。我能聽到她的聲音從四面八方傳來，叫我別擔心，叫喬依絲找出這裡最大的咖啡壺，然後煮一整壺咖啡（要很濃很濃，她說），指揮三個男孩把我抬起來放到沙發上。後來在我陷入昏沉的時候，她又叫人找了硬毛刷出來。

接著我躺在沙發上，蓋著一條他們在臥室找到的針織毯。我不想抬頭。屋裡飄著濃濃的咖啡味。喬依絲走進來，面色蒼白，說貝瑞曼家的小孩子剛醒來，但她給了他們一塊甜餅乾，要他們回去睡，現在沒事了，她沒讓他們出房間，她想他們不會記得的。她說她和凱伊已經清理了浴室和走廊，只是恐怕地毯上還是有一塊髒污，然後咖啡煮好了。我聽得迷迷糊糊。三個男孩已經打開收音機，正在看貝瑞曼家的唱片，把唱片一張張攤在地上。我感覺有些不太對勁，卻想不出是哪裡不對。

凱伊端來一個巨大的湯杯，盛滿了咖啡。

「我不知道喝不喝得下去，謝謝。」我說。

「坐起來。」她語氣爽利，彷彿對付喝醉的人在她而言是家常便飯，我無須自覺特別。（多年後我在產房裡又聽到並認出同樣的語氣。）「來，喝掉。」她說。我喝了，同時才意識到自己只穿著連身襯裙，喬依絲和凱伊已經幫我把外面的衣裙脫下來，裙子刷過，上衣因為是尼龍材質，便拿去洗了，掛在浴室。我拉起針織毯夾在腋下，凱伊笑出聲來。她給每個人都倒了咖啡。喬依絲把咖啡壺端進來，遵照凱伊的指示，我一喝咖啡她就再往我杯裡添滿。這時有人興致盎然地對我說：「妳現在一定很想再喝個痛快吧。」

「才不。」我鬱悶地說，乖乖喝著咖啡。「而且我只喝了兩杯。」

凱伊笑了。她說：「看來那兩杯很有效。妳覺得他們什麼時候會回家？」

「很晚，一點之後吧。」

「到時候妳應該已經沒事了，多喝點咖啡。」

凱伊和一個男孩子隨著收音機跳起舞來。凱伊跳得非常性感，但臉上仍帶著她扶我起來喝咖啡時那種略顯優越、任性、幾乎冰冷的表情。男孩子對她低聲呢喃，她淺淺一笑，搖搖頭。喬依絲喊餓，走進廚房找東西吃，吃了洋芋片、餅乾等等少了不太會被發現的東西。比爾·柯林走了過來，往我旁邊一坐，隔著針織毯輕拍我的腿。他沒說話，只是拍我的腿，以一種在我看來極愚蠢、有點噁心、荒謬而令人警覺的表情。我感到非常不舒服；我心想比爾·柯林有那種表情，大家怎麼會說他帥。我緊張地挪開腿，他不屑地看了看我，手卻沒有停下。我慌忙下了沙發，拉起毯子裹住身子，想去浴室看看上衣乾了沒。我一走便踉蹌了一下，而出於某種原因——或許是想讓比爾·柯林覺得我沒被他嚇著——我馬上故意搖搖晃晃，大聲說：「你們看我還可以走直線。」我跌跌撞撞，在大家的笑聲中走向走廊。我走到客廳和走廊間的拱門時，大門門把轉動了，發出一聲簡潔的喀嗒聲，我背後的一切全安靜下來，當然收音機除外，而那件針織毯彷彿受到自身的某種微妙惡意召喚，滑落到腳邊，而眼前出現的——哇，真是一場編排絕妙的鬧劇裡高潮的一幕——是貝瑞曼夫婦，他們臉上的表情恰如其分，完全就是老派鬧劇的導演愛的。當然，他們必定早有心理準備，否則驚嚇的當下不可能是那樣的表情。我們那麼吵，他們想必一下車就聽到了，也因為太吵，我們才沒聽見他們回來。我一直沒搞清楚當天他們為什麼提早回家，或許是誰犯了頭痛，或兩人吵架，但我實在沒資格問。

貝瑞曼先生載我回家。我不記得自己怎麼上車，也不記得是怎麼找到並穿上我的衣服，又或是我如何向貝瑞曼太太道別，或許根本沒有。我忘了其他人後來發生什麼事，不過猜想他們該是抓起外套就走，走著還一邊硬是亂吼些什麼，掩飾他們落荒而逃的窘態。我記得喬依絲手裡還抓著一盒餅乾，說我是因為吃晚餐吐的——我記得她說是德國酸菜——說我因此打電話向他們求救。（事後我問她貝瑞曼夫婦聽了有什麼反應，她說：「根本沒用，因為妳身上酒氣沖天。」）我也記得喬依絲說：「啊，我求求你貝瑞曼先生，我母親非常容易神經緊張，不知道這樣一嚇會出什麼事，如果你要，我可以向你下跪，**求求你不要打給我母親**。」我腦中沒有她下跪的畫面，而要跪的話是很快，所以看來她後來沒有履行。

貝瑞曼先生告訴我：「我想妳應該知道妳今晚的行為是一件滿嚴重的事。」他說得好像我會扛上刑事過失或是更重的罪似的。他說：「如果我視而不見，就是犯了大錯。」我想他除了對我感到生氣和厭惡，同時也擔心要把這副德性的我送回去給我古板的父母，怕他們說酒是在他家裡拿到的。一定有許多禁酒派的人覺得光是這點他就該負責，而這鎮上禁酒派的人可多了。但以生意的角度，他非常需要跟鎮上的人維持良好關係。

他說：「我感覺這不是初犯，如果是第一次，一個女孩子怎麼會聰明到知道要用水填滿酒瓶？不可能。不過這次這個女孩子很聰明，只是沒有聰明到知道我會看出來。這事妳怎麼看？」我開口想答話，不過雖然自認滿清醒，卻只發出一聲洪亮、聽起來很淒涼的傻笑。他在我家門前停車，然後說：「燈亮著，現在妳進去，向妳父母老實招了。如果妳不說，我會告訴他們。」他沒提起要付我今晚保姆費的事，我也沒想到。

我走進家裡，想直接上樓，卻被母親叫住。她走進玄關，我進門時沒開燈，但她想必立刻聞到了我身上的酒味，她奔向前發出驚訝的叫聲，彷彿是見到誰跌跤似的。她雙手扶住我的肩膀，因為我被自己不可思議的倒楣給擊潰了，便真的挨著扶手跌坐了下去。我一五一十招了，從事情的起因說起，連馬汀·柯林伍德的名字和我考慮過吞阿斯匹靈的事情都說了。這步真是大錯。

星期一早上，母親便搭巴士到貝禮維爾，找到酒坊，買了一瓶蘇格蘭威士忌。她等回程巴士時遇見熟人，來不及用皮包把酒藏住，她很氣自己沒帶購物袋。她一回來，連午飯都沒吃就立刻走去貝瑞曼家。這時貝瑞曼先生還沒回工廠上班，母親進了他們家，和夫婦兩人聊了一下，給他們留下極佳的印象，然後貝瑞曼先生便載她回家。母親和他們說話時，用的是她慣有的直率、不情緒化的口吻，而對於原本準備好要與一位母親溝通的人來說，她這種說話方式總是令對方驚喜，而且她還告訴他們，雖然我在學校似乎表現得挺好，但我性格極為畏縮——甚至可說是古怪。我猜想這番針對我行為的分析或許在貝瑞曼太太身上尤其奏效，她愛讀關於兒童輔導的書籍。母親和他們的關係升溫到她甚至說起我的一次低潮，而且為了讓他們氣消，把整件事歸咎於與馬汀·柯林伍德之間的情事。

幾天內，我差點為了馬汀·柯林伍德尋短的事就傳遍鎮上和學校。但有個消息比這更早傳開，那就是貝瑞曼夫婦星期六晚上回家時，發現我喝個爛醉，步履蹣跚，身上只穿著一件襯裙，和三個男孩子共處一室，其中一個還是比爾·柯林。母親說我得用自己當臨時保姆的收入償還那瓶她送給貝瑞曼夫婦的酒，不過我的客戶就像四月天的殘雪般消失得無影無蹤，要不是七月時對街搬來新鄰居，而且還沒來得及跟左鄰右舍聊天就得找臨時保姆，否則我永遠也還不了那筆錢。

母親還說讓我和男孩子出去是個錯誤，在十六歲生日前都不會准我再赴約。結果這完全稱不上什麼具體的折磨，因為在那之前根本沒人約我。如果你以為經過那場貝瑞曼家的冒險，我從此會在鎮上各種嬉鬧和狂歡的場合大受歡迎，你就大錯特錯了。我的第一次墮落所帶來的非凡知名度，可能在我身上蓋了某種倒楣的印記，就像一個姑娘偷嘗禁果後懷上三胞胎，沒人會想和她有牽扯。總之，我同時擁有最安靜的電話和可能是全校最臭的名聲。我一直忍受這種處境到隔年秋天，接著一位十年級的金髮胖女孩和一個有婦之夫私奔，兩個月後她在蘇聖瑪麗市被逮到與人同居，而且不是原本那位。這時大家才把我拋到腦後。

但這件事倒帶來一個意外的正面結果：我完全走出了馬汀．柯林伍德帶來的傷痛。不只是因為他曾公開說他先前就覺得我是瘋子；他指的這件事確實是醜事，而換做是一個月或一星期之前，我也可能因為自己的一片痴情而繼續喜歡他。把我拉回現實世界的是什麼呢？就是這場災難恐怖而迷人的現實，是事情發展的方式。不是說我喜歡這件事；我是個在意他人看法的彆扭女孩，這次曝光也確實讓我吃了許多苦頭。但我指的是那個週六夜晚的事情發展——這使我深深著迷；我感覺自己一窺了人生，雖然不是小說情節，卻能以這樣無恥、奧妙而令人震驚的荒謬方式即興上演，我簡直無法將注意力轉開。

而當然，那年六月，馬汀．柯林伍德參加了大學入學考試，去城裡一所殯葬禮儀學校修課，我記得那學校應該是這樣稱呼沒錯。他回來後便幫忙他舅舅的殯葬生意，我們住在同一個鎮上，彼此的近況幾乎都有所耳聞，但印象中我們多年來再也沒見過面，只偶爾遠遠瞥見。我參加過他娶的女孩的婚前送禮會，不過這種活動本來就是人人都到的。我確定我直到結婚幾年後，一次回來參加親戚的告別式才再次見到他。我當時看見的他，沒什麼達西先生的風采，但穿著那一身黑衣，依然挺好看。我也看到他望向我，露出在那樣悲傷的場合下所允許的懷舊笑意，我知道他是回憶起我當年的一片情意，或是我那場深埋過去的小災難，而心頭一陣驚喜。我以一種沒有會意過來的眼神柔柔望著他。我是個成年女人了，讓他自己回想從前的災難吧。

死亡時間

事發之後，身為母親的黎歐娜．派芮躺在沙發上，身上裹件被子。儘管廚房很熱，幾個女人仍持續往火堆添柴，而且沒人開燈。黎歐娜喝了點茶，拒絕吃東西，用刺耳但還不到歇斯底里的嗓音急迫地說著，她是這樣起頭的：我就出門那麼一下，我就出門二十分鐘——

（至少有四十五分鐘，艾莉．麥吉心想，但她沒說，當下說不出口。不過她的確記得，因為當時她在聽她每天都要收聽的廣播劇，一共有三段，但她只聽了不到一半，因為黎歐娜一直在她家廚房裡聊帕翠夏的事。黎歐娜來借艾莉的縫紉機，要替帕翠夏縫一件女牛仔裝。她飛快踩著縫紉機，且總不把縫線回拉，而是直接扯斷，即使艾莉已經拜託過她別那樣做，容易弄壞針頭。牛仔服裝是要給帕翠夏當晚穿的，她要去山谷上一場音樂會唱西部歌曲，和梅特蘭谷演藝團一起登臺，那是一個在全國各地的音樂會和舞會巡迴表演的團體。帕翠夏會以梅特蘭谷小甜心的身分出場，人稱金髮寶貝，美聲嘹亮的小不點。她確實有一副洪亮的歌喉，發自一個纖纖孩童身上幾乎令人心驚。黎歐娜從三歲起就讓她公開表演。

她從不怯場，黎歐娜說著身子前傾，往踏板施加急促的力道。她天生是表演的料。黎歐娜的開襟睡袍領口往前一鬆，露出扁平的胸脯，青筋遍布的乾癟乳房挨在粉灰相間的睡袍上。她什麼都不管，哪怕是英國國王在臺下聽，她也站起來照唱，唱完了就坐下，這孩子就是這樣。她連名字都適合當歌手，派翠夏．派芮，妳不覺得聽起來就像廣播裡會聽到的名字嗎？再來就是天生的金髮了，她從小到大我每天晚上都得幫她上布捲子，自然金可比自然鬈稀罕多了，而且顏色不會變深，我家族有不會變深的金髮血統。我向妳提過的表姊，選上一九三六年聖凱瑟琳小姐的那個，她就是金髮，還有我死去的姨媽也是……）

艾莉．麥吉想起這些但都沒吭聲，黎歐娜換口氣，一股腦地繼續說：就離開二十分鐘。還有我出門前交代她的最後一件事就是，妳要看著弟妹喔。她也九歲了，不是嗎？我去對面把這套衣服縫好，妳看好幾個小的。然後我就出門，下了臺階，出院子扳開大門鎖的時候，莫名停下來，心裡覺得不對勁，我就問自己，什麼不對勁？我站在那裡，回頭看著花園，就只看到一根根玉米桿和結冰的甘藍菜，我們今年都沒收成。然後我往路上左看右看，只看到蒙狄家的老獵犬躺在他們家前口。雙向都沒車，每戶院子都空蕩蕩的。我想是天冷吧，小孩子都沒出來玩。然後我就想，老天，會不會我記錯日子，現在不是星期六早上，是哪個特別的日子但被我給忘了——然後我想，應該只是因為空氣裡有一種快下雪的感覺吧，你們也知道多冷，路上積水都結凍又裂開了，只是沒下雪對不對，還沒下。然後我就跑過馬路到麥吉家，爬上臺階，艾莉說，黎歐娜，妳怎麼了？她說，妳臉色發白呀——

這話艾莉．麥吉也聽見了，還是沒說什麼，因為現在不是吹毛求疵的時候。黎歐娜愈說嗓音愈高，彷彿隨時可能停下來尖叫：別讓那女孩靠近我，別讓我看到她，叫她不要接近我。

廚房裡一群女人團團圍著沙發，她們碩大的身軀在微弱光線下顯得模糊，若隱若現的臉龐蒼白沉重，掛著哀悼與同情的面具。她們以莊嚴的語調說出儀式化的安慰語。躺下吧，黎歐娜，妳躺下來，她不在這裡，沒事的。

一位來自救世軍組織的年輕女孩用她溫柔平靜的語氣說，派芮太太，妳要寬恕她，她只是個孩子。救世軍女孩不時還會說：這是神的旨意，我們還無法理解。另一位救世軍婦女年紀稍長，有一張泛油蠟黃的臉龐和極男性化的嗓音，她則說：在天堂的花園裡，孩子就像一朵朵盛開的花，現在神又需要一朵花，所以把妳的孩子接走了。姊妹，妳應該感謝主，應該感到喜樂。

這兩人說話時，其餘婦人就在旁邊不自在地聽著，一聽到這些話，她們的臉就換上難為情而幼稚的肅穆表情。她們煮了茶，在桌上擺開各式餡餅、水果蛋糕、司康餅，都是大家送來或她們自己做的。黎歐娜不肯進食，大家也就都沒吃。許多女人掉了淚，但兩位救世軍組織來的都沒哭。艾莉．麥吉也哭了，她是個胖壯、面容沉靜的大胸脯婦人，膝下沒有兒女。

黎歐娜在被窩裡曲起雙腿，整個人來回搖晃啜泣，頭不時低下來甩上去（有些人因此注意到她脖子上的一條條污痕，自己不禁覺得慚愧）。然後她安靜下來，以近乎驚訝的語氣說：我餵他母奶餵到十個月大，而且他好乖，他在家裡你根本不會發現。我一直都說他是我最棒的孩子。

在陰暗而過熱的廚房裡，這女人在為人母的眾人面前感受著哀慟的尊嚴，而在這沒清潔、沒人緣且悽苦的黎歐娜面前，婦人皆自覺渺小。偶爾有男人走進來——好比孩子的父親、某位表親、某位鄰居，這些男人抱著木柴進來，或者是訕訕地問有沒有東西可吃，但總會立刻意識到有種特別的氛圍要他們安靜，譴責著他們，他們便會走出去，向其他男人說，噯，她們還沒結束。而孩子的父親喝得有些醉，還有點火氣上來，因為他感覺大家似乎期待著他做些什麼，而他沒法勝任，心裡覺得不公平，他說，可那樣也救不回班尼，就算她們把眼睛都哭出來。

事發當天稍早，喬治和愛琳在玩他們的剪紙遊戲，把型錄上的圖片剪下來，他們已經陸續從型錄上剪了一整個家族，有母親、父親、幾個孩子，現在要剪些衣服給這些紙娃娃。帕翠夏看著他們，然後說，看看你們兩個小朋友怎麼剪的，周圍都是白邊。她說，還有這樣衣服怎麼穿呀，你們連摺角都沒剪。她拿起剪刀剪了起來，剪得很漂亮，一點白邊都沒留。她那張蒼白精明的小臉蛋歪向一邊，咬著雙唇。她行事像大人一樣，她不會裝模作樣。她不會假裝自己是個歌手，儘管她長大是要當歌手的，或許在電影裡唱歌，或許在廣播裡唱。她喜歡翻電影雜誌，還有那些有各種服裝和房間照片的雜誌；她也喜歡往一些高級住宅的窗戶裡瞧。

當時班尼正試著爬上沙發，他抓住一本型錄，愛琳打他的手，他嗚咽起來。帕翠夏熟練地把他抱起來，走到窗前，讓他站在一張椅子上往外看，對他說：汪汪，班尼你看，是汪汪喔——她指的是蒙狄家的狗，正站起身甩動身子，然後朝路的另一頭走去。

汪汪，班尼用疑問的語氣重複，把雙手攤開貼在窗戶上，往狗走的方向看過去。班尼一歲半了，會說的話就只有汪汪和布拉。布拉指的是一個有時會沿著這條街走過來的磨剪刀匠，他的名字叫布蘭登，班尼認得他，每次他來就跑出去迎接他。其他才一歲出頭的小孩懂的話都比班尼多，學會的事也比他多，好比揮手道別、拍手，而且看起來大多比他可愛。班尼生得高瘦，皮包骨，臉像他父親——蒼白、安靜、了無盼望的模樣，再加一頂骯髒的鴨舌帽就十足像了。但他很乖，可以一站就是好幾個鐘頭，只是盯著窗外，叫著汪汪、汪汪，時而用疑惑低沉的語氣，時而溫柔地哼，雙手貼著窗玻璃往下滑。他儘管個頭高，卻喜歡人抱，像小嬰兒似的。給人抱著時，他會躺著往上看，微微笑，帶著些許膽怯或疑慮。帕翠夏知道班尼笨；她討厭所有愚笨的事物，但班尼是天底下愚笨事物裡她唯一不討厭的。她會替他抹鼻涕，動作純熟制式，也會教他說話，要他重複她的話，她會俯身把臉湊到他面前，急切地說，你好，班尼，你好，而他會望著她，露出他遲緩而猶豫的笑容，這每每給她一種哀傷而疲憊的感覺，她便會走開，去看本電影雜誌。

這天早餐她喝了杯茶，吃一小塊甜麵包，此時已經餓了。她在餐桌上的髒碗碟、灑在桌面的牛奶和粥水之間一陣翻找，拿起一塊麵包，但麵包吸飽了牛奶，她於是扔回桌上。

這屋子臭死了，她開口。愛琳和喬治沒理她。她踢踢油地氈上一塊乾掉的粥漬說，看，看看**這個**，為什麼這裡總是一團亂？她四處走，隨意踢著各種東西，接著從水槽底下拿出水桶和長柄杓，開始從爐灶的儲水盆裡舀水。

她說，我要把這裡打掃乾淨，我們家都不像別人家乾乾淨淨的，我要做的第一件事就是刷地板，你們兩個要幫我——

她把水桶放在爐子上。

水已經夠熱了，愛琳說。

不夠，要燒到滾燙，我看過麥吉太太刷她家地板。

孩子當天都在麥吉太太家過夜，他們從救護車來了之後便一直在那。他們看見黎歐娜、麥吉太太和其他鄰居脫掉班尼的衣服，有些皮膚似乎也隨之剝離，而班尼發出一種不像哭的聲音，比較像他們有回看到一隻後腳被輾過的狗發出的叫聲，只是比那更淒厲、更大聲——但麥吉太太看見他們，便高喊，走開，不要待在這裡，去我家，她不斷喊道。之後救護車就來了，把班尼送到醫院，麥吉太太回來告訴他們，班尼得在醫院待一陣子，他們幾個要先住在她家。她拿花生麵包和草莓醬麵包給他們吃。

他們睡的床上有張羽絨墊和熨得平整的床單，淺色的毯子蓬鬆鬆的，散發淡淡樟腦丸氣息。除此之外還有一件「伯利恆星」的被子，他們之所以知道是這個牌子，是因為他們準備就寢時，帕翠夏說，哇，好漂亮的被子。麥吉太太看起來很驚訝，有些心不在焉地回答，哦，對啊，是「伯利恆星」的。

帕翠夏在麥吉太太家非常有禮貌。麥吉太太家不像有些高級住宅區的房子一樣漂亮，不過外面覆著假磚，裡頭有假壁爐，還有養在籃子裡的蕨類植物，和其他公路旁的人家都不一樣。麥吉先生也不像左鄰右舍的男人在粉廠幹活，而是在一家商店工作。

喬治和愛琳在麥吉太太家害羞又膽小，大人和他們說話時都不敢回答。

他們都一大早就醒了，平躺在床上，不自在地躺在乾淨的床被單之間，看著房間逐漸變亮。這房間有淺紫色的絲質窗簾和百葉窗，壁紙上還有淺紫和黃色的玫瑰花；這是一間客房。帕翠夏說，我們睡在客房裡。

我想尿尿，喬治說。

我告訴你洗手間在哪，帕翠夏說，在走廊另一頭。

但喬治不肯去洗手間，說不喜歡，帕翠夏試著強迫他去，他就是不肯。

看看床底下有沒有尿壺，愛琳說。

他們這裡有洗手間，不會有什麼尿壺，帕翠夏生氣地說，他們要一個臭烘烘的舊尿壺幹什麼？

喬治冷淡地說他就是不要去。

帕翠夏於是下床，踮腳走到梳妝臺，拿來一只大花瓶。待喬治尿完，她打開窗戶，小心翼翼倒空花瓶，幾乎沒發出什麼聲響，接著用愛琳的內褲把花瓶擦乾。

好了，她說，你們兩個小鬼閉嘴躺好，不要大聲說話，只能小小聲講。

喬治小小聲問：班尼還在醫院嗎？

對，沒錯。帕翠夏簡短地回答。

他會死掉嗎？

我向你說過一百次了，不會。

真的不會嗎？

不會，只燙到他的皮膚，又沒燙到身體裡面，難道他會因為皮膚有點燙傷就死掉嗎？你講話小聲一點。

愛琳的頭在枕頭裡直扭。

妳又怎麼了?帕翠夏問。

他哭得好慘，愛琳說著，繼續把頭埋在枕頭裡。

因為痛，當然會哭，他們送他去醫院之後，就會給他能讓他不痛的東西。

妳怎麼知道?喬治問。

我就是知道。

他們靜默了一會兒，接著帕翠夏說，我這輩子從來沒聽過有人因為皮膚燙傷就死掉的，就算全身皮膚都燙掉也沒關係，都可以長回來，愛琳不要再哭，再哭就揍妳。

帕翠夏躺著不動，看著上方的天花板，麥吉太太家客房的淺紫絲質窗簾襯著她蒼白而分明的側臉。

早餐時他們吃了葡萄柚，他們印象中從來沒有吃過這種東西，另外還吃了玉米片和烤麵包抹果醬。帕翠夏一直盯著喬治和愛琳，不時對他們喝道：說請!說謝謝!她還對麥吉夫婦說，今天真冷，就算下雪我也不會意外，對不對?

但夫婦兩人沒回答。麥吉太太的臉是浮腫的。吃完早餐後，她說，小朋友，先不要起來，聽我說，你們的弟弟——

愛琳立刻哭起來，喬治見狀也跟著哭了。他抽搭著，像是料到了地對帕翠夏說，他真的死了，他死了。帕翠夏沒應話。喬治啜泣著說，都是她害的。麥吉太太說，噢，不不不，不是的。但帕翠夏動也不動地坐著，神情機警而禮貌，不發一語。後來哭聲緩了些，麥吉太太嘆著氣起身，開始收拾餐桌，帕翠夏開口說她幫忙洗碗。

麥吉太太帶他們到市區，給他們一人買一雙喪禮穿的新鞋。帕翠夏沒要參加喪禮，因為黎歐娜說她到死都不想再見到帕翠夏，不過，還是得給她買一雙鞋，獨獨不給她買就太殘忍了。麥吉太太帶他們到店裡，讓他們坐下，然後向老闆解釋情形，兩人站在一起面色凝重地點頭、低語。老闆叫他們把鞋襪脫掉，喬治和愛琳便脫了，伸出腳丫，露出沾著成塊黑泥的腳趾甲。帕翠夏低聲對麥吉太太說她想上廁所，麥吉太太告訴她洗手間在哪，在店後方，她便去了，脫掉鞋襪，用冷水和紙巾把腳盡可能抹乾淨。她回來時，聽見麥吉太太輕聲對老闆說，你應該看看我家他們睡過的床單。帕翠夏走過他們，佯裝沒聽見。

愛琳和喬治買的是牛津鞋，帕翠夏則自己挑了一雙繫帶的款式，她在穿鞋鏡前來回走動端詳，最後麥吉太太不禁說，帕翠夏，好了別管鞋了！太誇張了吧？他們走出鞋店時，麥吉太太又輕聲對老闆說。

喪禮結束後，他們回家了。一些女人幫忙把家裡清理過，班尼的東西都收了起來。他們的父親喪禮後便躲在後面棚屋裡猛灌啤酒，喝到嘔吐，也一直不肯進屋；母親則被攙上床休息。她整整躺了三天，家裡由孩子的姑姑打理。

黎歐娜叫大家不准讓帕翠夏靠近她房間。她哭叫著，她不准上來這裡，我不想看到她，我還沒忘記我的寶貝兒子。但帕翠夏並沒有想上樓的意思，她沒把心思放在這些事情上；她繼續翻電影雜誌、自己拿布捲頭髮，有人哭的時候她也沒注意；她一副什麼事也沒發生的樣子。

一天，梅特蘭谷演藝團的經理來找黎歐娜。他說演藝團要到洛克蘭的一場大型音樂會暨穀倉舞會演出，想邀帕翠夏去唱歌，但擔心他們在意才剛出事沒多久。黎歐娜說她得考慮一下。她下了床，走下樓，帕翠夏正坐在沙發上翻一本雜誌，沒抬頭。

黎歐娜說，頭髮很漂亮，看來妳自己動手捲了。拿梳子來。她又對小姑說，人生是什麼？人生就是要往前走。

她到市區買了兩首歌的樂譜：〈不斷的圓〉和〈主的力量我們都能見證〉。她叫帕翠夏學起來，帕翠夏便到洛克蘭的音樂會唱了這兩首歌。一些聽眾竊竊私語起來，因為他們知道班尼的事，在報上看過。他們拿手指著黎歐娜。黎歐娜盛裝打扮，坐在臺上低頭哭泣。一些觀眾也哭了。但帕翠夏沒哭。

到了十一月的第一個星期（那時還沒下雪，一直還沒下），磨剪刀匠推著他的車來了，他沿著公路走來，當時孩子們正在外頭院子玩，聽見他走過來的聲音；他還在遠遠的另一頭他們便聽見他那不知所云的哼唱，淒切而尖厲，怪異到你如果不曉得他是磨剪刀匠，會以為是個四處遊蕩的瘋子。他身上穿著同一件髒污的棕色大衣，縫邊都稀爛了，頭上也戴著同一頂的無頂羊毛氈帽。他沿路走來，這般叫嚷著，家家戶戶的孩子都跑進屋裡拿菜刀和剪刀，或是奔到街上興奮大叫，老布蘭登，老布蘭登（因為他就叫這名字）。

這時在派芮家的院子裡，帕翠夏突然尖叫了起來：我討厭那個磨剪刀老頭，我恨他！她嚷著，我恨那個磨剪刀老頭，恨他！她尖叫著，杵在院子裡動也不動，一張臉看上去如此乾癟蒼白。這淒厲的叫聲使黎歐娜奔出屋外，也引來左鄰右舍；他們把帕翠夏拖進屋裡，她依然尖叫不休，任人怎麼問也問不出原因；大家想，該是什麼病發作了。她眼睛緊瞇，嘴張得大大的，小而尖的牙齒幾近透明，邊緣已經有些爛，那一口細牙使她看起來像隻雪貂，一隻憤怒或恐懼得發狂的可憐小獸。大夥試過使勁搖她、摑她、朝她的臉潑冷水都沒用，最後逼她吞下一大瓶摻了大量威士忌的鎮定糖漿，這才讓她上床休息。

這是黎歐娜最寶貝的女兒呀，左鄰右舍返家時如此閒聊道，小歌手呢，他們說。因為現在一切恢復正常，他們對黎歐娜又回到先前的憎惡了。他們陰沉地笑著說，對呀，未來的電影明星，在院子裡大吼大叫，瘋了似的。

這間屋子在這，旁邊挨著其他也沒油漆過的木房子，它們都有東補一塊西補一塊的陡峭屋頂，以及狹窄歪斜的門廊，柴煙裊裊從煙囪裡飄出來，把孩子壓在窗戶上的臉變得模糊黯淡。屋子後面是一片細長的土地，某些地方犁過，其餘則荒草蔓蔓，石塊遍野，再後頭長著許多松樹，都不高。屋子前面則是院子，死氣沉沉的花園，灰色的公路從小鎮探出去。雪開始下了，輕緩而均勻，落在公路、屋舍、松林之間，起初是大片大片的，接著雪花愈來愈小，落了也不融化，就凝在嚴實的犁溝和土地的石塊上。

蝴蝶的日子

我不記得麥拉・薩伊拉是什麼時候搬來鎮上的，但她進我們這年級一定有兩、三年了。我對她開始有印象是在去年，也就是她弟弟吉米・薩伊拉上一年級的時候。吉米・薩伊拉不習慣自己上廁所，總會來六年級的教室門口找麥拉，她再帶他到樓下上廁所。他常常沒能及時找到麥拉，小小的鈕釦棉褲上就會出現一大塊深色的汙漬，麥拉就得去問老師：「拜託我可不可以帶弟弟回家一下？他尿褲子了。」

她第一次就是這麼說的，儘管她那如歌的嗓音之細，坐在前排的同學仍聽見了，低聲咯咯笑起來，驚動了全班。我們的老師是一位溫柔而情緒內斂的年輕女教師，戴著金色細框眼鏡，表現出生硬的關切，舉手投足有些像長頸鹿，她在一張紙上寫了幾個字，拿給麥拉看。麥拉用不確定的語氣複誦道：「我弟弟出了點狀況，麻煩您，老師。」

吉米・薩伊拉的糗事人盡皆知，所以每到下課時間（雖然他其實常因為做了些不該在學校做的事而被禁止下課），他也不敢去操場，因為其他小男生和幾個年紀大些的男孩子會等在那裡準備追著他跑，把他逼到後方柵欄，拿樹枝打他。他得跟麥拉待在一塊，但我們學校分成兩邊，男生一邊、女生一邊，據傳越界的學生可能被用皮帶抽；吉米不能到女生這邊，麥拉也不能到男生那邊，而且除非下雨或下雪，否則大家都不能留在教室裡，所以麥拉和吉米每節下課就站在中間那道狹小的後廊上。或許他們看著大家打棒球、玩鬼抓人、在秋天用樹葉堆房子、冬天用雪堆堡壘之類的，或許他們什麼也沒看。每次剛好望向他們時，都見他們垂著頭，彎著瘦小的身子，幾乎動也不動。姊弟都有著長形的橢圓臉蛋，皮膚光滑，神色憂鬱而謹慎——還有烏黑油亮的頭髮，弟弟的留得很長，都是在家剪的，麥拉的頭髮則編成粗辮子盤在頭頂，遠看像是裹著一條過大的頭巾。他們的眼珠棕黑，上面的眼皮好像從來不曾徹底張開；兩人看起來都很疲憊。不僅如此，他們看上去就像是中世紀畫作裡的孩童，像木頭刻成的小人像，用來膜拜或施法，臉龐光滑，年代久遠，帶著溫順而難以言說的緘默。

學校裡大部分老師都教了很久的書，下課時他們會消失在教師室，不會來煩我們，但我們這位戴著纖細金框眼鏡的年輕女老師經常從窗口看著我們，有時還會不安地急急跑出來，阻止小女生吵架，或把一些聚著玩真心話大冒險的大女孩趕起來玩賽跑。一天，她走出來喊道：「六年級的女生，老師有話要對妳們說。」她殷切誠懇地笑著，帶著可怕的忐忑，露出牙齒上細細的金邊，說道：「六年級有個女生叫麥拉．薩伊拉，她和妳們同屆，對不對？」

我們咕噥起來，但葛蕾蒂絲．希禮卻輕快地應了一聲：「沒錯，達令老師。」

「嗯，那為什麼她都沒和妳們一起玩呢？我每天都看到她站在後廊那邊，沒在玩。妳們覺得她站在那裡面看起來開心嗎？如果是**妳們**自己被留在那邊，妳們會開心嗎？」

沒人應聲。我們面對著達令老師，一臉恭敬，但泰然自若，心裡對她這種假想的問題感到無聊。然後葛蕾蒂絲開口說：「麥拉不能和我們出來玩，達令老師，她要照顧她弟弟。」

達令老師遲疑地說，「哦，反正妳們還是要對她好一點，妳們不覺得嗎，不是嗎？大家對她好一點，好不好？老師**知道**妳們做得到。」可憐的達令老師，她的提議很快就給擾亂了，一番呼籲成了抱怨和猶豫的懇求。

老師離開後，葛蕾蒂絲．希禮用輕柔的聲音說：「大家對她好一點，好不好？老師**知道**妳們做得到。」然後咧嘴露出她大大的牙齒，快活地吆喝：「無論陰雨或嚴寒——」[1]她唱完了一整段，收尾時還華麗地擺擺她的皇家斯圖亞特格紋裙子。希禮父親是一家女裝織品店的老闆，而她之所以能在我們班上帶頭，有部分是因為她那身亮眼的方格呢裙、蟬翼紗上衣和黃銅釦天鵝絨外套，也因為她早發育的胸脯，以及性格中微妙的蠻橫特質。這下子我們全都

1 這段歌詞出自一九五七年的美國民謠〈塑膠耶穌像〉（*Plastic Jesus*），此曲有諷刺意味。

模仿起達令老師。

在此之前我們沒怎麼注意過麥拉，但現在我們發明了一種遊戲，大家會說「我們來對麥拉好。」然後三、四個人排成正式的隊形走向她，一聲令下後，齊聲說：「哈囉麥拉，哈囉，麥——拉——」接著說些類似這樣的話：「麥拉，妳都用什麼洗頭呢，妳頭髮好美好亮，麥——拉——」「哦，她都用魚肝油洗，對不對，麥拉。她都用魚肝油洗，妳沒聞到嗎？」

老實說，麥拉身上確實有股味道，不過是壞掉水果的那種甜腐氣味，那就是薩伊拉家的營生事業，他們開一家小小的水果鋪。她父親整天坐在窗邊凳子上，上衣掀著，露出他的大肚腩和肚臍周圍的一撮撮黑毛，嘴裡嚼著大蒜。但如果你到店裡，來招呼的是薩伊拉太太，她會從店鋪後鬆垮的印花布簾中間悄悄現身。她的頭髮燙成黑色大波浪，微笑時嘴巴抿著，只有嘴角直往兩邊咧；她會連珠炮似地低聲報價，試探你敢不敢有意見，如果你沒有，她就把那袋水果遞給你，眼裡帶著明顯的嘲弄意味。

一個冬日清晨，我一大早就走在學校山坡上，因為這天我搭一位鄰居的便車到鎮上。我家在距離鎮上大約半英里的地方，是一座農場，我本來根本不該讀這間城鎮學校，而是該讀附近的一所鄉間學校，那裡只有六、七個學生，還有一個人生遭逢遽變之後變得有些痴呆的老師。但母親是個有野心的女人，她說服鎮理事收我，又說服父親付比較高的學費，我便到鎮上讀書了。我是班上唯一帶午餐便當的人，每天都在那間毫無裝飾、芥末黃的挑高衣帽間裡吃花生醬三明治，也是春天裡唯一得穿橡膠靴的人，因為那時節路上總是泥濘不堪。我自己走在坡上，感覺有點危險，卻又說不上來哪裡危險。

我看到麥拉和吉米走在我前面的坡上。他們姊弟總是很早上學，有時甚至得站在那兒等工友開門。此時他們緩步走著，麥拉不時會稍稍轉過身。我也經常像那樣閒晃，想跟走在後面學校的風雲女孩走在一起，又不敢直接停下來等。這會兒我想到或許麥拉正對我做一樣的事，我不曉得該怎麼辦，我可不能被撞見和麥拉走在一起，而且我也不想。但另一方面，她那樣謙卑而期盼的轉身所帶來的虛榮並非完全沒影響到我，我無法忍住不去扮演一個專為我打造的角色，我感到一股自覺的善心，愉悅地泉湧而上，腦袋還沒想清楚便開口喊道：「麥拉，喂，麥拉，等我一下，我有餅乾傑克的焦糖花生爆米花。」她停下來，我便快步迎上去。

麥拉等著，但她沒直視我，而是呈現她每回與我們打照面時那種退縮而僵硬的態度。或許她以為我要整她，或許她預期我會跑過她，朝她臉上扔餅乾傑克的空盒。我打開盒子，伸向她，她拿了一點。吉米躲在她外套後面，我把爆米花遞給他，他也不肯拿。

「他害羞，很多小朋友都很害羞，他長大就好了。」我安慰道。

「嗯。」麥拉應道。

「我有一個四歲的弟弟，他也害羞得要命。」我說，但其實弟弟根本不害羞。「再吃一些餅乾傑克吧，我以前整天吃，現在沒有了，我覺得吃了對皮膚不好。」

一陣沉默。

「妳喜歡美術課嗎？」麥拉怯怯地問。

「不喜歡，我喜歡社會課、拼字課、健康教育。」

「我喜歡美術和算術。」麥拉用心算做加法和乘法的速度是全班最快的。

「真希望我跟妳一樣好，我說算術。」我說，感覺自己十分大度。

「可是我拼字不好，我最常拼錯字，說不定會不及格。」麥拉說。她聽起來沒有多不開心，反而很高興找到這個話題似的。她一直別著頭，盯著維多利亞街邊骯髒的雪堤，而她說話時，會發出一種類似舔嘴唇的聲音。

「妳不會不及格，妳算術太強了。妳長大之後想做什麼？」

她一臉困惑。「我會幫我母親的忙，在店裡做事。」

「哦，我想當空中小姐，但是不要告訴別人，我還沒對太多人說過。」我說。

「不會，我不會說。妳看報紙上的史蒂夫・坎尼奧（Steve Canyon）漫畫嗎？」麥拉問。

「會啊。」想到麥拉也看漫畫還真奇怪，應該說沒有想過她在學校上課外她會做其他任何事情。「妳看利普・卡比（Rip Kirby）的漫畫嗎？」

「妳看孤女安妮的漫畫嗎？」

「妳讀《貝西與男孩們》的故事嗎？」

「餅乾傑克妳幾乎沒吃，再吃一些，妳抓一把。」我說。

麥拉往盒子裡看，說道：「裡面有獎品。」她把獎品抽出來，是一個別針，一隻漆成金色的小小錫製蝴蝶，上面黏著小顆的彩色玻璃，弄成像飾品一樣。麥拉用她棕膚的手拿著蝴蝶，露出一抹淺笑。

我問：「妳喜歡嗎？」

麥拉說：「我喜歡藍色石頭，藍色石頭就是藍寶石。」

「我知道，我的生日石就是藍寶石。妳的生日石是什麼？」

「不知道。」

「妳生日在什麼時候？」

「七月。」

「那妳的生日石就是紅寶石。」

「我比較喜歡藍寶石，我喜歡妳的生日石。」她把別針遞還給我。

「妳留著，妳找到就是妳的。」我說。

麥拉的手仍伸在那裡，彷彿聽不懂的樣子。我說：「誰找到就是誰的。」

「是妳的餅乾傑克。」麥拉說著，嚇到又嚴肅的模樣。「是妳買的。」

「妳找到的。」

「不要——」麥拉說。

「快，來，我要送給妳。」我從她那兒拿起別針，再塞回她手裡。

我們都感到吃驚。我們望著彼此；我漲紅了臉，但麥拉沒有。我們手指相碰時，我便意識到這是一個許諾；我驚慌了，但沒事。我心想，我之後也可以早點來，跟她一起上學，下課時也可以去找她講話。為什麼不？有何不可？

麥拉把別針放進口袋。她說：「我可以別在我的好衣服上，我的好衣服是藍色的。」

我知道是藍色的。麥拉的好衣服都在學校穿舊了。就算是隆冬，在一片方格羊毛裙和嗶嘰束腰外衣之中，她也很顯眼，穿著一身可憐的天藍塔夫綢和灰湖水綠縐紗做的衣服，那是用成年女人的洋裝改的，V領處掛著一只沉沉的大蝴蝶結，並在麥拉窄窄的胸前邋著空虛的折子。

我也慶幸她沒把別針戴上。要是有人問她別針從哪來的，她說了，我該說什麼才好？

就在隔天，或是隔週，麥拉沒再來學校了。她經常得留在家裡幫忙，但這回卻一直沒有回來，整整一個星期，接著是兩個星期，她的座位都空著。一天我們學校搬教室，麥拉的書就被從她的桌子裡拿出來，放到一個櫥櫃的架上。達令老師說：「等她回來我們再幫她安排一個位子。」老師點名時也不再喊麥拉的名字。

吉米．薩伊拉也沒來學校了，因為沒人帶他上廁所。

到麥拉沒來的第四或第五週，葛蕾蒂絲．希禮有天到學校說：「你們知道嗎，麥拉．薩伊拉生病住院了。」

這是真的。葛蕾蒂絲．希禮有個姨媽在當護士。葛蕾蒂絲在拼字課上到一半時舉手告訴達令老師。她說：「我想妳可能會想知道。」達令老師說：「對，這事我知道。」

「她得什麼病？」我們問葛蕾蒂絲。

葛蕾蒂絲說：「什麼貧血還是什麼的，她還接受輸血。」她對達令老師說：「我姨媽是護士。」

達令老師便讓全班寫一封信給麥拉，大家寫著：「親愛的麥拉，我們一起寫這封信給妳，希望妳早日康復，回來上學……友筆」達令老師又說：「我想到了，誰想在三月二十號的時候去醫院看她，幫她辦慶生會？」

我開口：「她的生日在七月。」

達令老師說：「我知道，七月二十，不過今年她生病了，可以改在三月二十號過。」

「但是她七月才生日。」

「但是她生病了。」達令老師語氣尖銳，帶著警告意味。「醫院的廚師會做一個蛋糕，你們每個人都可以準備個小禮物，例如大約二十五美分的東西。我們要在兩點到四點之間去，因為那是探病時段，而且不能每個人都去，那樣太多人了。所以誰想去，誰想留下來看補充閱讀？」

我們全都舉起手來。達令老師拿出拼字成績表，挑了前十五名，十二個女孩子和三個男孩子，結果那三個男生不想去，她又往下挑了三個女生。我不知道是從什麼時候開始，但或許就是這個時候，麥拉．薩伊拉的慶生會突然成了一件時髦的事。

或許是因為葛蕾蒂絲．希禮有位護士姨媽，或許是疾病和醫院帶來的刺激感，或純粹因為麥拉令人刮目地完全擺脫了我們生活中所有的約束和規範，總之我們開始談起她，口吻就像她是我們擁有的一樣東西，而她的慶生會成了一個行動的目標，我們在下課時以成熟女性的慎重語氣討論這件事，一致認為二十五美分太少了。

我們去醫院時是個陽光普照的午後，雪開始融了。我們拿著禮物，由護士領我們上樓，排成一隊，走過一條走廊，經過許多半掩的房門和隱約的談話聲。護士和達令老師不斷說著「噓——噓」，但我們已經踮腳走了，我們在醫院的表現無懈可擊。

這家小型的鄉間醫院沒有兒童病房，而且麥拉也不能算是兒童了；她被安排和兩個灰髮老婦同房。我們走進病房時，一位護士正在她們旁邊拉起遮簾。

麥拉坐在床上，身上穿著一件挺硬而過大的病人袍子。她的頭髮放下來，長辮子披過肩膀垂落在床罩上。但她的臉還是老樣子，總是一個樣。

達令老師說已經有人稍微暗示過她慶生會的事，這樣她才不會被嚇到；但看來她似乎沒有相信，或是不理解暗示的內容。她看著我們，就像從前她在學校操場看著我們玩一樣。

「看，我們來了，終於來了。」達令老師說。大家便說：「麥拉生日快樂，哈囉麥拉，生日快樂。」麥拉說：「我生日在七月。」她的聲音比平時更輕，輕飄飄的，聽不出情緒。

「別管幾月了，就假裝是今天吧。麥拉，妳幾歲了？」達令老師問。

「十一歲，到七月的時候。」麥拉說。

這時我們都脫掉外套，露出裡頭的派對服裝，然後把禮物擱在麥拉床上。禮物都包著花花的淺色包裝，我們有些人的母親還用細緻的緞帶打上繁複的大蝴蝶結，有些母親甚至黏上了小束的假玫瑰花和鈴蘭。「送妳，麥拉。」我們紛紛說著，「送給妳，麥拉，祝妳生日快樂。」麥拉沒看我們，而是看著那些緞帶，粉色、藍色、銀白圓點的，還有那些小巧的花束，這些東西使她十分歡喜，就像那枚蝴蝶別針一樣。她臉上露出一種純真的神情，一抹淺淺而隱晦的微笑。

達令老師說：「打開禮物吧，麥拉，都是送給妳的。」

麥拉把身邊的禮物撥攏在一起，用手指輕觸；她微笑，謹慎地意會過來，升起了意想不到的驕傲。她說：「星期六我就要去倫敦市的聖約瑟醫院了。」

「我媽就在那裡，我們去看過她，那裡有好多修女。」一位同學說。

「我姑姑也是修女。」麥拉平靜地說。

她開始拆禮物，那姿態就是葛蕾蒂絲也勝不過，她把薄棉紙和緞帶一一摺好，然後抽出裡頭的書、益智遊戲、剪紙，模樣彷彿這些都是她贏得的獎品。達令老師建議她每拆一份禮物，就說謝謝和對方的名字，這樣才能確定她知道送禮的人是誰，因此麥拉便一聲聲說著：「謝謝妳，瑪麗露意絲；謝謝妳，卡洛。」輪到我的禮物時，她對我說：「謝謝妳，海倫。」每個人都向她介紹自己送的禮物，大夥興奮交談著，興高采烈，麥拉主持著一切，儘管她並不雀躍。一個寫著「麥拉生日快樂」的蛋糕被端了進來，粉色花樣在白蛋糕上，還有十一根蠟燭。達令老師點燃蠟燭，我們一起高唱生日快樂歌，然後嚷道：「許願，麥拉，許願——」麥拉吹熄蠟燭，大家都吃了蛋糕和草莓冰淇淋。

四點鐘，鈴響了，護士把剩下的蛋糕和髒盤子拿出去，我們穿上外套準備回家。大家說：「麥拉再見。」麥拉坐在床上看著我們離去，她的背挺得很直，沒靠著枕頭，雙手擱在禮物上。但我在門口聽見她的喊聲，她喊道：「海倫——」只有兩、三個人聽見，達令老師沒聽到，她走在前面出去了。我回到床邊。

「我收到太多東西了，妳拿一樣。」麥拉說。
「什麼？是妳生日，生日本來就會收到很多禮物。」我說。
「妳拿一樣嘛。」麥拉說。她拿起一只人造皮革材質的盒子，裡頭有鏡子、梳子、指甲剪、一支自然色的口紅，還有一條綴著金邊的小手帕。我先前就注意到這個禮物。她說：「妳拿這個。」
「妳不想要嗎？」
「妳拿去。」她把東西塞進我手裡。我們的手指再次相碰。
「等我從倫敦市回來，放學後妳可以來我家玩。」麥拉說。
「嗯。」我應道。醫院窗外，街上傳來一道玩耍聲，有人拿著今年最後的雪球在追逐吧。與這道聲音相比，麥拉頓時顯得黯淡無光，她的勝利、她的慷慨，尤其是她為我留了位子的將來。床上的禮物，那些摺好的包裝紙和緞帶、出於一絲罪惡感的心意，都已經遁入這道陰影，不再是能放心碰觸、交換和收下的無害之物。現在我不想拿這個盒子了，但我想不到抽身的方法，想不到該撒什麼樣的謊。我心想，就送人吧，我大概永遠不會拿來玩，讓弟弟把這東西拆爛好了。
護士端著一杯巧克力牛奶走回來。
「怎麼了，妳沒聽見鈴響了嗎？」

於是我自由了，從這層阻礙圈住麥拉，圈住她那未知、高高在上、帶著乙醚氣味的醫院世界，和我自己這顆背叛的心當中，一起被釋放了。「那麼謝謝了，謝謝妳送我這個，再見。」我說。

麥拉說了再見嗎？應該沒有。她坐在高高的床上，纖細的棕色頸項從那過大的病人袍裡伸出來，雕刻般的棕色臉龐不受背叛影響，她給我的禮物或許早被拋到腦後，等著被留作傳奇之用，如同提到她甚至在學校後廊枯站過。

男孩和女孩

父親是銀狐養殖業者，就是用圈欄養銀狐，到了秋天和初冬時節，銀狐毛皮最豐美的時候，就宰了剝皮，把毛皮賣給哈德遜灣公司或蒙特婁皮草貿易公司。這些公司會送我們充滿英雄氣概的掛曆，廚房的門裡外各掛一份，圖片裡以冷冽的藍天、黑色的松林和北方的惡水大川為背景，顧盼自雄的探險家插下英國或法國的旗幟，壯碩的土著彎著腰搬運東西。

聖誕節前連續幾個星期，父親吃完晚飯就到家裡的地下室幹活。地下室的牆漆成白色，靠工作檯上一只一百瓦特的燈泡照明。我和弟弟雷爾德就坐在臺階最上面看。父親把毛皮從銀狐身上反剝下來，那些身體少了毛皮的傲人重量，看起來小得驚人，倒像大鼠。赤裸裸、滑溜溜的身體都放進一個麻袋裡，拿去垃圾場埋。有一次，雇工亨利．貝利還拎著這麻袋朝我揮過來說：「聖誕禮物來了。」母親覺得一點也不好笑。事實上她討厭整個剝皮工作——宰銀狐、剝下、處理毛皮的過程；母親希望別在家裡弄這些。剝皮有味道。毛皮反著鋪在一塊長板子上，父親小心翼翼地刮，把上面交織凝結的血管和脂肪沫刮掉，而血和動物油脂的氣味，以及銀狐本身強烈的原始體味，便會瀰漫家中。這對我來說是一種季節性的味道，撫慰人心，一如柳橙與松針的氣味。

亨利・貝利的支氣管有毛病，經常咳個沒完，咳到一張瘦長的臉漲得大紅，帶著嘲弄意味的淺藍眼睛裡滿是淚水，接著他就會把爐蓋打開，退得老遠，然後吐出一大口痰——嗖的一聲，正中爐火的中心。我們崇拜他，因為這項表演，也因為他能隨心所欲地讓自己的肚子隆隆響，還有他奇特的笑聲，他笑起來有高頻的口哨聲和呼嚕聲，運用了胸腔裡整套運作不良的系統。有時很難看出他到底在笑什麼，很可能就是在笑我們。

我們被大人送上床後，仍能聞到銀狐的味道，聽見亨利的笑聲，知道樓下有個溫暖、安全、明亮的世界，然而這些事物，提醒了我們一旦到了樓上這些就像失落了，削弱了，在混濁寒冷的空氣裡飄盪。冬天晚上總令我們害怕。我們怕的不是屋**外**，儘管這個時節，風吹成的雪堆團團圍住我們家，就像成群沉睡的鯨魚；狂風整夜肆虐，從積雪的原野和結冰的沼澤席捲而來，吹送著那凶惡而淒慘的妖怪之聲。我們怕的是**屋內**，我們睡的房間。當時我們家樓上還沒完工，有一道磚砌的煙囪順著其中一面牆往上伸；地板中央有個方形的洞，四邊圍著木欄杆，這就是樓梯的開口。樓梯口另一邊則放著已經無人使用的雜物——包括一捆豎著的軍用油地氈、一臺藤編的嬰兒車、一個蕨類吊籃、幾個龜裂的陶瓷盆罐，還有一幅看了就難過的巴拉克拉瓦戰役的畫作。我告訴雷爾德，那邊住著蝙蝠和骷髏，他大到能聽懂這些事我就說了。而每當二十英里外的郡立監獄有人逃獄，我便想像那些人從窗口溜進來，躲在那捆油地氈後頭。然而我們訂了可以保護自己的規則。燈亮著的時候，只要不踏出那張老舊地毯的方形區域都算安全，那裡面都算是我們的臥房，而關燈後就只有床上算安全區域。我總是跪在床尾關燈，伸長了身子才能搆著開關拉繩。

黑暗中，我們躺在各自的床上，我們窄小的救生筏，眼睛盯著樓梯間透上來的微弱光線，嘴裡唱著歌。雷爾德會唱〈聖誕鈴聲〉，他一年到頭無論是不是聖誕節都唱這首，而我唱〈男孩丹尼〉[1]。我喜歡自己纖細而懇切的歌聲，在黑暗中揚起。這時我們已經看得見窗戶長長的結霜輪廓了，雪白而陰鬱。當我唱到：「當我死去，我終有一日死去」——全身便會一陣顫慄，不是因為冰涼的床單，而是因為一股幾乎使我靜默下來的愉悅情緒。「你將跪地向我說聲後會有期」——後會有期是什麼意思？我每天都忘記查個清楚。

雷爾德唱著唱著就睡著了，我能聽見他長而滿足、冒著泡的呼吸。這時便來到屬於我自己的時光了，完美無瑕的私密感，也許是一整天中最好的時光。我會用被子把自己緊緊裹住，接著前一晚的進度，說故事給自己聽。這些故事都是關於我自己的，主角是長大一點的

1 *Danny Boy*，愛爾蘭民謠，常被美加地區的愛爾蘭後裔當做非官方的頌歌，歌詞提及死亡與道別。

我，故事的背景大約就是我身處的世界，只是有許多施展英勇、大無畏、自我犧牲精神的機會，是我現實生活中沒有的。我把人從爆炸的建築裡救出來（真實世界的戰爭[2]在離朱比利鎮如此遠的地方上演，真令我氣餒）；我開槍射殺兩隻患了狂犬病、危害操場安全的野狼（老師都蜷縮在我背後嚇壞了）；我為著某樁我還沒編好的英雄事蹟，神采飛揚地騎著一匹良駒跑在朱比利的主街上，向滿懷感激的鎮民致意（從沒有人在主街上騎馬，除了奧蘭治節大遊行裡扮演威廉三世的人）。這些故事裡總有騎馬和射擊，雖然我其實只騎過兩次馬——直接坐在馬背上，因為家裡沒有馬鞍——第二次還跌了下來，摔在馬的腳下，馬兒冷靜地跨過我。射擊我則是真的在學，只是還不曾打中任何東西，連圍欄柱上的錫罐也打不著。

活銀狐住在一個父親替牠們打造的世界裡。這世界由高高的圍欄圈起，像個中世紀城鎮，有道大門夜裡會用掛鎖鎖上。大而堅固的畜欄沿著城鎮街道而築，每座畜欄都有一道真正的門，能讓一個男人通過，而鐵絲網邊上築了木頭斜坡，供銀狐跑上跑下，此外還有一座狐舍，就像個挖了氣孔的衣箱，銀狐可以在裡頭睡覺、避冬、育幼。鐵絲網上架了放食物和飲水的盆子，而且經過設計，從外頭就能倒空和清洗。盆子是用舊罐頭做的，斜坡及狐舍則用零碎的舊木材打造，一切井然有序、設計精巧；父親是個永不疲倦的發明家，全世界他最喜歡的一本書就是《魯賓遜漂流記》。他在獨輪推車上裝了個錫桶，方便把水運到畜欄，而夏天時這就是我的工作。銀狐夏季每天得喝兩次水，每天早上九點到十點一次，晚飯後一次。我會在抽水機那裡把錫桶裝滿水，然後慢慢推，穿過穀倉場，推到畜欄把車放好，再把我的澆花器也裝滿水，然後沿街走去。雷爾德也跟著我，帶上他那把奶油色和綠色相間的迷你澆花器，水裝得太滿，澆花器不停撞他在腿上，水便流進他的帆布鞋。我拿的則是真正的澆花器，是父親的，但是我只能提得動四分之三滿的水。

銀狐都有名字，印在錫牌上，掛在牠們各自的門邊。名字不是出生時取的，而是在銀狐逃過第一年的剝皮，成為用來繁殖的種狐後才有的名字。父親取的都是普林斯、鮑伯、威利、貝蒂之類的名字，我取的有星星、突厥、莫琳、黛安娜這些，雷爾德把一隻取為茉德，是他小時候家裡一位女雇工的名字，還有一隻哈洛德，是他學校的同學，還有一隻墨西哥，他沒說為什麼。

銀狐不會因為有名字就成為寵物，差得遠了。除了父親，沒人能進畜欄，而他也曾兩次被咬而引發敗血症。我去添水時，銀狐會在畜欄裡那些經年累月走出來的小徑上來回梭巡，幾乎不太叫——嗥叫通常在夜裡，牠們會發狂地大合唱——然而牠們總會盯著我瞧，目光

2 指第二次世界大戰。

如炬，亮澄澄的金色，鑲在那不懷好意的尖臉上。銀狐生得很美，四足纖細，狐尾豐美貴氣，整個背部是潑灑在黑底色上的亮色毛皮——所以才叫銀狐。然而最美的是牠們的臉，輪廓細緻尖銳，充滿敵意，還有雙金黃眼眸。

除了添水以外，父親除掉長在畜欄之間的高草、藜、開花的錢麝香時，我也幫忙。他拿長柄大鐮刀割草，我把草耙成堆，然後他再拿乾草叉把剛割下的草鋪在畜欄上方，讓銀狐涼爽些，還有遮陽，因為銀狐的毛皮在過度日照下會曬成棕色。除非跟我們幹的活相關，否則父親不大會和我說話。這點與母親很不同，母親如果心情好，什麼事都會告訴我——她小時候養的狗叫什麼名字、她後來長大後約會的男孩子叫什麼名字、她某些衣服是什麼款式——還說她無法想像那些人事物現在的模樣。父親無論有什麼想法或故事都放在心裡，而我在他面前也比較害羞，絕不會問他問題。儘管如此，在他眼皮下幹活我總是心甘情願，還感到自豪。一次，一名飼料推銷員進到畜欄和父親說話，父親對他說：「介紹你認識我新請來的助手。」我轉過身去，一個勁地猛耙草，開心得羞紅了臉。

「差點被你唬了，我想說她只是個女孩子嘛。」推銷員說。

草除完後，時節似乎便朝年尾邁進了一大步。我在日暮時分踩在殘梗上，察覺到秋季染紅的天空和迫近的寂靜。待我把水桶推出大門，鎖上掛鎖，天就幾乎黑了。一天晚上，我看見父母站在穀倉前那塊我們稱為通道的隆起區域。父親才剛從肉房走出來，身上穿著挺硬但血跡斑斑的圍裙，手裡拎著一桶切好的肉塊。

看到母親出現在穀倉十分奇怪。平時她除非有什麼事得做，晾衣服或到菜園挖馬鈴薯，否則很少跑到屋外。她看起來與四周不搭，裸露的腿肉團團的，也沒曬過太陽；身上還繫著圍裙，肚子一塊因為洗晚餐碗盤給弄溼了；頭髮用一塊方巾綁著，好幾綹髮絲散落在外。她總在早上時先把頭髮這樣紮起來，說她沒時間好好弄，結果一紮就是一整天。她說的也是實話，她真的沒時間。這些日子我們家後門廊上堆了一籃籃從鎮上買來的桃子、葡萄、梨子，以及我們自己種的洋蔥、番茄、小黃瓜，這些全都得做成果醬、醃漬水果、醃菜、辣醬。廚房裡的爐火成天燒著，瓶罐在滾水裡敲得哐啷作響，有時也會出現兩張椅子中間架一支竿子，上面掛個紗布袋，把藍黑色的葡萄果肉瀝去水分準備做果醬。我常被派事情做，坐到桌前，替泡過熱水的桃子去皮，或是切洋蔥切得雙眼刺痛流淚。我一做完便跑出屋外，跑到聽不見的地方，以免母親又想到要派其他活。我討厭夏天裡悶熱陰暗的廚房，討厭那綠百葉窗和捕蠅紙，還有萬年不變的油布餐桌、波浪形狀的鏡子、凹凸不平的油地氈。母親忙累得無暇和我談天，沒興致講當年師範學院的畢業舞會。她臉上汗涔涔的，時時刻刻在默數著東西、指著瓶罐、倒著一杯又一杯的糖。在我看來，家事無窮無盡，乏味又格外令人憂鬱，而在戶外工作，替父親幹的活，慣例上總是至關緊要的事。

這會我把水桶推到穀倉放好，聽見母親說：「等雷爾德大一點，你就有真正的助手了。」

父親回什麼我沒聽見。我很開心看到他站在那裡聽的態度，像面對推銷員或陌生人般客氣，但帶著一種想要繼續做他要緊活的態勢；我感覺這裡的一切不干母親的事，也希望父親有同感。她提到雷爾德是什麼意思？雷爾德根本沒辦法幫任何人忙，他現在在哪？應該是邋鞦韆邋到想吐，繞著圈走，或是在抓毛蟲吧，他從沒有陪我做完一件事過。

「這樣我就可以讓她多幫我做些家事。」我聽見母親說。她總用這種靜靜惋惜的語氣說我，令我十分不舒服。「我一轉身她就溜了，我就像沒生女兒一樣。」

我走去坐在穀倉角落的飼料袋上，不想在他們說這些話時出現。母親令我覺得不能信任。她比父親和藹，也比較好騙，卻是靠不住的人，她說什麼做什麼，背後真正的理由都不得而知。她愛我，會熬夜做一件我想要的、款式複雜的衣服讓我開學時穿。然而她也是我的敵人，她永遠在密謀，現在她又密謀著要讓我多待在房子裡，即便她知道我討厭這樣（應該說正因為她知道我討厭這樣），密謀著不讓我替父親幹活。我感覺她這樣做可能純粹出於乖僻，想試試自己的權力。我沒想過她可能是出於寂寞，或是嫉妒，因為大人怎麼可能會這樣，他們命這麼好。我坐著，用腳跟乏味地踢著飼料袋，揚起塵埃，直到母親離開後才走出來。

至少，我認為父親才不會理她說的話。誰能想像雷爾德做我做的活兒——他能記得鎖門，把葉子弄在棍子上清理水盆，甚至是推水桶而不打翻嗎？這只顯示母親對事情了解太少了。

我忘了說我們餵銀狐吃什麼，看到父親沾血的圍裙才讓我想起。我們餵銀狐吃的是馬肉。多數農夫到這時仍養著馬，而每當馬老得不能幹活，或斷了腿，或倒下去再也站不起來，馬主人就打電話給父親，父親和亨利便會開卡車到農場去。他們通常就地槍殺宰割，然後付給農夫五到十二美元不等的價格；要是他們已經囤了太多肉，就會把馬活著帶回來，在我們的馬廄裡養個幾天或幾星期，養到缺肉的時候為止。大戰後，農夫開始購置曳引機，漸漸淘汰馬匹，所以我們偶爾也會弄到健健康康的好馬，只因為牠們沒用處了。如果是冬天，我們便可能把馬養到春天，因為冬天有足夠的乾草，還有如果雪下得很大——剷雪機不一定會清到我們這條路——那麼進城時有馬拉輕便雪橇也方便。

我十一歲那年冬天，馬廄養著兩匹馬，我們不曉得牠們原本的名字，就喊牠們麥克和芙蘿拉。麥克是黑色的老馱馬，煤灰一般黑，性情淡漠；芙蘿拉是栗色的母馬，拉馬車的。我們讓牠們拉雪橇，麥克慢條斯理且好控制，芙蘿拉則動不動就警戒起來，看到汽車甚至其他馬就亂轉向，但我們喜歡她走得飛快、昂首闊步，有種英勇不羈的神態。星期六我們通常會進馬廄，我們一開門，揭開這舒適、瀰漫動物氣味的黑暗空間，芙蘿拉就會猛地抬起頭，轉著眼珠，發出絕望的嘶聲，立即上演一場神經崩潰。進她的馬欄並不安全，她很可能踢人。

也在這年冬天，我開始更常聽到母親那天在穀倉前所傳達的主題，我不再覺得安全。關於這主題，似乎我身邊每個人的腦海中都有一道穩定的暗流，不可能轉向了。「女孩」這詞從前在我心中是無害的，毫無包袱，和「孩子」一樣，現在似乎不是如此了。所謂女孩，不是我從前以為的，僅是我原本的樣子，而是我必須成為的模樣。女孩是一個定義，總是和強調、責備、失望連在一起，此外還是一個對我的玩笑。有一回我和雷爾德打架，那是我第一次需要使出全力對付他，即便如此，還是一度被他抓著我的手臂，按住好一段時間，真的弄痛了我。亨利瞧見，哈哈大笑說：「啊，雷爾德總有一天會讓妳見識見識。」雷爾德長大很多，但我也長大了。

奶奶來和我們住幾個星期時，我又聽到一些說法。「女孩子不可以那樣甩門。」「女孩家坐著的時候膝蓋要併攏。」最討厭的是我問問題的時候，「女孩子不要管這些。」我繼續甩我的門，坐沒坐相，心想這樣就能保住我的自由。

春天來了，馬兒被放到穀倉場自由活動。麥克緊挨著穀倉牆壁，磨著脖子和屁股抓癢，而芙蘿拉卻奔來跑去，到柵欄邊用後腳站起來，馬蹄在欄杆上哐啷啷直敲。雪堆很快融了，露出底下灰色和棕色的硬土，那熟悉的地形起伏，在美妙的冬季景觀後顯得單調光禿，四下有一種開闊、解放的美好感受。現在我們就穿橡膠靴，套在鞋子外面，雙腳感覺輕盈得不可思議。一個星期六，我們到馬廄去，發現所有門都開著，陌生的陽光和新鮮空氣探了進來。

亨利在裡頭閒晃，看他蒐集的日曆，那些日曆全釘在馬欄後面，在馬廄裡一個母親大概從沒看過的區域。

亨利說：「來向你們的老朋友麥克說再見嗎？喏，你給他嚐點麥片吧。」他倒了些燕麥在雷爾德捧起的手裡，雷爾德便去餵麥克。麥克的牙都壞了，吃得很慢，他耐心地把燕麥往嘴裡四處攪，想找到一塊殘餘的臼齒磨碎燕麥。亨利哀傷地說，「可憐的老麥克，馬的牙齒沒了，就差不多玩完了，就是這樣。」

「你們今天會殺他嗎？」我問。麥克和芙蘿拉養在馬廄裡太久，我幾乎快忘了牠們也是要殺的。

亨利沒回答我，而是用高亢顫抖、嘲弄憂傷的音調唱起歌：啊，不必再幹活了，因為可憐的奈德叔叔，他去了好黑鬼去的地方。麥克厚實深黑的舌頭勤勞地在雷爾德手上忙著，我沒等歌唱完便走出去，坐在通道上。

我從沒親眼見過他們射殺馬，但我知道他們在哪裡執行。去年夏天，我和雷爾德偶然發現一堆還沒來得及埋起來的馬內臟。起先我們以為是一尾大黑蛇，在陽光下蜷縮著。那地方就在穀倉旁邊過去的一塊地。我想我們只要進穀倉，找一條大一點的縫隙或透過木板的節孔，就能看到他們動手的過程。並不是我想看這種事，但如果一件事會發生，最好還是親眼看看了解。

父親從屋子裡走過來，手裡拿著槍。

「妳在這裡做什麼？」他問。

「沒事。」

「妳到屋子附近玩吧。」

他把雷爾德支出馬廄。我問雷爾德：「你想看他們殺麥克嗎？」我沒等他回話，就領他走到穀倉前門，小心翼翼開了門走進去。「小聲點，不然會被他們聽見。」我說。我們聽見亨利和父親在馬廄裡說話，接著便是麥克被倒退著牽出他的馬欄，拖著蹄走的沉重腳步聲。

穀倉閣樓寒冷黑暗，稀薄的日光透過縫隙照進來，映出無數的十字形狀。乾草堆不高。鄉野在我們腳下連綿起伏，一道山坡一道谷。在約莫四英尺高的地方，有一道沿著牆壁築的橫梁，我們把乾草堆在一角，我把雷爾德推上梁，自己再撐上去。橫梁不算寬，我們雙手貼著穀倉的牆壁，慢慢爬過去。牆上節孔很多，我找到一個視野理想的地方——能看見穀倉場一隅、大門，還有那塊地的一部分。雷爾德找不到節孔，抱怨起來。

我把兩條木板之間的寬縫隙指給他看。「安靜一點等，被他們聽見的話你會把我們兩個害慘。」

父親出現在視線中，手裡拿著槍，亨利則牽著馬籠頭，拉著麥克走。接著他鬆開手，拿出捲菸紙和菸草，替父親和自己捲了香菸。與此同時，麥克在柵欄邊的枯草上嗅來嗅去。接著父親打開柵門，他們帶麥克走出去。亨利牽著麥克走離小徑，走到一塊空地，兩人低聲交談著，我們聽不見。麥克又開始想找一口新鮮青草來嚼，不過找不到。父親筆直走開，走到一個他覺得差不多的距離，驟然停下腳步，亨利也從麥克身邊走開，不過是側著的，手仍輕輕抓著馬籠頭。父親舉槍，麥克抬起頭來，似乎注意到不對勁；父親朝他開槍。

麥克沒有立刻倒下去，而是搖晃了一下，往旁邊踉蹌兩步，這才歪向一邊跌在地上，接著背部著地仰翻過來，令人吃驚地，四條腿在空中踢了幾秒。亨利見狀笑了，彷彿是麥克耍了把戲給他看。雷爾德在剛才開槍時倒抽一口氣，驚訝地長吟了一聲，此時他大聲說：「他沒死。」我也認為牠可能沒死。然而麥克不再踢了，他翻回側身，肌肉抽搐幾下，癱軟下來。父親他們走過去，一副公事公辦地看著他，俯身檢查那子彈貫穿的前額，這時我看見了枯草上麥克的血。

我說：「現在他們就是要把他剝皮和切塊了，走吧。」我雙腿有些顫抖，帶著感激的心情跳到草堆上。「現在你看到他們是怎樣把馬射死的了。」我以恭賀的口吻說，彷彿自己已經看過很多次似的。「走，我們去看看穀倉裡有沒有貓在乾草裡生小貓。」雷爾德跳下來，他彷彿又變得年幼而順從了。我突然想起他小時候，我曾經帶他來穀倉，要他從梯子爬到頂梁上。當時也是春天，乾草堆不高。我那樣做是為了尋求刺激，渴望一件我能拿來說嘴的事。當時他身上穿著一件小小白棕格紋的笨重外套，用我的舊外套改的，而他真的照著我的話爬了上去，坐在頂梁上，腳下一邊是距離他很遠的低矮草堆，另一邊就是穀倉地板和一些老舊機械。接著我跑開，高聲對父親喊：「雷爾德爬到頂梁上了。」父親來了，母親也來了。父親爬上梯子時，一邊輕聲對雷爾德說話，然後把雷爾德抱在臂彎裡帶下來，這時母親往梯子一靠，哭了出來。他們對我說：「妳怎麼沒看好弟弟呢？」這件事沒人知道實情，雷爾德還沒懂事到可以告狀。然而後來我看見那件白棕格紋外套掛在衣櫥裡，或是再後來扔在一袋舊布堆裡時，總感覺胃裡沉甸甸的，一股無從驅逐的愧咎所帶來的悲傷。

這會兒我看著根本已經不記得這件事的雷爾德，我不喜歡這張削瘦、冬日異常蒼白的臉此刻的神情。他的表情不帶驚嚇或難過，而是漠然而專注。我用異常歡快友善的語氣說：「聽著，你不會說出去吧？」

「不會。」他心不在焉回道。

「你保證。」

「我保證。」他說。我抓住他放在背後的手，確定他沒把食指和中指交叉[3]。儘管如此，他還是可能做惡夢，在夢裡喊出來。我決定我最好努力清除他腦中的畫面——在我看來，他的腦袋瓜沒辦法塞多少東西。那天下午，我拿出自己存的錢，帶雷爾德到朱比利市區看了場電影，主角是茱蒂．柯諾瓦[4]，我們笑個不停。看完後，我心想應該沒事了。

兩週後，我得知他們要殺芙蘿拉了。我是前一晚知道的，我聽見母親問，乾草還夠用嗎，父親回答：「嗯，明天之後只剩那頭牛要吃，而且下星期應該就可以把牠放到外面吃草。」於是我知道，早上該輪到芙蘿拉了。

這回我沒想要看。這種事看一次就夠了。上回看完後我不常想起這事，但有時當我在學校忙著做作業，或站在鏡子前梳頭，想著自己長大後會不會長得漂亮的時候，整個場景便會閃現我腦中：我會看見父親舉槍時輕鬆熟練的姿態，聽見麥克四腳朝天踢著腿時亨利的笑聲。對於這些，我並沒有城市孩子或許會有的那種強烈的驚恐或抗拒。我已經習慣動物的死亡，這就是我們活下去的方式。然而我感到些許羞恥，對父親和他工作產生了一種前所未有的提防態度，一種抵抗心理。

那天天氣很好，我們在院子裡四處撿拾冬天狂風暴雪弄斷的樹枝。大人要我們撿的，同時我們自己也想撿來搭個印第安圓錐帳篷。我們聽到芙蘿拉嘶叫，接著是父親說話聲和亨利的喊叫聲，我們便跑到穀倉場，看看發生什麼事。馬廄的門開著。剛才亨利牽芙蘿拉出來，結果她掙脫了，這會兒在穀倉場裡亂跑，這頭那頭地四處狂奔。我們爬上柵欄，興奮地看她飛奔、嘶叫、抬前腿，像西部片裡的馬一樣闊步飛奔、咄咄逼人，像一匹未被馴服的馬場跑

3 遠古基督教流傳下來的手勢，於撒謊時暗比出十字，期望免除內疚得到上帝原諒。

4 Judy Canova，美國喜劇演員。

馬，儘管她只是一匹老拉車馬，只是一匹栗色的老母馬。父親和亨利追著她跑，設法抓住晃動的韁繩。他們試著把她逼到角落，眼看就要成功了，她卻從他們中間跑出去，眼神狂野，很快消失在穀倉轉角。我們聽見她越過柵欄時，欄杆喀噠倒下，亨利大喊：「她跑到那塊地去了。」

他指的是屋子旁邊那塊L形的地，如果她跑到中間，朝車道的方向去，那裡的柵門可是開的，因為今早才把卡車開進那塊地。我在柵欄另一邊，離車道最近，因此父親對我高喊：「去把柵門關上！」

我跑起來很快，我穿過花園，跑過我們掛著鞦韆的樹，跳過一條水溝，進了車到範圍。眼前就是敞開的柵門，芙蘿拉還沒跑出去，外面大路上不見她的身影；她一定跑到那塊地的另一端去了。門很沉，我把門從碎石子地上拉起來，推過路面。推到一半時，芙蘿拉出現了，直直朝我奔來，剩下時間剛好夠把鏈子拴上。雷爾德手腳並用地過了水溝，準備來幫忙。

我沒有關門，反倒把門大大敞開。我不是下了決心要這樣做，只是當下就這麼做了。芙蘿拉的腳步一點也沒慢下來，她飛奔經過我身邊，儘管已經來不及，雷爾德仍跳著腳高嚷：「關門，關門！」父親和亨利下一刻才出現，沒看見我做了什麼，他們只看見芙蘿拉往鄉公路的方向跑去，以為我晚了一步。

他們沒浪費時間問問題，直接回穀倉拿了要用的槍和刀，放上卡車，把車掉頭，顛顛簸簸駛過這塊地，朝我們開來。雷爾德對他們喊：「我也要去，我也要去。」亨利停下車，他們讓雷爾德上了車。我在他們開走後把門關上。

我想雷爾德會告訴他們，不曉得我會有什麼下場。我從沒有違抗過父親，也不明白自己為何那麼做。芙蘿拉逃不了的，他們會開車追上她，就算今天上午沒追到，到了下午或明天，一定也會有人看到她，打電話給我們。這裡可沒有什麼曠野讓她逃跑，到處都是農場。此外，父親花錢買下她，我們得用她的肉來餵銀狐，得靠銀狐維持我們的生計，我做的事只是讓父親更辛苦，他已經夠累了。而一旦他知道這件事，便再也不會信任我，他會知道我不是完全站在他那邊；我這次站在芙蘿拉那邊。我這樣對每個人都沒好處，甚至也沒幫到芙蘿拉。儘管如此，我沒有後悔，在她朝我奔來、我把柵門敞開時，那便是我唯一能做的事。

我回到屋裡，母親問：「外面在亂什麼？」我告訴她，芙蘿拉踢倒柵欄跑出去了。母親說：「妳可憐的老爸，這下他要四處去追她了。一點前也不用準備做飯了。」她架起燙衣板。我想告訴她實話，但思忖一下，便上了樓，坐到床上。

這陣子我一直想把我這一半的房間弄得漂亮點，我在床上鋪了家裡閒置的蕾絲窗簾，拿做裙子剩下的印花棉布給自己布置了一張梳妝臺，還準備在我和雷爾德的床中間弄個屏障，把我這邊和他那邊隔開。蕾絲窗簾在日光下看起來不過是灰撲撲的破布。我們夜裡也不再唱歌。一天晚上我唱歌時，雷爾德說：「妳聽起來好蠢。」我還是繼續唱我的，但隔天晚上就沒再唱了。反正也沒必要，我們已經不怕了，我們知道另一邊只是些舊傢俱，一堆亂七八糟的老舊雜物罷了。我們不再遵守那些規則。我仍然會等到雷爾德睡著後，自己說故事，但連故事裡的情境也不同了，起了神祕難解的變化。故事開頭都和以前差不多，發生一場大危機，可能是一場火災或一頭猛獸，而剛開始或許我還是會救人，但接下來情節就逆轉，變成別人來搭救我，可能是學校班上的男孩，甚至可能是我們的坎伯老師，他平常會搔女孩的胳肢窩。而到了這時，故事鉅細靡遺描繪的是外表——我的頭髮多長、身上穿的衣服樣式；等我把這些細節想清楚，故事真正精采刺激的部分早已消失。

卡車回來時已經超過一點。車子後面蓋了防水布，代表底下放著肉。母親把午餐重新熱過。亨利和父親已經先到穀倉脫掉沾滿血的工作服，另換上一套普通的工作服，然後在水槽洗了手、脖子和臉，用水潑溼頭髮，梳了一下。雷爾德舉起一隻手，炫耀上頭的一道血跡：「我們把老芙蘿拉射死了，大卸五十塊。」

「噢，我才不想聽，還有不准這樣子上我的餐桌吃飯。」母親說。

父親叫雷爾德去把身上的血跡洗掉。

我們坐下，父親說了飯前禱詞。亨利把嘴裡的口香糖黏在叉子頂端，他總是這樣，拿下來後還會讓我們欣賞上面的紋路。大家開始傳著一盆盆冒著熱氣、煮過頭的蔬菜。這時雷爾德從餐桌另一頭望著我，驕傲而清晰地說：「反正是她害芙蘿拉跑掉的。」

「什麼？」父親開口。

「她可以關門卻沒關，她把門打開，芙蘿拉才會跑出去。」

「這是真的嗎？」父親問。

所有人都盯著我。我點頭，費勁嚥下食物。羞愧的是，我眼眶中淚水滿盈。

父親不悅地哼了一聲，問道：「妳為什麼要這樣？」

我沒回話。我放下叉子，沒抬頭，等著被人叫下餐桌。

但沒人趕我。好一段時間，大家一片沉默，接著雷爾德像只是描述事實平實地說：「她在哭。」

「算了。」父親說，他的語氣像是接受了事實，甚至是愉悅的，而他說的話永遠赦免也永遠放逐了我。「她只是個女孩子。」

我沒反對，甚至內心也沒有。或許真是如此。

明信片

昨天下午，才昨天而已，我走在往郵局的路上，心想著我有多厭倦下雪和老是喉嚨痛，厭倦這拖得老長的冬天尾巴，真希望立刻飛到佛羅里達州去，像克萊爾一樣。昨天星期三，下午我休半天假。我在金氏百貨公司上班，美其名是百貨，其實只賣成衣和織品，他們從前也賣食品雜貨，但我只剩模糊的印象。母親以前會帶我去，把我放在高腳椅上，老金先生會給我一把葡萄乾，然後說，我只給漂亮的女孩子。後來他——老金先生死後，這家店就不賣雜貨了，甚至也不能算是金氏百貨，如今歸一個柯魯柏格家族所有，他們從沒來過，只派了位霍斯先生來當經理。我負責樓上，就是童裝部，聖誕節時也布置「玩具天地」。我已經做了十四年，霍斯不會找我麻煩，因為他知道我不會理他。

星期三郵局櫃檯窗口沒開，但我有鑰匙。我開了我們家郵箱，拿出用母親名字訂的朱比利報、電話帳單，還有一張我差點漏掉的明信片。我先看圖片，映入眼簾的是成排棕櫚樹、炙熱藍天，以及一間汽車旅館的正面，前方有塊招牌，做成高大健美的金髮女郎形狀，我猜晚上會亮霓虹燈。女郎說，來我家睡吧——她嘴巴吐出個對白泡泡，寫著這些字。我翻到背面讀明信片的內容：我沒去她家睡，太貴了。天氣好得不能再好，華氏七十五、六度[1]。妳在朱比利的冬天過得如何？希望別太糟。妳要乖乖的。克萊爾筆。日期是十天前。嗯，明信片有時是寄得慢，但我打賭其實是因為他放在口袋裡好幾天才想到要寄。他去佛羅里達三個星期了，這是我收到的第一張明信片，而他這星期五或六就要回來。他每年冬天都跟住溫莎市[2]的妹妹小圓和妹夫哈洛德一起去佛州。我感覺他們夫妻不太喜歡我，但克萊爾說是我胡思亂想。我每回跟小圓聊天總會說錯話，例如說什麼某件事不知所云，即便我知道我用這個成語才是不知所云。她從不會多說什麼，但我事後總自己百轉千迴，感覺難堪至極。雖然我知道丟臉也是活該，因為我平常在朱比利和別人說話根本不會這樣，我是想在她面前裝模作樣，因為她是麥魁利家的人，畢竟我自己成天對母親訓話，說我們沒有配不上他們家。

以前我會對克萊爾說，你出遠門的時候寫封信給我，他總問，妳想要我寫些什麼呢？我要他寫風景和他遇見的人，寫什麼我都會讀得很開心，畢竟我玩過離家最遠的地方不過是水牛城（我沒把帶母親搭火車去溫尼伯找親戚那次算進去）。但克萊爾會說，我回來再告訴妳也一樣。不過他從沒這麼做過，因為等到見面時我說，告訴我你出去玩的事，他就會問，妳想要聽些什麼？這真是惹惱我，因為我又沒去怎麼會知道呢？

我看見母親在等我，她正透過前門的小窗往外看。我拐進我們家的小徑時，她開門對我嚷道：「小心，地上很滑，早上送牛奶的人差點倒栽蔥。」

我說：「有些日子我可能不介意跌斷腿。」她說：「不要亂說話，烏鴉嘴。」

「克萊爾寄來一張明信片給妳。」我說。

「啊，真的假的！」她把明信片翻過面，然後說：「是寄給妳的，我就知道。」然而她一笑置之。「我不喜歡他挑的這張圖片，但可能那裡也沒什麼選擇。」

克萊爾或許打從會走路開始就很得老太太的緣，在她們心裡，他永遠是小時候那個乖乖的小胖子，彬彬有禮，雖然出身麥魁利家，可一點都不跩，而且總有辦法逗得她們樂開懷，笑到臉都紅。母親和克萊爾兩人之間，大概有十幾種遊戲可玩，我總跟不上，好比其中一個是他敲敲門然後說：「太太您好，晚安，請問我能向您推銷一個健身課程嗎？我在籌大學學費。」母親便會嘖嘖口水，拉長了臉說：「睜大眼，年輕人，我看起來像需要上健身課程的人嗎？」又或者是他會裝作一臉憂傷地說：「太太，我來是因為我擔心您的靈魂。」母親便會捧腹大笑回答：「你先擔心你自己的靈魂吧。」然後端出雞湯麵疙瘩和檸檬

---

1 約攝氏二十四度。

2 Windsor，加拿大安大略省西南部的城市。

蛋白派祭他的五臟廟，都是他最愛的食物。克萊爾還會在飯桌上說些我從沒想過母親會想聽的笑話。「妳知道嗎，有一位老先生娶了個年輕妻子，然後他去看醫生，他說，醫生，我在『那方面』有點——」「別說了。」母親會說，但還是讓他說完才接著又說：「你這樣會讓海倫．路易絲害臊的。」我在外面都只讓人叫我海倫了，只有家裡人還這麼叫，而克萊爾也學我母親這麼叫，我說我不喜歡這個名字，但他依然故我。有時我感覺自己簡直像他們的孩子，坐在他和母親中間，他們兩個邊說笑邊大啖佳餚，一邊念我抽菸抽太凶，還有我如果再彎腰駝背，就會得到永久的圓肩毛病。克萊爾長我十二歲，所以他在我印象中一直就是個成年男人。

從前我會在街上看到他，當時他在我眼中很老，起碼跟大多數成年人給我的感覺一樣；他是那種年輕時顯老，年紀大時又看起來比實際年齡年輕的人。他從前老在女王飯店混。身為麥魁利家的人，他不需要太認真工作。他有一間小辦公室，會做點公證，還有一些保險和房地產工作。辦公室現在他仍留著，前面窗戶總是黯淡蒙塵，後頭點著一盞燈，春夏秋冬皆如此，而裡頭有位約莫八十歲的老太太，梅特蘭女士，替他打字以及做所有他交辦的工作。如果他不在女王飯店，就是和一、二個朋友坐在電熱器旁打個小牌，安靜喝點小酒，主要是聊天。在朱比利，或許在每個小鎮上，都有些像這樣的男人，你可以說他們稱得上是號人物。我指的不是大人物，他們沒重要到能競選議員，甚至市長也難（不過克萊爾如果認真點的話應該行），他們只是一天到晚出現在主街上，人人認得，而克萊爾和他的一群朋友就是這樣的人。

「他和他妹妹一起下去呀？」母親問，彷彿我沒告訴過她似的。我和母親的對話經常得再三重播。「妳說他們都怎麼叫她？」

「小圓。」我回答。

「對對，記得我之前就想，一個成年女人竟然叫這種名字。我還記得她受洗的時候，本名是依莎貝兒，當時我還未婚，還在教會唱詩班。他們給她穿一件老長的洗禮袍，花樣披披掛掛的，妳也知道他們家。」克萊爾很得母親的心，但麥魁利家的其他人可沒有，即便他們只是呵口氣，母親也要覺得他們一副跩樣。記得一、兩年前，我們經過麥魁利家，她還說什麼小心別踩著這棟**大宅院**的草皮。我對她說：「媽，幾年後我就要搬進來了，以後這裡就是**我家**，所以妳最好別再用那種語氣說什麼大宅院的。」我們一起抬頭望著那房子，看暗綠色的雨篷上綴飾著大大的白色古英文字體M字[3]，還有一排排陽臺走廊，以及邊牆的那道玻璃

3　M為麥魁利（MacQuarrie）家姓氏的第一個字母。

花窗，看上去真像教堂，沒有半點生命的跡象。但其實老麥魁利太太就躺在樓上，她動也不動，半邊癱瘓，不能言語，而白天由韋拉．孟戈莫里隨侍在側，夜裡則有克萊爾。屋裡出現陌生的人聲會使老太太心煩，每次克萊爾帶我回家時我們只能輕聲細語，以免她聽到我的聲音，又引發中風。母親凝視良久後說道：「很妙，我沒法想像有一天妳會冠上麥魁利這個姓。」

「我還以為妳很喜歡克萊爾。」

「我是呀，但在我心裡，他就是每個星期六晚上來接妳出去，星期天晚上來吃個晚餐，我沒想過妳和他結婚。」

「妳就等著看老太太走之後會發生什麼事吧。」

「他是這樣對妳說的嗎？」

「我們有共識。」

「有夢最美。」母親說。

「妳不用一副他給我天大恩惠的樣子，因為我告訴妳，很多人會覺得是他配不上我。」

「我每次開口都一定要得罪妳嗎？」母親溫和地說。

我和克萊爾以前常在星期六晚上從側門溜進去，在那老派的挑高廚房裡煮咖啡、弄點吃的，盡量小聲、偷偷摸摸的，像兩個放學後的青少年。然後我們就從後面樓梯躡手躡腳上到克萊爾的房間，打開電視，讓老太太以為他是自己一個人，在看電視。要是她喊他過去，我就得自己躺在大床上看電視，或看牆上的舊照片——他在中學曲棍球校隊當守門員、小圓在畢業典禮上盛裝打扮、他和小圓和一些我不認識的朋友出遊的照片。如果他被老太太找去太久，我無聊了，就會在電視聲的掩護下下樓，再來些咖啡。（我不喝其他更烈的飲料，克萊爾才喝。）四下只亮著廚房的燈，而我會走進飯廳，拉開抽屜看看老太太的亞麻家飾，也開瓷器櫥和銀器櫃，感覺自己像個賊。但我又會想，我為什麼不能享受這些以及麥魁利這個姓呢？反正也不必做什麼現在沒在做的事。我們交往沒多久，克萊爾就說：「嫁給我。」當時我說：「別煩我，我還不想想結婚的事。」他便放棄了。後來過了這些年，我自己開口了，他很開心的樣子，他說：「哦，我這樣一個糟老頭子，能讓妳這樣的漂亮姑娘說要嫁我，可真不容易。」我心裡想著，等我結婚了，就要到金氏百貨去，讓霍斯跑進跑出伺候我，那個老粗脖子，我真想給他點顏色瞧瞧，但我會出於品味，克制我自己。

我對母親說：「好了，我要把明信片拿去收在我的盒子裡了。還有，我們兩個不如都去睡個午覺打發這個下午吧。」我上樓，換了睡袍（中式刺繡款式，克萊爾送的），塗好面霜，然後打開我專門放明信片、書信、各種紀念物的盒子，把那張明信片和過去幾年的佛羅里達明信片放在一起，另外還有一些是從班夫鎮、賈斯珀城、大峽谷或黃石公園寄來的。接著為了打發時間，我看了學生時代的照片、成績單，還有《皮納福號軍艦》的節目單，那是中學時搬演的一齣戲，我演女主角，叫什麼名字來著，總之是艦長的女兒。記得克萊爾在街上遇到我，還恭喜我，誇歌唱得好，說我在臺上很美，我也稍稍和他調情了一下，因為他對我來說好老，很無害，我可以這一秒和他調情，下一秒掉頭就走，這令我十分得意。要是我當年知道後來的發展，該會有多驚訝呢？當時我甚至還沒遇見泰德．弗吉。

我光看外面就認得出他的信。我後來再也沒讀過，但此刻因著好奇，我打開重讀了。我通常討厭用打字機寫信，因為打字少了個人的溫度，但今晚承受了這裡諸多的陌生壓力，我疲倦極了，希望妳諒解。不管是不是用打字機，這封信從前我光是看到就能感受到愛意——如果你這麼稱呼這種感覺——強烈到幾乎能將我壓碎，將我推倒在地。泰德．弗吉在朱比利電臺當過六個月的廣播員，差不多是我高中快畢業的時期。母親說他年紀比我大太多了——她可沒這樣嫌過克萊爾，而泰德當時不過二十四歲。他得過結核病，在一家療養所待了兩年，所以才顯得老些。那時我們會上蘇利文山莊，他會告訴我他是如何活在死神的陰影中，因而領悟到能與另一個人建立親密的關係何其珍貴，但他所找到的卻是一片寂寞；他說他想把頭枕在我腿上哭泣，但他真正做的卻總是另一件事。他離開後，我整個人成了行屍走肉，每天下午才起床，膝蓋發軟地跑到郵局去開郵箱，看看有沒有我的信。可是沒有，那封信之後，我再也沒收過他的信。許多地方都使我痛苦，蘇利文山莊、廣播電臺、女王飯店的咖啡館。我不知在那家咖啡館度過多少時光，在腦中將我們的對話一一溫習，回味他的每個表情，還不了解這麼心心念念也不可能讓他出現在咖啡館門口。我就是在那裡和克萊爾熟起來的。他說我看起來需要開心點，便告訴我一些他的故事。我從沒透露我心煩的原因，但我們開始約會後，我便向他解釋，我對他只能有友情。他說這樣很好，他願意耐心等待。他也確實等了。

我把那封信從頭到尾讀了一遍，又一次浮起先前有過的想法，那就是唉，哪個傻子讀了信都看得出來，這根本就是一封告別信——希望妳明白，我對妳的溫柔可人和善體人意有多麼感激。當時溫柔可人就是唯一停駐我腦海中的詞，給了我希望。我心想，等我和克萊爾結婚，我就要把這封信給扔了。那何不現在動手呢？我把信對撕又對撕，輕鬆愜意，就像學期結束時撕掉上課筆記。接著因為不想讓母親評論我廢紙簍裡的東西，我把碎片揉成一團，放進皮包裡。這件事做完後，我躺在床上，想了幾件事，好比如果我那時沒因為泰德．弗吉而那樣恍惚麻木，我可能對克萊爾改觀嗎？不太可能。要不是當年那樣的恍惚狀態，我或許根本不會理克萊爾，或許已經離開，去做不同的事，但現在想這些也沒意義了。最早，看他那樣使勁的時候，我還會替他覺得難過，那時我會低頭看著他圓圓的漸禿的頭，聽著他呻吟和混亂的聲音，心裡想著，我除了盡量禮貌還能怎麼辦？他對我也沒有別的要求，別無所求，只需要我躺著給他而已，後來我也習慣了。我回想往事，心想自己是不是一個無情的人？就那樣躺著，任他抓著我、愛我、在我頸邊呻吟，說著他在做什麼事，而從不回以半句纏綿的話？我從不想當一個無情的人，我也從未對克萊爾不好，而且我確實給了他，十次有九次都給，不是嗎？

我聽見母親午睡起床了，聽見她拿水壺燒水的聲音，她等下就會邊喝茶邊讀報。片刻過後，她發出一聲驚呼。我想大概是誰死了，便跳下床跑到走廊上，但她站在樓下對我說：「妳回去繼續睡，對不起嚇到妳了，我看錯了。」我便走回去，但聽見她打電話的聲音，或許是打給哪個手帕交聊報上的新聞吧。接著我想我便睡著了。

後來我醒來是因為聽見有人停車、下車，沿著大門小徑走來。我心想，克萊爾提早回來了嗎？接著我在半睡半醒，迷迷糊糊之間想到我已經撕了那封信，很好。然而那不是他的腳步聲。門鈴還沒響，母親便搶先一步開了門，接著我便聽到艾瑪．史東豪斯的聲音，她在朱比利公立學校教書，是我最要好的姊妹淘。我走到樓梯前，俯身對樓下喊：「嗨，艾瑪，妳又來吃飯呀？」她住在貝禮家，這戶人家的餐點品質不太穩定，如果她聞到他們家要上牧羊人派，有時就會不請自來衝到我家。

艾瑪沒脫外套便上了樓，她削瘦黝黑的臉閃耀著激動的神情，因此我知道應該是發生了什麼事。我心想，一定跟她丈夫有關，因為他們分居了，他常寫些可怕的信給她。她開口說：「海倫，哈囉，妳現在覺得還好嗎？妳剛醒嗎？」

我說：「我聽到妳車子的聲音，本來還想會不會是克萊爾，不過他還要幾天才回來。」

「海倫，妳先坐下好嗎？來妳房間坐著。妳準備好聽一件令人震驚的事了嗎？真希望這件事不必由我告訴妳。妳要穩住。」

我看見母親就站在艾瑪背後，便問：「媽，妳們在開什麼玩笑嗎？」

艾瑪說：「克萊爾・麥魁利結婚了。」

「妳們兩個在玩什麼把戲？克萊爾・麥魁利人在佛羅里達，我今天才收到他寄的明信片，媽也知道。」我說。

「他在佛羅里達結婚了，海倫，妳要冷靜。」

「他怎麼可能在佛羅里達結婚，他在度假耶？」

「他們在回朱比利的路上了，他們會住在這裡。」「艾瑪，不管妳從哪裡聽到這消息，都是胡扯，我才剛收到他寄的明信片。媽——」

接著我看到母親望著我，表情和我八歲時長麻疹、燒到華氏一百零五度[4]的時候一模一

---

4 約攝氏四十度半。

樣。她把抓在手裡的報紙攤開給我看。「在這裡。」她大概沒意識到自己把聲音壓得極低，「登在《號角報》上了。」

「想騙我上鉤吧，我才不信。」我說著讀了起來，從頭讀到尾，彷彿裡面的人名我都沒聽過似的，而有些人我確實不認識。這場寧靜的儀式在佛羅里達州科勒爾蓋布爾斯市舉行，結為連理的是克萊爾．亞歷山大．麥魁利和瑪格麗特．索拉．李森太太。克萊爾來自朱比利，是詹姆斯．麥魁利夫婦之子，已故的麥魁利先生是地方上的傑出商人，並擔任眾議員多年；瑪格麗特是已故的克禮夫．提博特夫婦之女，出身內布拉斯加州林肯市。新郎的妹妹和妹夫哈洛德．詹森夫婦是這場婚禮唯二的觀禮人。當天新娘身穿一襲灰綠色的女性套裝，胸前配戴黃褐色的蘭花，詹森太太則穿米色套裝，綴以黑色首飾和綠色蘭花。這對新婚夫婦目前正驅車返回他們位於朱比利的家。

「妳還覺得是胡扯嗎？」艾瑪嚴肅地問。

我說我不知道。

「妳還好嗎？」

還好。

母親說我們到樓下喝杯茶、吃點東西會覺得好些，別關在這小小的房間裡，反正也差不多是晚餐時間了。我們三人便一起下了樓，我還穿著睡袍，而母親和艾瑪備了一頓那種家裡有人生病時，你得維持體力卻又沒法太費心思的潦草餐點，有冷肉三明治、幾小碟醃菜、起司片、棗泥方糕。母親對我說：「妳想抽菸的話就抽吧。」——這是她這輩子第一次說這句話。於是我便抽了，艾瑪也抽了，然後艾瑪說：「我帶了些鎮定劑過來，就在皮包裡，藥效不強，妳想要的話可以吃一、兩顆。」我說不用，謝謝，現在還不需要。我說我好像還不到能吃鎮定劑的時候。

「他每年都去佛羅里達，對吧？」

我說對。

「嗯，那我覺得他應該以前就認識這女人了，她大概是寡婦還是離過婚的，反正他們一直在通信計畫這件事。」

母親說，實在很難想像克萊爾會這樣。

「我只是說出我的推測，而且我敢說，那女人一定是他妹妹的朋友，都是他妹妹策畫的，他們夫妻就是觀禮人，他妹妹和妹夫。她和妳處不好，海倫，我記得妳提過。」

「我和她根本不熟。」

「海倫．路易絲，妳告訴我你們只是在等老太太過世，他是不是這樣說的？我說克萊爾？」

「拿老太太當擋箭牌。」艾瑪說得俐落乾脆。

「噢，不會吧。唉，好難理解，**克萊爾**這人。」母親說。

「男人就是能弄到手的都不會放過。」艾瑪說。接著是一陣停頓，兩人都看著我。我沒辦法對她們說什麼，我沒辦法把我腦裡想的事告訴她們。我想的是上星期六，他出發前，我去他家，他一絲不掛像個嬰兒一樣，把我的頭髮橫在他臉上，用牙齒咬著，假裝要咬斷。我可不喜歡頭髮沾到別人的口水，但還是由他，只警告他如果真咬斷，我上美容院修頭髮的錢他得付。他那晚的樣子實在不像要出發去和別人結婚。

母親和艾瑪繼續聊著，不斷猜測，我則愈來愈想睡。我聽到艾瑪說：「這也不算最糟的，像我還忍受了四年的活地獄。」母親則說：「他一直好到骨子裡的，也一直把這女孩放在手心呀。」我不曉得自己怎能這麼睏，才入夜不久，而且下午還午睡過。艾瑪說：「妳想睡很好，這是自然的力量。自然的力量就像麻醉一樣。」她們一起把我送上樓，送上床，我甚至沒聽到她們下樓便睡著了。

隔天我也沒特別早起。我在平常起床的時間醒來，弄了自己的早點。我聽見母親下床的聲音，便一如往常喊她繼續睡。她朝樓下喊：「妳真的要上班嗎？我可以打電話向霍斯先生說妳不舒服。」我說：「我幹麼稱他們的意？」我沒開燈在玄關鏡子前化了妝，接著便出門，走了兩個半街區到金氏百貨，一點沒留心這天早晨如何，只知道沒有一覺醒來就到了春天。

到了店裡，大家都在等我，噢，個個對我好得不得了：海倫早，海倫早安，這些親切而語調樂觀的輕聲問候，都等著看我會不會突然撲倒在地，歇斯底里起來。包括邁克庫太太、戴著訂婚戒的蓓柔．艾倫，還有二十五年前也被拋棄過的柯瑞思太太，她後來跟了另一個人——柯瑞思先生，但他也跑了。她幹麼這樣看著我？老霍斯對我微笑時還咬著舌。我用無懈可擊的開朗口吻道了早安，爬上樓，萬般慶幸自己有專屬的洗手間，同時心想，我打賭今天一定是童裝部的大日子。確實如此，從沒有一個上午來了這麼多母親，為了買條髮帶或一雙小襪子，就願意爬上那道樓梯。

我打電話對母親說我中午不回家吃了，心想我到女王飯店吃個漢堡就好，那裡全是在廣播電臺工作的客人，都是我不認識的。但到了十一點四十五分，艾瑪卻來了。「今天這種日子我不會讓妳一個人吃飯的。」我們便一起去女王飯店。她叫我別吃漢堡，改吃雞蛋三明治，還有喝牛奶，別喝可樂，因為她說怕我消化不好，但被我否決了。她一直等到我們取了餐，也坐定準備開動時，才開口說：「他們回來了。」

我愣了一下才明白她在說誰。「什麼時候？」我問。

「昨天晚上，約莫晚餐時間，我開車去妳家告訴妳這件事的時候。我說不定差點遇到他們。」

「誰告訴妳的？」

「畢切爾家就住在麥魁利家隔壁。」畢切爾太太是四年級的老師，艾瑪教三年級。「葛蕾絲看見他們了。她看了報紙，所以知道那是誰。」

「她是怎樣的人？」我忍不住問。

「不年輕了，葛蕾絲說的，總之和他年紀差不多，我就說是他妹妹的朋友吧。還有她的長相也不算高分，總之妳知道她相貌平平就對了。」

「她身材高大還是嬌小？」我已經停不下來。「髮色是深是淺？」

「她戴了帽子，葛蕾絲看不到她的髮色，不過她認為是深色。還有她身材挺壯，葛蕾絲說她的屁股像一架平臺鋼琴。她可能很有錢吧。」

「這也是葛蕾絲說的嗎？」

「不是，是我說的，我猜的。」

「克萊爾不需要為了錢結婚，他自己有錢。」

「那是以我們的標準，說不定他嫌不夠。」

當天下午我一直想著，或許克萊爾會來一趟，至少打通電話給我，到時我就可以問他覺得自己在做什麼。我在腦袋裡編了一些他可能給我的誇張理由，好比那可憐的女人得了癌症，只剩半年可活，而且她窮得要命（是他汽車旅館的清潔婦），他只是想讓她安度餘生；

又或者他妹夫因為一筆不正當的交易，被那女人敲詐，他為了堵她的嘴不得不娶她。但我沒有時間編太多故事，因為客人簡直絡繹不絕。老太太一個個氣喘吁吁地爬上樓，說什麼想買生日禮物給孫子孫女，朱比利的所有孫子孫女三月都要過生日。我心想，她們都得對我心存感激，我這不是讓她們的日子多了點刺激嗎？甚至連艾瑪也是，她一掃整個冬天的愁容，我想我不是怪她，但事實就是如此。而且誰知道，換成是我被史東豪斯先生威脅要找上門強暴、讓我全身從頭到腳青一塊紫一塊的話（這是他的措詞，不是我的），或許我也會像艾瑪一樣，替好朋友難過，能幫忙什麼我都會幫。只是我也會想，這雖然慘，但至少發生了件大事，否則真是漫漫冬日。

不回家吃晚餐是想都不用想的，母親一定崩潰。回家時她已經等著，準備好烤鮭魚糕、加了葡萄乾的胡蘿蔔甘藍菜沙拉（我喜歡吃的），另外還有烤水果奶酥。但我吃到一半，她的眼淚開始撲簌簌淌過唇上的胭脂。我說：「就算要哭也是我哭吧，妳在難過什麼？」

「唉，我只是好喜歡他，我那麼喜歡他，到我這年紀，還能整個星期期待哪個人上門，這可不容易。」她說。

「好吧，我替妳難過。」我說。

「不過男人啊，只要對一個女孩失去尊重，很容易就對她膩了。」

「媽，妳什麼意思？」

「妳不懂，難道要我明說嗎？」

「妳很可恥。」我說著也哭起來：「對自己的女兒說這種話。」這下好了。而且我一直以為她不曉得。當然，不怪克萊爾，只會怪我。

「不，可恥的不是我。」她還繼續說，一邊哭著。「我是個老太婆，但我明白，男人只要對一個女孩失去尊重，就不會娶她了。」

「真是這樣的話，朱比利應該根本沒什麼人能結成婚。」

「妳葬送了自己的機會。」

「他以前來的時候妳怎麼不對我這樣說，現在我不想聽妳說這些。」我說著便上樓去。我坐下來抽菸，一抽就是幾個鐘頭，也沒換衣服。後來聽見母親上樓來，上床睡了。接著我下樓，看了一會兒電視，一些車禍報導。我穿上外套出門。

我有一輛小車，是克萊爾一年前送的聖誕禮物，一輛小莫里斯，我平常不開去上班，因為覺得兩個半街區的距離就開車有點蠢，也像炫耀，儘管我也認識一些人真的這樣。我拐彎到車庫，把車倒出來；自上回一個星期天我載母親去塔珀鎮的安養院看凱伊姨婆以來，這是我第一次用車。我夏天比較常開車。

我看看手表，給時間嚇了一跳：十二點二十分了。坐太久，感覺有些顫抖無力，這時真希望能吃上一顆艾瑪的鎮定劑。我想直接出發，開車上路，卻不知該往哪個方向。我在朱比利的街頭繞圈，除了我這輛，路上看不到半輛車。所有房子都籠罩在黑暗中，街道漆黑，積著殘雪的庭院顯得蒼白。我感覺似乎每一棟房子裡，都住著一些比我更了解實情的人，他們明白發生了什麼事，而且或許早已料到會是如此，只有我一無所知。

我把車開出樹林街，轉進米尼街，看見了他家後面，沒開燈，我又繞到房子正面看。我想著，他們兩個也得躡手躡腳上樓，也得把電視開著嗎？一個屁股和鋼琴一樣大的女人不會願意這樣委屈的，我敢說他一定直接帶她上樓，進到老太太房間，對老太太說：「這是我新婚的太太。」一定是這樣。

我停了車，搖下車窗，在還沒好好思考接下來要做什麼之前，就靠在喇叭上，在我可以忍受的範圍內，把喇叭按得又長又用力。

這聲音解放了我，讓我可以叫出聲來。我也就真的叫了。「喂，克萊爾．麥魁利，我要和你談談。」

四下無人回應。「克萊爾．麥魁利——」我朝著他漆黑的房子喊：「克萊爾你給我出來！」我又按了一次，兩次，三次，不知道究竟按了多少次，邊按邊喊。我感覺彷彿正旁觀著自己，跑到這裡來，如此渺小，握拳捶著、嚷著，靠在喇叭上。掀起混亂，隨心所欲，某種程度而言，這其實挺享受的。我幾乎快忘了自己為什麼這麼做。我開始把喇叭按出節奏，邊按邊嚷嚷：「克萊爾，你不出來是不是？克萊爾．麥魁利五月花，他不出來我們就來抓——[5]」我喊的同時也在哭，就在大街上，絲毫不在意。

「海倫，妳要吵醒全鎮的人嗎？」巴迪．許歐茲把頭探進車窗。他是夜班警察，我以前在主日學教過他。

「我只是來替這對新婚夫婦敲鑼打鼓慶祝一下，這樣也不行？」

「我得請妳停止發出噪音。」

「但我不想停。」

「噢，怎麼會呢，海倫，妳只是心情不太好。」

「我一直喊，一直喊他，他都不出來，我只是想要他出來。」

「妳當個好女孩，別再按喇叭了。」

「我想要他出來。」

「停了，不准再按半聲。」

「你可以請他出來嗎？」「海倫，如果他不想出來，我不能逼他走出他自己的家。」

「我還以為你代表法律呢，巴迪．許歐茲。」

「是這樣沒錯，但法律能做的也有限度。如果妳想見他，為什麼不白天再來敲他的門呢？這才是淑女該做的事。」

「他結婚了，你知道吧？」

「噯，海倫，他白天結婚了晚上也不會變成未婚。」

「你在開玩笑嗎？」

「不是，我只是說實話。好了，妳要不要坐過去，我載妳回家？妳看這整條街的燈都亮著，葛蕾絲・畢切爾在那裡看著我們呢，還有我看到荷姆斯家也開窗了，妳不想再讓大家有更多閒話可說吧？」

「反正他們除了說閒話也沒別的事做，我就讓他們說。」

接著巴迪・薛歐茲突然站直身子，從車窗退開一小步。我看見有個穿著深色衣服的人走出麥魁利家的草坪，是克萊爾。他穿的不是睡袍之類的衣服，而是衣裝整齊，一身襯衫、外套、長褲。他直直朝車子走來，我就坐在車裡，等著聽自己會對他說出什麼。他一點也沒變，在我眼前是個肥胖、自在、睡眼惺忪的男人。但光是看到他的表情，一如平常輕鬆隨和的神情，我便不想再哭鬧了。就算我大哭大鬧到臉色發青，也無法改變他的表情，或使他早

5 此二句是改編一首搭配音樂遊戲「五月花」（Nuts in May）的兒歌歌詞。

一點下床走出庭院。

「海倫，回家吧。」他這樣說，彷彿我們整晚一起看電視，而現在該回家休息了。他說：「代我問候妳母親。回家吧。」

他想說的就這些。他看著巴迪，問他：「你會載她回家嗎？」巴迪說會。在此同時我望著克萊爾．麥魁利，心想他就是一個我行我素的男人。他對我做了這樣的事，卻不會因為我的感受而心煩；他娶了別人，我在街上大鬧，他依然像一切都沒事似的。而且他是個不解釋的男人，或許他根本無從解釋。一件事如果他無從解釋，他便拋到腦後。現在他所有的街坊鄰居都看著我們，但到了明天，假如他在街上遇見他們，他就會對他們說件趣事。那我呢？如果他哪天在街上遇見我，可能也會說：「海倫，妳好嗎？」然後對我說個笑話。而如果我之前能看穿他是一個怎樣的人，克萊爾．麥魁利，倘若我多花點心思，或許打從一開始就能以不同的態度面對他，或許我的感覺也會不一樣。儘管如此，只有天曉得結局會不會有差別。

「現在妳會不會慚愧自己這樣大鬧一場？」巴迪問，而我挪了過去，看著克萊爾走回他家，心裡想的是，對，我真該多花點心思。巴迪說：「妳不會再來打擾他和他妻子了吧，海倫？」

「什麼？」我說。

「妳不會再來打擾克萊爾和他妻子了吧？因為既然他結婚了，一切就結束了。妳明天早上起床，會後悔自己今晚做的事，會不知道接下來該怎麼面對大家。但我告訴妳，人生就是有不如意的時候，唯一該做的就是繼續過日子，還有記住，妳不是唯一一個。」他似乎沒想到由他來對我說大道理挺好笑的，我從前可是聽著他念《聖經》詩節，還逮過他偷讀舊約的〈利未記〉。

「我告訴妳，好比上星期——」他在樹林街上徐徐開著，一點也不急著把我送回家，終結他的講課。「上星期我們接到報案，去了一趟籬雀溼地，有輛車陷在那裡動彈不得。一個老農夫揮舞裝了子彈的槍，說車裡那對男女擅闖他的私人土地，不走的話就要對他們開槍。那對男女是天黑後沿著馬車道一路開過去的，蠢蛋都知道這季節開去那裡會被卡住。他們兩個我一說出名字妳一定認識，妳就知道他們一起在那車上絕不是為了什麼正事，一個還是有夫之婦。更糟的是，那時候她丈夫已經在想她去唱詩班練習怎麼還沒回家——那對男女都是唱詩班的，我不說是哪一個了——總之那位丈夫已經通報妻子失蹤。所以我們就弄了部拖曳機把車子拉出來，留那男人在那裡流汗，再安撫老農夫，然後把那女人單獨送回家。光天化日的，她一路哭哭啼啼。這就是我說的，不如意的時候。昨天我看到那對夫妻在鬧區買食品雜貨，他們看起來沒多快樂，但就是在一塊。所以海倫，妳當個好女孩，像我們其他人一樣繼續過日子，很快春天就來了。」

巴迪·許歐茲，你繼續鬧扯，克萊爾就繼續說笑，母親就繼續哭吧，哭到她熬過來為止。然而我永遠無法理解的是，為什麼在此刻，看見克萊爾·麥魁利是這樣一個不解釋的男人之後，我第一次感覺想要伸出手，摸摸他。

紅洋裝——一九四六

母親在為我縫製一件洋裝。整個十一月，我從學校回來，總會看見她在廚房，身邊滿是裁剪過的紅色天鵝絨與零零星星的紙樣。她在一臺靠窗的腳踏式老縫紉機上苦幹，那裡比較明亮，而且她還可以隨時看向窗外，看在遍布殘莖的田地與光禿的菜園後面，路上有誰經過。儘管總是沒什麼人。

紅色天鵝絨可不是好對付的面料，老是拽著，再說母親選的衣服樣式也不簡單。她縫紉的技術不怎麼樣，可她喜歡做點不一樣的東西。她老試著跳過粗縫和整燙的步驟，而且絲毫不在意完工的細節，比方說，她不會像我姨媽和祖母那樣把釦眼處理好，以及做好包邊隱藏針腳。她不像她們，她通常是受某個靈感啟發，有了個大膽炫目的想法，便毅然動工；卻也從動工的一刻起，熱情就逐漸消退。怎麼說呢，首先她不可能找到適合的紙樣。那怪不了誰，這世上沒有什麼服裝紙樣能符合她腦中花樣百出的點子。我年紀更小的時候，母親曾在不同時期為我縫製過衣服——包括一件印著花卉的蟬翼紗洋裝，維多利亞式高領的邊緣綴著令人發癢的蕾絲，搭配一頂淺沿的繫帶女帽；她也做過一套蘇格蘭格子呢的衣服，配上天鵝絨外套和蘇格蘭式便帽；還有一件上面有刺繡的農裝風格襯衫，配上紅色寬襬裙和黑蕾絲緊身胸衣。這些我都很順從甚且愉悅地穿上了，因為當時我尚未對世俗的眼光有所意識。如今，成長讓我明智了些，我希望擁有的是在比爾百貨裡買的衣服，就像我朋友朗妮擁有的。

我還得試穿那件洋裝。有時候朗妮和我一起從學校回來，她會坐在沙發上看。母親在我腳邊爬來爬去的模樣讓我難堪。她的膝蓋吱嘎作響，呼吸粗重，嘴裡還一直念念有詞。她在屋子裡不穿胸衣和長襪，而是穿著坡跟鞋和短襪，腿上浮滿藍綠色的靜脈。母親蹲下的姿勢讓我覺得很不雅觀，甚至有點下流。為了不讓朗妮把太多注意力放在我母親身上，我只好一直與朗妮聊天。朗妮在成年人的世界裡有她的一套偽裝，一種沉著、禮貌、欣賞的神情。事實上她在殘忍地模仿著他們，也在嘲笑他們，而他們從未察覺。

母親將我拉來扯去，在我身上別了許多珠針，一下要我轉身，一下要我走動，一下要我站定。「妳覺得怎樣，朗妮？」她問朗妮，嘴巴裡還叼著珠針。

「很漂亮。」朗妮以她一貫溫和誠懇的模樣回應。朗妮的母親已經去世，她與父親住在一起，他從不關心她，這在我看來，像是使得朗妮既脆弱，又享有某種特權。

「這件會很漂亮的，只要我能想辦法讓它合身。」我的母親說。接下來她站起身子，膝蓋發出淒厲的悲嘆之聲。「只是呀，我懷疑這孩子會不會懂得感激。」母親用戲劇化的口吻對朗妮說話，這讓我生氣，讓我覺得她把朗妮當作成年人，而我還是個孩子。「站好。」母親把別滿珠針的洋裝從我的頭上拉出來。我的頭臉被裹在天鵝絨裡，身上只穿了一件老舊的襯裙，感覺很赤裸。我覺得自己真像一塊滿是雞皮疙瘩的臃腫肉團。我多麼希望能夠像朗妮，她出生時是個青紫嬰兒[1]，所以長得骨架輕小，蒼白纖瘦。

母親說：「我高中的時候，可沒人給我做洋裝。我要麼自己動手，要麼乾脆不穿洋裝。」我很怕她又要開始話當年，說自己如何走了七英里路，到鎮上找了一份在旅舍裡當侍應的工作，好支付自己高中的學費。這些我曾感興趣的母親的人生故事，不知從什麼時候開始，已經變得過於戲劇化，顯得離題，讓人厭煩。

「有一次我拿到一件洋裝，一件乳白色的羊絨毛衣，前襟有藏藍色的滾邊和可愛的珍珠母鈕釦，真不知道它後來怎樣了。」母親說。當我和朗妮從母親那脫身，我們會上樓去我房間。房裡很冷，但我們還是待在那裡。我們會聊班上的男孩，從前排到後排往返點名，然後問「妳喜歡他嗎？」「有沒有一點點喜歡他？」「那麼，妳討厭他嗎？」「要是他約妳出去，妳會答應嗎？」事實上不曾有人約過我們。那時我們才十三歲，升上高中才兩個月。除了聊男

1 blue baby，因為先天心臟缺損或後天性缺氧，導致出生時皮膚呈藍紫色的嬰兒，又稱為發紺嬰兒。

孩，我和朗妮也做雜誌上的問卷，測驗自己有沒有個性，會不會受男孩歡迎。我們也讀那些教我們怎樣化妝的文章，怎樣突出我們的優點，怎樣在第一次約會中聊天不冷場，以及當男孩想要得寸進尺的時候，我們該怎樣應對。還有關於更年期性冷感、墮胎，以及丈夫何以要尋求外遇的文章，我們都一一讀過。我們把做作業以外的時間，都花在蒐集、傳遞、討論各種與性有關的資訊上。我和朗妮說好了什麼事情都要告訴對方，然而有一件事我沒對她說，關於這場高中聖誕舞會，母親就是為了它為我縫製洋裝。我沒告訴她，我不想參加。

我不曉得朗妮對高中生活有什麼體會，我自己在高中沒有一分鐘自在過。有一次考試之前，朗妮兩手發冷，還突然心悸，但我是每時每刻都近乎絕望。每次當我在課堂上被點到，無論是多簡單的小問題，我作答時嗓音必定尖銳刺耳，要不就嘶啞和顫抖。每當我被召到黑板前，我總是非常肯定（即便當天絕對不可能是我的生理期）自己的裙子上有血。每次他們要我使用黑板上的圓規，我的手都會因為出汗而變得溼滑。打排球的時候，我總是沒有辦法碰到球。反正被叫到眾人面前執行任何動作，我所有的反應能力都會變得遲緩、不健全。我討厭上商務應用課，因為你必須用直管筆為賬簿的頁面畫直線，每當老師從我肩上看下來，本來畫得好好的線條便開始顫悠悠地全擠在一起。我討厭科學課，我們在強光照射下坐在凳子上，面前擺滿了陌生而易碎的器材。這堂課由校長親自指導。這男人有一把冷然的，自我滿足的聲音。他每天早上給學生誦讀《聖經》，而且有著將羞辱強加於人的偉大才能。我也討厭英語課，因為當我們那矮胖溫和，有輕微鬥雞眼的女老師在前面念著華茲華斯的時候，班上的男孩卻在課室後面玩賓果遊戲。老師威脅他們，懇求他們，她的臉脹紅，說話的聲音和我的一樣靠不住。那些男孩施捨給她一些嘻皮笑臉的道歉，等到她嘗試繼續念下去，他們便假裝全神貫注，擺出痴迷的表情，擠鬥雞眼，捶心肝。有時候她會忍不住哭起來，可是那喚不來救援，她只能衝出課室跑到走廊上。班上男孩「哞哞」地模仿牛叫的聲音，還有我們忍俊不禁的爆笑聲浪（對，我也在其中）在背後追逐她。在那樣的時刻，課室裡總是充斥著彷彿嘉年華般，來自於野蠻與暴虐的喜慶氛圍，恐嚇著像我這一類軟弱和可疑的人。

但是學校裡真正進行著的並不是商務應用、科學、英語課，而是有別的什麼，在這學校裡賦予生命緊迫感與明亮度。這幢有石牆砌成的溼冷地窖，黑色衣帽間，以及掛了許多死去貴族與失蹤探險家照片的老建築物，充滿了同性競爭所帶來的興奮與緊張感。關於這場競逐，儘管我在許多白日夢裡想像著自己大獲全勝，實際上我有預感自己會一敗塗地。要想逃過這個舞會，我必須出點什麼狀況。

隨著十二月的雪下了起來，我有了個主意。之前我曾想過讓自己從腳踏車上摔下來，扭傷腳踝，而我也真的嘗試過。我沿著結了厚冰、車轍深凹的鄉間小路騎腳踏車回家，可實在太難了。不管怎樣，按理說我的咽喉和支氣管應該是很虛弱的，何妨讓它們受一受風寒？

於是我開始在夜間爬起床，稍微打開臥房的窗。我跪下來，讓窗外的風，偶爾也挾著刺痛人的雪花，衝著我暴露的脖頸襲來。我把上身的睡衣脫掉，對自己說「凍得發青吧」，並且在跪著的時候，閉上眼睛，想像自己的胸腔與喉嚨轉成青色，酷寒把皮下的藍色靜脈凍成蒼灰色。我跪在那裡直至再也堅持不住為止。在扣上睡衣之前，我從窗臺上抓了一把雪花塗抹在我的胸口。雪花會在我的法蘭絨睡衣底下融化，而我會穿著溼冷的衣衫睡覺，那應該是這世上最糟糕的事情了。翌日早上我睡醒過來，第一件事情就是清一清喉嚨，檢查它有沒有發疼。我也試驗性地咳一下，帶著一絲希望伸手探一探額頭，看看有沒有發燒。然而這一切都不管用。每個早上，包括舞會舉行的當天，我都徹底失敗而健康無恙地起床。

舞會當天，我用鋼卷為自己做髮型。由於我是自然鬈，所以過去我從不曾做過頭髮。然而這一天我迫切地要求得庇佑，因而我必須盡可能把所有的女性儀式都做全。我躺在廚房的長沙發椅上讀《龐貝城的末日》，心裡暗暗希望自己當時也在現場。至於我那永遠不可能滿意的母親，她正趕著為我的洋裝縫一個白色的衣領。她斷定那洋裝看起來太成熟了。我一直在注意時間，那是一年中最短的日子之一。在沙發椅靠著的牆面，壁紙上畫著許多打了圈和叉的九宮格，還有以前我患支氣管炎時，我和弟弟留下的畫作和塗鴉。我看著它們，好想退回到那一條分界線後面，回到我安全的童年。

後來我取下頭上的髮卷，天生的與人工的鬈髮相互激發，胡亂蹦出，我像是頭上頂著一叢茂密的亂草。我把頭髮弄溼梳理，拿刷子拍打，還使勁地把頭髮拉向我的面頰。後來我往臉上撲粉，香粉白灰似的掛在我溫熱的臉上。母親把她從未用過的「玫瑰灰燼古龍香水」拿出來，讓我噴了一些在手上，然後她替我把洋裝拉鍊拉上，再把我轉到鏡子前。那是一襲公主風的洋裝，上腹部束得很緊，在白衣領的稚氣邊飾底下，我看見我的乳房在挺硬的新胸罩裡，以成熟的態勢出人意表地高高聳起。

「我真希望能拍一張照片。它能這麼合身，我真的感到自豪。我想妳應該會說聲謝謝吧。」母親說。

「謝謝。」我說。

我替朗妮開門後，她對我說的第一句話是：「天呀，妳的頭髮出了什麼事？」

「我想把它盤起來。」

「妳這樣子簡直像個祖魯人[2]。別擔心，來，給我一把梳子，我幫把妳前面的頭髮捲上去，那樣應該沒問題，甚至會讓妳看起來成熟一點。」

我在鏡前坐下，朗妮站在後面為我修整頭髮。母親似乎沒辦法離開我們，而我多希望她

2 Zulu，南非一支黑人族群，髮型較為誇張搶眼。

能走開。她觀看朗妮怎樣把我前面的頭髮捲成形，她說：「妳真神奇，朗妮，妳應該去從事美髮。」

「好主意。」朗妮那天穿著一件淡藍色的抓皺洋裝，腰部有小裙襬和蝴蝶結。即便把我的洋裝去掉領子，她這身打扮看起來也遠比我更像大人。她的頭髮柔順光滑得就像髮夾包裝上那些女孩子。一直以來，我暗自認為朗妮不可能變漂亮，因為她有一口歪牙。然而現在我沒去留意她的牙齒了，她時髦的洋裝和柔軟的頭髮，使我看起來有點像「小黑人」[3]娃娃，被塞進紅色天鵝絨裡，眼睛圓睜，頭髮狂亂，教人不自禁地聯想起癲狂症。

母親送我們到門口，然後她對著外頭的黑暗大喊：「Au reservoir ——」這句法文的再見是我和朗妮之間向來道別的方式，由母親嘴裡喊出來，使它聽起來愚蠢而荒涼。我很生氣她盜用了我們的告別方式，因而沒有回應她。倒是朗妮鼓勵似的，以歡快的聲音回了一句：「晚安！」

學校的體育館充滿了松木與香柏的氣味。用瓦楞紙做的紅綠色鈴鐺懸掛在球場的籃框之間；高鐵窗被用青綠的樹枝遮蔽起來。高年級的學生似乎都成雙成對入場。一些十二和十三年級的女孩帶著她們已經畢業了的男友出現。這些青年是城裡的年輕生意人，他們在體育館裡抽菸，沒有人可以阻止他們，他們不受學校管束。女孩站在這些男子的身旁，漫不經心地挽著他們的手臂，神情看似感到無聊，冷漠，卻也美麗極了。我一直希望能像她們那樣。她們表現得簡直像舞會裡只有她們這些高年級的學生，至於我們其他人，這些她們舉目可見且穿梭其間的人，在她們的眼裡若不是隱形，便都是些非生物。舞會宣告開始，第一支舞曲是一首保羅．瓊斯的歌。高年級的女孩懶洋洋地走出去，彼此之間相顧一笑，好像被要求去參加某個她們近乎遺忘的幼稚遊戲。我和朗妮還有其他九年級女孩顫抖地牽著手，跟隨她們湧過去。

我不敢看一眼從後面湧上來超過我的人，擔心其中會有誰催促我，給我臉色。音樂停止以後，我站在原地，半抬起眼睛，看見一個叫梅森．威廉姆斯的男孩不太情願地走向我。他幾乎沒有碰到我的腰和手指便開始跳起舞來。我感到自己兩腿發軟，手臂從肩膀開始顫抖，還說不出話來。梅森．威廉姆斯是學校裡的風雲人物，他是籃球場和曲棍球場上的健兒，平日在校園裡出沒時總是一副不悅，粗魯地對周遭不屑一顧。而我如此無足輕重，要他和我跳舞，對他來說大概就像要他背誦莎士比亞的作品一樣討厭。這點我感覺到的強烈程度不亞於他本人，並忍不住想像他正對旁邊的那些朋友交換沮喪的眼色。他領著我，跌跌撞撞地一直

3　Golliwog，十九世紀末期紅極一時的黑人樣貌系列布娃娃，男男女女，鬈髮，服裝樣式多變，但經典形象為樂隊造型的紅絨布衣服。

跳到舞池邊。在那裡，他移開在我腰上的手，放下我的手臂。

「再見。」他說完走開。

我要等上一、兩分鐘才搞清楚狀況，明白他不會回來了。我走到牆邊獨自站著。學校裡的體育老師活力充沛地與一個十年級的男生共舞經過，給了我好奇的一瞥。她是學校裡唯一一位重視落實「社會適應」一詞的老師。我害怕她要是目睹了剛才發生的事，或是她一旦發現，就會當眾做出什麼可怕的事情，強迫梅森回來陪我跳完。我自己沒有生梅森的氣，也沒有對他做的事感到驚訝。我接受這個事實，接受他與我在學校這個世界裡有不同的位置；我明白他剛才做的事情再現實不過了。他是個天生的英雄，不是學生自治會裡的那種以後要當成功人士的模範生。那些人若是屈尊和我跳舞，也許會禮貌親切些，放開的時候卻不會讓我覺得更好過。但不管怎樣，我仍希望沒有太多人看見剛才那一幕，我討厭被看見。我開始啃咬姆指上的角質皮。

一曲完畢以後，我混到洶湧的女孩隊伍裡，往體育館另一端走去。假裝剛才的事沒有發生，我對自己說。假裝這一刻，舞會才正要開始。樂隊再度開始演奏。我們這一端的人群裡開始有人移動，很快原來密集的人群慢慢地變得稀落。開始有男孩走過來，把女孩一個個接去跳舞。朗妮也去了，我身旁另一個女孩也去了，沒有人邀我。記得我和朗妮曾經在雜誌上讀過一篇文章，上面寫著：做個快樂的人吧。讓男孩看見妳閃閃發亮的眼睛，讓他們聽見妳的笑聲。這多簡單，多明顯，可是有多少女孩都忘記了。是的，我真的忘了。我的兩道眉毛都黏在一起了，我想必看起來既醜又嚇人。我做了個深呼吸，試著讓臉放鬆下來。我試著微笑，可是要我對著空無微笑，也很荒誕。再說我觀察了舞池裡的女孩，那些受歡迎的女孩，她們可沒有笑。她們之中許多人一副昏昏欲睡，悶悶不樂的樣子，而且從頭到尾不曾有過一絲微笑。

女孩還繼續往舞池裡走。當中有一些特別絕望的，就拉著別的女孩走出去，可多數人還是被男孩帶走的。幾位胖女孩，幾位滿臉痘痘的女孩，還有一位沒有穿上好洋裝，只能穿著毛衣和短裙的可憐女孩也去跳舞了。她們全都被人認領，踩著舞步出去。為什麼是她們被領走而不是我？為什麼是任何女孩，偏偏不是我？我穿了紅色天鵝絨洋裝，我燙了頭髮，我還用了祛狐臭劑和古龍水。祈禱吧，我想。我不能閉上眼睛，但我在心裡一遍一遍地念：選我吧，請選我，求求你。我在背後緊緊扣住十指，這信號要比交叉兩指更有力，是我和朗妮共用的祕密手勢，我們在上數學課時，都會這樣祈求不要被叫到黑板前。

如今這手勢沒半點作用。我所害怕的事情要成真了，我會被遺留在這裡。我就知道我身上有某種神祕的問題，不是像口臭那樣可以矯正的毛病，也不是像青春痘那樣可以忽視的問題。所有人都知道我有毛病，我自己向來也清楚，只是之前一直無法肯定，我一直希望那只是個錯覺或誤會。現在這種確認感，疾病似地在我的體內上升。我匆匆趕過一、兩個同樣也被遺留下來的女孩，衝向女盥洗室，走進一個廁間裡，把自己藏起來。

那就是我的藏身之處。舞池裡的女孩在曲子的空檔匆匆地走進盥洗室，又急急離開。這裡廁間夠多，沒有人注意到我不是短暫使用。當人們跳舞的時候，我聆聽著那些我喜歡，但不再屬於我的音樂。我不會再出去嘗試了，我只想躲在這裡，悄悄地走出去，不讓任何人看見，然後回到家裡。

一回音樂再度響起，我察覺還有一個人留在盥洗室裡。她開著水喉，洗手洗了很久，然後梳頭髮。我意識到要是我繼續在裡面待下去，她肯定會覺得怪異。我覺得我應該走出去洗手，說不定在我洗手的時候，她就會離開了。在外頭的人是瑪莉．福瓊[4]。我知道她，她是女運動員協會的管理員，也是榮譽榜上的人物。她經常在各種活動中負責籌備，這次舞會她也有一份，我記得她曾經到各班級召募志願者幫忙布置場地。她是十一或十二年級的學生。

「這裡不錯，清靜多了。我進來涼快一下，外面好熱。」她說。

我洗完手之後，她還在梳理她的頭髮。「妳喜歡這樂團嗎？」她問。

「還好。」我不太確定應該說什麼。我其實有點詫異，像她這樣一個高年級的女孩，會在這時候和我說話。

「我不喜歡，我受不了他們。我要是不喜歡演奏的團，就沒辦法跳舞。妳聽聽，他們太生澀了。要我那樣跳舞，我寧願不跳。」

我梳理頭髮。她斜靠著一個洗手檯盯著我看。

「我不想跳舞，也不怎麼想留在這。走，我們去抽根菸。」

「去哪裡？」

「走吧，我帶妳去。」

盥洗室的底部有一扇門，沒有上鎖，裡頭放滿了拖把與水桶，是一個陰暗的掃具間。瑪莉・福瓊讓我扶著門，向盥洗室借光，她在掃具間裡尋著另一扇門的門把。她打開，又是一扇通向黑暗的門。

「我不能開燈，不然也許會有人看見。這是校工用的房間。」她說。

我發覺運動員對於學校這棟建築物，似乎總是了解得比一般人多。他們知道各種物件放置在什麼地方，而且時常從那些標明「閒人勿進」的房間裡大無畏地，帶著先搶先贏的姿態走出來。

「小心看路，盡頭那裡有些階梯，通向二樓的貯藏室，上面的房門上了鎖。可是那裡有一個類似屏風的東西擋在階梯與掃具房之間。我們若是坐在階梯上，即便有任何人闖進來，

---

4 Mary Fortune，姓氏有機運、幸運之意。

也不會看見我們。」

「他們不會聞到菸味嗎？」我問。

「哎，活著總得冒點險。」

階梯上方有一扇很高的窗，微光從那裡透進來。瑪莉．福瓊的小提包裡有香菸和火柴。我以前從未抽過菸。我與朗妮自己捲的那次不算，那次她從她父親那裡偷來菸紙和菸絲，我們捲到一半就散開來了。現在這些可要好多了。

「今晚我到這兒來，唯一的理由是我負責場地布置，所以我想來看看。妳知道的，看看人們進去場地後效果如何。不然我幹麼要來呢？我可不是花痴。」瑪莉．福瓊說。

透過從窗口穿進來的光，我看見她尖瘦的臉上掛著鄙夷的表情，黝黑的皮膚上有些痘疤，前排牙齒全擠到一塊兒，使她看來像個大人，而且十分威嚴。

「大多數的女孩都是花痴。妳沒發現嗎？就在這裡，在這所學校妳可以找到妳能想像的各種各樣的花痴。」

我感激她給我的關注，她的陪伴和她的香菸。我說，對，我也這麼想。

「就說今天下午吧。今天下午我讓她們把那些鈴鐺和破爛掛起來。她們爬上梯子然後只顧著與男孩瞎鬧。她們才不在意場地能不能布置起來，那只是個藉口。她們生活裡的唯一目標就是和男孩胡搞。就我所知，她們全是白痴。」

我們後來聊到學校裡的老師和其他事情。她說她想當體育老師，為了這個，她必須上大學，可是她的父母沒有能力讓她繼續升學。她說她計畫自己打工賺學費，反正她本來就打算開始獨立；她會在咖啡館裡打工，夏季的時候去農場，譬如去採菸草。聽她這麼說著，我發覺自己原先強烈的挫敗感正逐漸消失。坐在我面前的是和我一樣遭受打擊的人（我看到了），而她精神奕奕，也沒有放下自尊。她想到了別的事做，她會去採菸草。

有很長一段時間，音樂歇下來了。我們在裡面聊天和抽菸，而外面的人都在享用甜甜圈和咖啡。當音樂再度響起，瑪莉說：「嘿，我們還要在這裡待下去嗎？我們去拿大衣走了吧。我們可以去李氏咖啡，點一杯熱巧克力，舒舒服服地聊。走吧，有什麼好遲疑的呢？」

我們手上拿著菸灰與菸屁股，摸黑走出校工的房間。回到掃具間，我們停下來傾聽，確定沒有人在外面的盥洗室才走出去，回到亮光處，把菸灰扔到馬桶裡。現在我們必須走出去，穿過舞池走到體育館大門旁邊的衣帽間。

此時一支新的舞曲響起。「沿著舞池邊緣繞出去，沒有人會發現我們。」瑪莉說。

我跟在她後頭，沒有看向任何人，也沒看朗妮在哪。也許，今晚以後朗妮就不再是我的朋友了，至少不會是像以前那麼親近的朋友。她就是瑪莉會稱作花痴的那種人。

我發覺自己並不驚慌。現在我已經拿定主意要丟下這個舞會，我不會在這裡等著被任何人挑選。我有自己的計畫，我不需要對誰微笑或是再做哪個祈求幸運的手勢。這舞會與我再不相干了。我正和我的朋友走在去喝熱巧克力的路上。

一名男孩擋在我面前，對我說了些什麼。我以為他在告訴我，我剛掉了什麼東西，或我不能往那邊走，或者衣帽間鎖住了。我搞不清楚他其實正在邀請我跳舞，直至他重複說了一遍。這男孩是我班上的瑞蒙．博爾汀，過去我從未與他說過話。他以為我的無言意味著應允，便將手放在我的腰上，而我幾乎毫無意識地便跳起舞來。

我們從場邊跳到舞池中央。我在跳舞呢。我的雙腿忘了顫抖，兩手忘了出汗，我正在與一個主動邀請我的男孩跳舞。沒有人叫他這麼做，他不必這麼做，可他就是來邀我了。這是可能的嗎，我能不能相信……其實問題不在我，我根本沒有什麼毛病？

我想我有必要告訴他這是個誤會，其實我正要離開，正要和我剛結識的朋友出去喝熱巧克力。但我沒有說一句話。我的臉做出了某種細微的調整，毫不費力就調成了那副心不在焉的神情，一如舞池中這些被選中的女孩，在跳舞的女孩。這就是瑪莉．福瓊看到的臉了。她從衣帽間探出頭看過來，脖子上已經圈好圍巾。我微微地搖搖放在男生肩膀上的那隻手，表明我的歉意，以及我不知道發生了什麼事，而她不必等我了。之後我別過臉，待我再回頭看，她已經離開了。

瑞蒙．博爾汀送我回家，而哈羅德．西蒙斯則送朗妮回去。我們先是走在一起，一直走到要拐去朗妮家的街角。兩個男孩為了一場曲棍球比賽爭論不休，我和朗妮完全插不上話。之後我們分成兩對，瑞蒙繼續說著他剛才與哈羅德談的話題，似乎完全沒察覺說話對象已經換成我。有一、兩次我說：「我不知道，我沒看那場球賽。」可是過了一會兒，我決定只以「嗯哼」回應，而那似乎正是他需要的。

除了曲棍球賽，他說的另一件事是：「我沒察覺妳家住得這麼遠。」然後他抽了抽鼻子。寒冷的天氣讓我也有點要流鼻涕。我把手探到大衣口袋裡，手指搜過一些糖果包裝紙，找到一張皺皺的面紙。我不曉得自己是不是該把面紙給他，可他抽鼻子的聲音愈來愈響，最終我說：「嘿，我這正好有一張面紙，也許不是很乾淨，上面很可能有墨漬。可是如果我把它撕一半，至少我們兩個人都有點面紙用了。」

「謝謝，我肯定用得上。」他說。

我想，還好我這麼做了，因為到了我家大門時，我說：「好吧，晚安。」他接著說：「哦，對，晚安。」然後他傾身向前，輕快而短促地在我的嘴角親了一下，我感覺他清楚地知道自己在這種時刻該做什麼。然後他轉身走回鎮上，永遠不知道自己曾經是我的拯救者；是他把我從瑪莉．福瓊的領土帶回到這平凡的世界。

我繞過我家房子走到後門，走的時候想著，我到過一場舞會，有一個男孩走路送我回家，還親了我一下。這全是真的，我的人生是充滿可能的。我走過廚房窗口，看見母親，她坐在那裡，兩隻腳擱在烤箱打開著的門上，手裡捧著沒有茶托的杯子在喝茶。她就在那坐著等候我，等我回來告訴她舞會上的一切。而我不會告訴她，永遠不會。不過，在我看見她穿著她褪色了的、印著佩斯利渦旋紋的日式睡袍坐在廚房裡等待，困倦的臉上透著執著的盼望，我遂明白了自己有著怎樣神祕而沉重的義務，我必須快樂。我明白自己差一點就失敗了，而且很可能終將失敗。然而，我的母親，她不會知道。

（黎紫書／譯）

週日午後

葛奈特太太跟著她腦裡的一段旋律，步履纖巧地走進廚房，花背心裙的亮面棉質裙襬熠熠閃耀。艾娃在裡頭洗盤子。此時是兩點半，賓客約莫十二點半便陸陸續續進廚房拿酒了。這些人都是常客，艾娃在葛奈特家工作三個星期，這些人大多數她都見過兩、三次。這會兒有葛奈特太太的弟弟和弟媳，有萬斯夫婦和弗瑞德利克夫婦，葛奈特太太的父母也來過一下，他們在聖馬汀教堂做完禮拜後，帶了一個年輕的甥侄，或是堂表弟之類的人過來，兩老先離開，年輕人待著。葛奈特太太的家族是氣派的那一邊；她有三個姊妹，都是金髮白膚、率直而思慮不周的女人，而且都比她還健美；而她那對相當直言不諱、相貌非凡的父母，兩人都是一頭銀髮。在喬治亞灣擁有一座小島的是葛奈特太太的父親，他在島上替每個女兒都蓋了一棟避暑別墅，再過一星期，艾娃就能親眼見到那座小島了。至於葛奈特先生的母親則住在幾乎算是市區的地方，住一間紅磚房的一半，而附近全是類似的紅磚房子，整條街上半棵樹也沒有。葛奈特太太每週去接婆婆一次，開車帶她繞繞，然後回家吃晚餐，在送她回家之前，每個人都只能喝葡萄汁。有一回葛奈特夫婦有事，一吃完晚飯就出門了，老葛奈特太太便進到廚房來，幫艾娃收碗盤；她暴躁又冷漠，艾娃家的女人要是有女傭大概也是如此，然而相比之下，葛奈特太太的姊妹那種老練周到的親切作風，還更令艾娃不適。

葛奈特太太打開冰箱，開著冰箱門站在那裡，最後她用類似傻笑的語氣說：「艾娃，我想我們差不多可以用餐了——」

「好啊。」艾娃回道。葛奈特太太望向她。艾娃不太會說錯話，那種真正不當的話，粗魯無禮的話，而葛奈特太太也沒不切實際到期待一個高中女孩，還是一個鄉下的高中女孩，能像她母親廚房裡的老女傭那樣，回答：「是的，太太」。然而艾娃的口吻經常帶著刻意的輕鬆，一種誇大且漫不經心的應和語氣，正是這種語氣更惱人，因為葛奈特太太不知該如何有意見。總之她不再傻笑，那曬得健康的帶妝臉龐頓時變得陰沉嚴肅。

「洋芋沙拉，」她說，「牛舌肉凍，還有不要忘記把餐包加熱。妳番茄去皮了嗎？好吧——噢，艾娃你來看，我覺得那些蘿蔔看起來不是非常漂亮，對不對？妳最好把蘿蔔切片一下——以前珍還會弄成玫瑰形狀呢，妳知道，就是從旁邊刻出花瓣，以前她弄得很好看。」

艾娃開始笨拙地切蘿蔔。葛奈特太太在廚房裡巡視，皺著眉，指尖滑過藍色和橘紅色的廚房檯面。她的頭髮在頭頂梳成一個髻，露出下方的脖子，纖細、棕褐色，膚質曬到有點粗糙，曬成深褐的膚色使她看起來結實而乾癟。然而艾娃的皮膚幾乎都沒曬到太陽，因為每天最熱的時段她都在屋子裡，而十七歲的她總嫌自己的腿和腰不夠細，因此她十分欽羨那深褐纖細的優雅體態；葛奈特太太的外表像是以完全人造的高級物質打造出來的。

「用線切天使蛋糕，妳知道的，還有我會再告訴妳要上幾份雪酪和幾份楓糖慕斯。葛奈特先生要吃香草冰淇淋，在冷凍庫——每一種都還很多，妳自己選妳要吃的甜點——啊，德瑞克，你這壞蛋——」葛奈特太太跑到外頭露臺，嘴裡嚷著：「德瑞克，德瑞克——」音調高亢尖銳，怒中帶笑。艾娃知道德瑞克就是萬斯先生，他是股票經紀人，而她及時想起不能從那荷蘭式兩截門的上半窺視外頭的情形。這就是星期天她得面臨的困境之一，大家都在喝酒，變得放鬆、興奮，而她必須記得，自己絕不能流露出半點放鬆和興奮的情緒。當然，她不會喝酒的，除了喝點端回廚房的杯底酒，而且她只喝琴酒，還只揀冰的和有甜味的喝。

然而屋子裡這種不真實感，這種漠然和放肆交替的氣氛，在午後變得極其強烈。艾娃會碰見從洗手間出來，若有所思而憂傷的人；會瞥見女人在幽暗的臥室裡，朝自己的鏡中倒影搖搖晃晃走去，慢慢地塗口紅；還會有人在起居室的菱形格紋長沙發上睡著。而到這時，客廳和飯廳的落地窗也早已拉上厚窗簾阻擋豔陽；一個個長形、掛著窗簾、鋪著地毯的房間，有著冷調配色，就像在一片水底的光裡漂浮著。艾娃已經想不太起來她家裡每個房間的模樣，那樣狹小，放了那樣多的東西。這裡則是一片片乏味的完整表面，如此寬敞——整條闊長的走道空蕩蕩，只有兩只高高的丹麥花瓶佇立在盡頭的牆前，地毯、牆壁、天花板全是藍灰色調。艾娃走在這走廊上，無聲無息，她真希望有面鏡子，或者一件什麼東西能撞上，否則她無法確定自己真的在這裡。

她送午餐到外頭露臺前，先到廚房吧檯末端的一面小鏡子前梳了頭髮，把散落的鬈髮往後撥好，又重綁了圍裙，把寬腰帶繫得緊緊的。她也只能這麼做；這是珍留下來的制服，艾娃第一次試穿時提過這件制服好像有點太大，但葛奈特太太認為不會。制服是藍的，最常見的廚房色調，搭配白色的袖口、領子、荷葉邊的圍裙。此外她還得穿長襪，以及白色的粗跟鞋，鞋會重重踏在露臺石板上——與那些涼鞋和輕便女鞋形成對比，發出沉重、有其目的、屬於平民老百姓的聲響。但她端著餐盤、餐巾或一道道菜走到那張鍛鐵長桌時，沒人轉頭看她，只有葛奈特太太走過來，把東西重新排了排。艾娃擺設餐桌的方式似乎總有哪裡不對勁，即便同樣地，她也稱不上真的擺錯什麼。

他們開動後，她也吃起自己的午餐，坐在廚房餐桌前，邊翻一期舊的《時代》雜誌。當然，露臺上是沒有呼叫鈴的，所以葛奈特太太會高喊一聲：「好了，艾娃——」或是簡短的「艾娃——」，音調拿捏得謹慎但有穿透力，效果一如鈴響。聽見她和人聊到一半突然這樣喊，然後繼續回去談笑，感覺十分古怪，彷彿她專門為艾娃留了一道機械式的聲音，甚至有顆按鈕可按。

午餐結束後，眾人端著各自的甜點盤和咖啡杯回到廚房。萬斯太太誇洋芋沙拉可口極了，頗有醉意的萬斯先生說，可口、可口，他站在水槽前，就在艾娃正後方，近得她能感覺到他的鼻息，察覺到他雙手的位置，雖然他沒真的碰到她。萬斯先生身材高大，鬈髮，面色紅潤，頭髮灰白；他令艾娃惴惴不安，因為他是她從前習慣懷抱敬意的那種男人。萬斯太太總是喋喋不休，而且對艾娃說話時，似乎顯得自信不足，比其他女人都要親切。萬斯夫婦的狀況有些不穩定，艾娃不清楚細節，可能就是他們不如其他人有錢。總之，這對夫婦總是竭力娛樂別人，十分殷勤，而萬斯先生總是喝得太醉。

「妳也會一起北上嗎，艾娃，去喬治亞灣？」萬斯先生問道，而萬斯太太也說：「噢，妳一定會喜歡那裡，葛奈特家真是漂亮。」萬斯先生又說：「妳去到那裡曬點太陽如何？」接著眾人便離開廚房。艾娃此時才得以挪動身子，她轉身準備拿髒碗盤，這才注意到葛奈特太太那位堂表弟之類的客人還在。他人很瘦，皮膚也粗韌如皮革，就像葛奈特太太，只是深色頭髮。他說：「妳這裡還有咖啡嗎？」艾娃把剩下的咖啡全倒給他，半杯的量，他站著喝，一邊看著她把盤子疊好，然後說：「做家事真有趣，可不是嗎？」她抬頭看他，他大笑兩聲，走了出去。

晚餐很晚才吃，所以艾娃洗完碗盤後就沒事了。但她沒辦法真的外出，葛奈特太太還是可能有事找她。她也不能到屋外去，因為他們人就在外面。她走上樓，但想起葛奈特太太說過起居室裡的書她都可以看，便又下樓拿書。她在走廊上遇到葛奈特先生，他嚴肅專注地盯著她，但似乎決定不說話便走過去，只是後來還是開了口：「聽著，艾娃——聽著，妳吃得夠嗎？」

這不是笑話，葛奈特先生不說笑的。事實上，相同的話他已經問過她兩、三次，似乎他看到她在自己家裡，便感覺對她有責任，而重點似乎就是務必讓她吃飽。艾娃回話要他別擔心，同時惱火到臉有些脹紅；難道她是一頭小母牛不成？她說：「我去起居室拿本書，葛奈特太太說我可以讀——」

「當然，當然，妳想讀哪本都行。」葛奈特先生說著，出乎意料地替她打開起居室的門，領她走到書架前，然後站在那兒，皺起眉頭。他說：「妳會想讀什麼書呢？」他把手伸向一架擺著鮮豔書皮的犯罪小說和歷史小說，但艾娃開口說：「我還沒讀過《李爾王》。」

葛奈特先生說，「《李爾王》呀，噢。」他不曉得那本書放在哪裡，艾娃便自己拿了。她又說：「我也沒讀過《紅與黑》[1]。」這本書就沒讓他那麼刮目相看了，但這是她真的可能想讀的書，她不能只拎著一本《李爾王》回房間。走出起居室，她感覺稱心滿意，她讓他知道她除了吃還有其他事可做。讀《李爾王》讓人刮目相看這招，用在男人身上效果比用在女人身上好。而任何事物都無法讓葛奈特太太對她刮目相看，女傭就是女傭。

但回到房裡，她不想讀書。她的房間在車庫樓上，而且非常熱。坐在床上會把制服弄皺，而另一套她還沒熨。她可以脫掉制服，只穿連身襯裙坐著，但葛奈特太太隨時可能找她，要她立刻出去。她站在窗前，凝望整條街。這街呈新月形，大而緩的圓弧形狀，沒有人行道。艾娃沿著這條街走過一、兩次，總感覺自己有些引人側目；這裡從沒有人走路。房子互相隔得遠遠的，離街道也遠，前面隔著漂亮的草坪、石頭造景、觀賞樹木。在這一帶的房子前面，除了中國園丁之外，不會有任何人駐足；戶外傢俱、鞦韆、庭院桌椅都擺在後院草坪，四周圍著樹籬、石牆、鄉村風格的圍籬。這個午後，街上停著成排的汽車，一棟棟房子後頭傳出交談聲與不時的笑聲。儘管高溫，但從這裡往下望，白晝一點也沒熱糊了，所有景物——石頭和白灰泥材質的房子、花朵、花朵顏色的汽車，一切顯得銳利閃耀，鮮明無瑕，目光所及，沒有任何偶然隨機的東西，整條街宛若一則廣告，有一種洋溢夏日朝氣，近乎積極的姿態。艾娃感覺目眩神迷，因為這笑聲，因為這些生活與這條街緊密相連的人們。她在一張硬椅子坐下，前面是一張老式的兒童書桌——這房間裡的傢俱都是其他房間重新裝潢後

1 *The Red and the Black*，十九世紀法國小說家司湯達（Henri Beyle）的寫實主義小說，講述一名出身貧困的聰慧青年，努力想翻轉人生，最終失敗的故事，涵蓋階級愛情與政治權謀。

淘汰下來的，是整棟房子裡唯一能找到不相配事物的地方，擺著互不相關的物件，一些並非大型、低矮、淺色的木頭傢俱。她動筆寫信給家人。

——還有這裡的房子，每一棟都好大好大，大部分都很現代。草皮上沒有半根雜草，他們有個園丁，每個星期都花一整天的時間整理看起來已經很完美的草皮。我覺得這裡的男人細膩過頭了，為了完美草皮之類的事情大費周章。他們是會出門，有時候也會過得馬虎點，但一切還是非常複雜，所有事都要各就各位。他們做什麼事，去到哪裡都是如此。

別擔心我會寂寞或被踐踏，或諸如此類的女傭的問題。要有誰欺負我，我不會讓對方好過的。再說我也不算真的女傭，只做一個夏天而已。我不會覺得寂寞，怎麼會呢？我一直在觀察，一切都很有趣。媽，我當然不和他們同桌吃飯。別傻了。但我和一般的奴僕才不一樣。而且我也喜歡一個人吃。如果妳寫信給葛奈特太太，她不會知道妳在說什麼，而且我又不在意。所以不要寫！

還有我覺得瑪莉恩下來的時候，我下午請個假，和她約在市中心比較好。我不太想讓她來這裡。我不知道女傭的親戚來通常是什麼情形。當然如果她想來也沒關係。我只是不確定葛奈特太太會有什麼反應，就這樣。我也一直盡量輕鬆應對她，不讓她有機會欺負我。不過她其實還可以。

再過一個星期我們就要出發到喬治亞灣了，我當然很期待。到時我可以天天游泳，她（葛奈特太太）說的，而且——

房裡實在太熱了，她把沒寫完的信擱在桌上的吸墨紙底下。瑪格麗特的房間傳來收音機的聲音。她沿著走廊往瑪格麗特的房門走去，希望門開著。瑪格麗特還不滿十四歲，兩人年齡的差距彌補了其他方面的差距，而且與瑪格麗特相處還算不錯。

房門開著，床上滿滿攤著瑪格麗特的裙撐和夏季洋裝，艾娃不曉得她竟然有這麼多衣服。

瑪格麗特說：「我沒在打包，我知道現在打包太扯了，我只是在看我有哪些衣服，希望這些還可以，希望不會太——」

艾娃摸摸床上的衣服，感受到一股強烈的喜悅，因為這些細緻的色彩、光滑小件馬甲，打褶和剪裁都十分講究，還有裙撐的波浪和華麗的蓬度，這些衣物帶著一種極漂亮的人工純真感。艾娃並不羨慕，不，這些和她一點關係也沒有，這些屬於瑪格麗特的世界，私立中學一板一眼的規矩（短束腰外衣和黑色長襪），曲棍球，合唱團，夏天搭帆船，派對，穿著學校西裝外套的男孩——

「妳要穿這些去哪裡？」艾娃問。

「歐及布威，就那間飯店，他們每週末都有舞會，大家都會搭他們的船過去。星期五晚上為小孩辦的，星期六晚上為父母和其他人辦的——我打算去這場。」瑪格麗特以相當沉重的語氣說：「如果我不是邊緣人的話，像戴維斯家的兩姊妹都很邊緣。」

「別擔心，妳沒問題的。」艾娃帶著一點優越的口吻說。「我其實沒多喜歡跳舞，不像玩帆船那麼喜歡，不過你就是得跳。」瑪格麗特說。

「妳會喜歡上跳舞的。」艾娃說。心想所以到時會有舞會，他們會搭船過去，她得看著他們出門，聽著他們到家的聲音。這一切，她早該料想到——

瑪格麗特盤著腿坐在地上，直率而乾淨的臉抬頭望她，說道：「妳覺得我今年夏天應該開始跟人熱吻了嗎？」

「嗯。」艾娃說。「要是我就會。」她補這一句幾乎帶著報復的心態。瑪格麗特看起來十分茫然，她說：「聽說史考特就是因為這個，復活節的時候才沒邀我——」

四下無聲，但瑪格麗特突然站起來。「母親來了。」她用嘴形悄悄說，而幾乎是同時，葛奈特太太就進了房間，她努力堆起笑說：「噢，艾娃，原來妳在這呀。」

瑪格麗特說：「媽咪，我在告訴她小島的事。」

「哦。艾娃，樓下擱了一大堆的玻璃杯，妳要不要現在去清一清，等一下弄晚餐的時候才不會礙事——還有艾娃，妳有沒有另一件乾淨的圍裙？」

「媽咪，黃色那件太緊了，我試穿過——」

「好了，寶貝，不用現在搬出這一大堆，我們還有一個星期才出發——」

艾娃下樓，走過那藍色的走道，聽見眾人在起居室裡聊些嚴肅話題，帶點微醺，接著經過縫紉間時，又看見房門從裡頭輕輕關上。她走進廚房，想著那座小島，那座完全為他們所擁有的島，舉目所及全是他們的，岩石、太陽、棕櫚樹，以及喬治亞灣深邃冰冷的海水。她去那裡能做什麼，女傭去都做什麼呢？她可以去游泳，在冷門時段，可以自己去散步，有時或許還能一起搭船，好比跟著他們去採買食品雜貨的時候。那裡不會像這裡有這麼多工作，葛奈特太太說的。她說女傭都喜歡去那裡。艾娃想起其他女傭，那些比較能幹、比較殷勤的女孩，她們打心裡喜歡去那裡嗎？她們發現了怎樣的自由和滿足，是她沒找著的？

她把水槽裝滿水，再次拿出瀝乾架，開始洗玻璃杯。沒發生什麼事，但她卻覺得沉重，熱得沉重，疲乏而心不在焉，耳朵聽著那些難以理解的微弱噪音——由別人的生活，由船、汽車、舞會所發出的聲響——而眼睛看著這條街，看著那座應許之島，在這不停歇的刺眼陽光下。她卻不能在這發出聲音，半點聲響也不行。

她得記住在晚餐前上樓換件乾淨的圍裙。

她聽見門開了，有人從露臺進來，是葛奈特太太那位表親。

「又有一只給妳的杯子，要放哪裡？」他問。

「都可以。」艾娃說。

「說謝謝。」葛奈特太太的表親說。艾娃轉過身，在圍裙上抹了抹手，十分訝異，但很快便不訝異了。她等著，背靠著流理臺。葛奈特太太的表親輕輕摟住她，像在玩個熟悉的遊戲，接著吻了她的唇，吻了好一會兒。

「她邀我八月週末一起去那小島。」他說。

露臺上有人叫他，他便走出去，不失優雅地模仿小人物的鬼祟姿態。艾娃杵在原地，背對著流理臺。

這陌生人的撫觸使她放鬆下來，她的身體感激而期待，她感覺到一股輕盈和自信，是她在這屋子裡從未有過的。所以關於她自己，關於這些人，關於和他們共處一個屋簷下的方式，其實還是有些她沒想過的事，並沒有那麼不真實。她現在不介意想起那座小島了，那些日曬的光禿岩石，黝黑瘦小的松樹。現在她能用不同的眼光看待了，甚至可能期待去那裡。儘管如此，事情總是有兩面，有某樣東西她還沒察覺到——一處脆弱的地方，一種嶄新而未知的屈辱感。

去海邊走一趟

這個叫黑馬的地方在地圖上找得到，但什麼也沒有，只有一家商店，三間房子，一個年代久遠的墓園，以及一間馬房，以前歸一座教堂所有，後來教堂燒毀了。這地方夏日炎炎，路上全無遮蔭，附近沒半條溪。房子和那家商店都由紅磚砌成，已褪成薑黃色，煙囪上和窗戶邊隨意裝飾點灰色或白色的磚。房舍後頭是一片曠野，長滿乳仔草、一枝黃花[1]、大大的紫薊。要往蜜月湖或北邊荒野區而經過此地的人，可能都會注意到原本豐美的地景到這裡便稀疏平坦下來，漸窄的原野上開始出現岩石風化的稜角，而茂密悅目、栽著榆樹楓樹的植林地也不再，取而代之的是蓊鬱卻不大宜人的灌木林，叢生著樺樹、楊樹、雲杉、松樹——在熱氣蒸騰的午後，這些尖尖的樹影在路的盡頭變得陰藍而透明，像一群鬼魂隱沒在遠方。

1 Goldenrod，「一枝黃花屬」為菊科底下的一個屬。

美伊躺在商店後面一個堆滿箱子的大房間。她夏天都睡這兒，因為樓上太熱。海柔睡在客廳的老式菱格皮沙發上，大半晚上都在聽廣播；而外婆則照樣睡在樓上，窄小的房間裡塞滿大型傢俱和舊照片，散發著溫熱油布和老婦人羊毛長襪的氣味。美伊分不清現在幾點，因為她幾乎沒這麼早起過。平常早上她起床時，通常已經有一小方炎烈的陽光照在她腳邊地上，牧場的牛奶車在公路上吱嘎作響地駛過，而外婆會碎步在店面和廚房之間忙進忙出，放一壺咖啡和一鍋厚切培根到爐上燒。她經過美伊睡的老舊門廊長椅時（椅墊還帶著淡淡的霉味和松木味），便會不假思索拉拉床單嚷道：「起來，起來了，妳想睡到吃午飯嗎？外面有人要加油。」

而如果美伊還是沒起床，巴著床單不放，氣呼呼地嘟囔，下回外婆便會拿杓子舀些冷水來，淋在她孫女腳上。然後美伊就會跳起來，把她鞭子般的長髮往後撥，一臉睡眼惺忪地繃著，但倒沒有怨氣。她接受外婆的規矩，就如同接受一陣狂風暴雨或胃痛，有著一種堅韌基本的確信，知道這一切終將過去。她在睡衣底下套上所有衣服，把袖子拉上來；她十一歲了，進入一個激烈的害羞期，不肯在屁股上打預防針，若海柔和外婆在她穿衣服時進房間，她便會發出怒吼——在她看來，她們這樣做是為了尋開心，嘲笑她想要有隱私這件事。總之美伊會走出去，替汽車加油，再進來時便醒透了，發餓，然後吃上四、五片烤土司當早餐，夾柑橘果醬、花生醬、培根。

然而這天早上她醒來時，後間裡才濛濛亮，紙箱上的印刷她只能依稀看見。她逐字看著：亨氏番茄湯。黃金谷杏桃。她又開始一項私密的儀式，就是把字母三個三個分組，如果恰好能分完，就代表她這天會有好運氣。這天數著的時候，她似乎聽見一個聲響，像有人在院子裡走動。一股奇特的不安從腳跟攫住了她的身體，使她彎起腳趾，伸長了腿，直碰到長椅末端，平時打噴嚏前腦袋瓜裡的那種感覺在她全身流竄。她下了床，盡可能不發出聲響，然後小心翼翼走過後間地上鋪的木板，腳底感覺沙沙的，有彈性，走到廚房粗糙的油地氈上。她身上穿著一件海柔的棉質舊睡衣，輕柔而鬼魅似地在身後翻飛。

廚房空無一人，時鐘在水槽上方架上發出警醒的滴答聲，一只水龍頭從早到晚滴著水，下面墊著一條摺成小方塊的洗碗布。時鐘的大半個鐘面都被一顆黃色將熟的番茄以及一罐外婆假牙用的牙粉擋住了。五點四十分。她朝紗門走去，經過麵包箱時，手自動伸了進去，抓了兩、三個肉桂捲，看也不看便吃起來；肉桂捲有點乾。

後院在一天中的這個時刻顯得奇怪，潮溼陰暗，田野是灰的，柵欄邊那些結滿蛛網、蓬亂的樹叢上全是鳥兒；天空蒼白陰涼，映著一道道柔和的光，而邊緣泛紅，像蛋殼內側。她很高興外婆和海柔在這一切之外，她們仍睡著，這天還沒人說話，這樣的純淨使她驚奇。她起了一種微妙的預感，那是自由，是危險，如同眼前一抹橫跨天際的曉色。這時在屋子堆著木柴的角落，她聽見微微的喀噠聲。

「是誰？」美伊大聲問，並先嚥下滿口的肉桂捲。「我知道你在那裡。」她說。

外婆繞著屋子走出來，圍裙裡兜著幾根引火棍，氣惱地自言自語，不知在咕噥些什麼。美伊看見她走來，心裡並不真的驚訝，卻有一種奇異的失望感，似乎從這一刻漫向她人生的所有層面，薄薄地覆蓋了過去和未來。她感覺她去的所有地方，外婆都先去過了，她發現的所有事物，外婆都已經知道了，或者是到頭來發現一無用處。

「我還以為有人在院子裡。」她用防衛的語氣說。外婆用一種彷彿她只是根煙囪的神情看了看她，便走進廚房。

「我不知道妳會這麼早起床，妳這麼早起幹麻？」美伊說。

外婆沒回答。你說什麼她都聽得見，但她想回答的時候才會理你。她開始升爐火。今天她穿了印花洋裝，以及一條圍在肚前磨損骯髒的藍圍裙，還有一件鈕釦沒扣、毛線鬆開、顏色不明的毛衣，是她丈夫留下來的，腳上則穿著帆布鞋。儘管她努力想穿得整齊、束紮妥當，但衣物在她身上仍是披披掛掛的，因為她的身軀沒有個合理形狀能讓衣服附著。她整個身子扁平削瘦，只有肚子鼓得像四個月的孕肚，在那皮包骨的胸脯下突兀地隆起。她的一雙腿滿布疙瘩而乾癟，棕褐的手臂布滿青筋，扭曲如鞭，頭跟身體比起來顯得很大，加上頭髮緊貼在頭顱上，使她看上去像一個營養不良但狡詐聰明的嬰兒。

「妳回去繼續睡。」她對美伊說。但美伊逕自走到廚房的鏡子前開始梳頭，又用手指捲頭髮，看能不能捲成內彎。她想起尤妮・帕克的表姊今天要來。要是能瞞著外婆，她一定會拿海柔的捲子來弄頭髮。

外婆去關上客廳的門，因為海柔還在睡。她把咖啡壺倒空，加了水和新的咖啡粉，從冰櫃裡拿出一罐牛奶，嗅嗅確定沒壞，又用湯匙從糖罐裡挑出兩隻螞蟻。她用一臺小小的機器替自己捲了根菸，在桌前坐下，讀昨天的報紙。她一直到咖啡濾煮好，把火澆熄，廚房幾乎像大白天一樣亮，才開口對美伊說話。

「妳想喝的話，自己去拿杯子來。」她說。

她平常總說美伊還小，不能喝咖啡。美伊挑了一只有綠鳥圖案的好杯子，外婆沒說什麼。兩人坐在桌前喝咖啡，美伊穿著長長的睡衣，感覺像受了某種恩典，不太自在。外婆打量廚房裡沾著汙漬的牆壁和月曆，像是想把所有東西都看進眼裡，神色詭祕，心不在焉。

美伊以閒聊的口吻說：「尤妮・帕克的表姊今天要來，她叫做希瑟蘇・穆瑞。」

外婆沒聽她說話。這會兒她開口：「妳知道我幾歲了嗎？」

美伊說：「不知道。」

「猜猜看。」

美伊想了想說：「七十？」

外婆沉默了好一段時間，美伊以為她又把話題打上句點，便另起話題：「希瑟蘇・穆瑞從三歲就開始跳蘇格蘭高地舞了，常去比賽之類的。」

外婆說：「我七十八歲，沒人知道，我從沒向半個人說過，沒出生證明，也沒領過養老金，或是救濟金。」她想了一會兒，繼續說：「我從來沒去過醫院。我銀行裡的錢夠讓我入土，墓碑就要有人做慈善或親戚良心發現才可能。」

「妳要墓碑做什麼？」美伊不悅地說，一邊摳著油布上一處磨破的地方。她不喜歡這對話，令她想起約莫三年前外婆對她玩了一個缺德的把戲。當時她放學回家，發現外婆躺在後間她現在睡的長椅上，手攤在兩側，面色像酸奶酪一般，眼睛闔著，臉上是不容置疑的純粹漠然。美伊先試著說了聲「哈囉」，接著盡量用平常的口氣叫了聲「外婆」。外婆平時精神而激躁的臉龐一根肌肉也沒抽動。美伊又用比較尊敬的語氣喊了聲「外婆」，然後俯下身，連一絲微弱的呼吸聲也聽不到。她伸出一隻手想摸外婆的臉頰，但冰冷憔悴的凹陷模樣讓人感覺遙遠而不安，遏止了她。然後她便哭起來，像一個無人聽見的人哭得那樣焦急憂慮。她不敢再喊外婆，不敢摸她，卻也不敢將視線從她身上移開。然而外婆睜開了眼睛，她手也沒抬，頭也不動，只是仰望著美伊，以做作誇張的無辜神情，帶著一點莫名的勝利對她說：「怎樣，人不能躺在這裡呀？愛哭鬼，丟臉。」

「我沒說**要**墓碑。」外婆說。美伊試著把一邊臂膀從睡衣寬鬆的領口伸出來，外婆冷冷地說：「去把衣服穿起來。還是妳以為妳是什麼埃及王后？」

「什麼？」美伊望著自己曬到脫皮斑駁的難看肩膀。

「欽凱德博覽會上那些埃及王后啊。」

美伊再回到廚房時，外婆仍在喝咖啡，讀報紙的分類廣告，彷彿一整天沒有店要開，沒有早餐要煮，沒事好做似的。海柔已經起床了，正在熨一件上班穿的洋裝。她在欽凱德的一家商店上班，離這裡三十英里，得早早出門。她曾經試著說服母親把店面頂讓出去，搬到欽凱德住，那裡有兩家戲院，許多店鋪和餐廳，還有一間皇家舞廳，但老婦人不為所動。她叫海柔想住哪就自己去，但海柔為著某種理由，沒搬走。她是個沒精打采的三十三歲高個子姑娘，漂淺的頭髮，機警的長臉帶著隱晦的怨懟表情，在臉蛋微微一撇，一隻斜視眼任意游移時更加明顯。她有一只箱子，放著滿滿的繡花枕套、毛巾、銀器。她買了一套盤子和一套銅底鍋子，都收在箱裡，而她和老婦人和美伊每天仍舊用缺角的盤子吃飯，用放在爐上會搖晃的破爛鍋子煮東西。

「海柔結婚所需的一切都有了，就欠一項。」老婦人如是說。

海柔經常開車四處去跳舞，和一些欽凱德工作或教書的年輕女孩一起。星期天早上，她會帶著宿醉醒來，拿咖啡配阿斯匹靈，然後穿上她的絲質印花洋裝，驅車揚長而去，去教會的唱詩班。她那位說自己沒有信仰的母親便開店，賣汽油和冰淇淋給遊客。

海柔杵在熨衣板前，打著呵欠，輕輕揉著她惺忪的臉，而老婦人朗聲念道：「高大勤勞男性，三十五歲，欲結交無不良習慣、不菸不酒的顧家女性，非誠勿擾。」

「噢，媽。」海柔嚷道。

「非誠勿擾是什麼意思？」美伊問。

老婦仍不甘休，繼續念著：「壯年男性，欲覓無負累的健康女性為友，首封信請先附玉照。」

「噢，夠了，媽。」海柔說。

「什麼是負累？」美伊又問。

「我要是真結婚了，妳們兩個怎麼辦？」海柔語氣陰鬱，神情半不耐半得意地說。

「妳隨時想嫁人都可以。」

「我要照顧妳和美伊呀。」

「少來這套。」

「我不是一直都在照顧你們嗎。」

「啊，又來這套。」老婦人厭惡地說。「我自己照顧自己，一直都是。」她原想長篇大論一番，因為這番話確實是她人生中的明燈，然而她才精神奕奕召喚出那色彩鮮明、描繪粗樸，一如孩童蠟筆畫的景象，並展示了如此魔幻的失真感後，她便又闔上眼，彷彿被一種不真實感壓迫，一種合理的懷疑，或許這一切未曾存在。她在餐桌上敲敲湯匙，對海柔說：

「妳這輩子一定沒做過我昨天晚上做的夢。」

「我根本不做夢的。」海柔說。

老婦人坐著，敲著湯匙，凝神望著爐前。

「我夢到我沿這條路走出去，我走過席蒙斯家門口，感覺好像一朵雲遮住太陽，感覺很冷。於是我抬頭，看見一隻大鳥，哦，妳絕對沒看過那麼大的鳥，黑得跟上面那個爐子一樣，就擋在我和太陽之間。妳做過這種夢嗎？」

「我不會做夢。」海柔的口吻頗為自豪。

「妳們記得我以前得了麻疹之後，睡在客廳做的惡夢嗎，記得我那個夢嗎？」美伊開口。

「我這可不是一般的惡夢。」老婦人說。

「我覺得好像有戴著彩色帽子的人在客廳裡繞著圈子走，愈走愈快，最後他們的帽子都糊在一起，其他部分都看不見了，就只看得到那些彩色帽子。」

外婆伸出舌頭，舔舔黏在唇上的乾菸草屑，然後站起身，掀起爐蓋，朝火裡啐了一口。

「我好像在對牆壁說話。美伊，放幾根柴到火裡，我煎些培根大家吃。我今天不想讓爐子一直燒，會受不了。」她說。

「今天會比昨天還熱。」海柔平靜地說。「我和路易絲打算爭取不穿絲襪，要是皮博斯先生敢說半句話，我們就要回，你以為他們僱你幹麻，四處看每個人的腿嗎？他會害臊的。」

她說著一顆漂淺的頭沒入洋裝裙子底下，寂寥地咯笑一聲，像一座鐘誤敲了一下，旋即止住。

「哼。」老婦人應道。

午後，美伊、尤妮・帕克、希瑟蘇・穆瑞三人坐在店門口的臺階上，陽光大約在正午時給陰雲擋住了，但接下來似乎變得更熱，耳邊聽不見蟋蟀或鳥叫聲，只有一股熱風匍匐前進般地自鄉間草地低拂而來。因為是星期六，店裡幾乎沒客人上門，地方車輛都呼嘯而過，朝鎮上駛去。

「你們這些小孩子都沒在路上招過便車嗎？」希瑟蘇問。

「沒。」美伊說。

她這兩年來最好的朋友尤妮・帕克說：「噢，美伊根本不能，妳不認識她外婆，她什麼事都不能做。」

美伊把雙腳在泥土地上磨，用腳後跟踩了一個蟻丘，回道：「妳還不是一樣。」

尤妮說：「我可以，我想做什麼就做什麼。」希瑟蘇用一種困惑訪客的神情打量著她們說：「那在這裡可以幹麻？我是說，妳們這裡的小孩平常都幹麻？」

她的頭髮順著頭型剪得短短的，粗黑而鬈，嘴上擦著一款蘋果糖口紅，腿看起來也刮過毛。

「我們會去墓園。」美伊平板地說。而這也是真的，她和尤妮幾乎每天下午都去墓園裡坐，因為那裡有個陰涼的角落，也不會有年紀小的孩子來煩，她們可以放聲聊天，不怕被人聽見。

「妳說妳們去**哪**？」希瑟蘇說。尤妮沉下臉，看著她們腳邊的泥土地說：「噢，才沒有，我最討厭那個鬼墓園了。」有時她和美伊會花一整個下午看墓碑，挑出她們覺得有意思的人名，給埋在裡面的人編故事。

希瑟蘇說：「拜託，別讓我起雞皮疙瘩。今天熱得讓人受不了，對不對？如果我今天下午在家，應該會和朋友去游泳池。」

「我們可以去三號橋游泳。」尤妮說。

「那是哪裡？」

「就這條路過去，不遠，半英里。」

「在大熱天？」希瑟蘇說。

尤妮說：「我騎我的腳踏車載妳。」她用一種過分愉悅而熱情的口吻對美伊說：「妳也騎妳的車，走吧。」

美伊思索片刻，便起身走進店裡。店裡白天也總是一片陰暗，又熱，有一只大木頭鐘懸在牆上，還有一個個桶子，裝著碎掉的小甜餅、軟熟的柳橙、洋蔥。美伊走到後頭，外婆坐在冰淇淋冷凍櫃旁邊的一張凳子上，頭上牆壁有個大大的發粉廣告牌，背景是閃亮的鋁箔，宛若一張聖誕卡。

「我可以跟尤妮和希瑟蘇去游泳嗎？」美伊開口。

「妳們要去哪裡游？」外婆問，幾乎聽不出語氣。她知道就只有一個地方可去。

「三號橋。」

尤妮和希瑟蘇已經走進來，站在門邊，希瑟蘇朝著老婦人的方向，圓融有禮地微笑。

「不行，妳不能去。」

「水又不深。」美伊說。

外婆發出晦澀難解的悶哼。她駝背坐著，一隻手肘擱在膝蓋上，用大拇指撐著下巴，連頭也沒抬。

「為什麼不能去？」美伊執拗地問。

外婆沒回答。尤妮和希瑟蘇在門邊看著。

「為什麼不能？外婆，我為什麼不能去？」美伊又問。

「妳知道為什麼。」

「為什麼？」

「因為男孩子都去那裡，我告訴過妳，妳已經大到不適合再去了。」她嘴唇緊抿，臉上凝出醜陋、得意而諱莫如深的線條。此刻她抬頭看美伊，直盯著，直到美伊湧起一股羞恥和怒氣。老婦人的臉上出現些許生氣。「讓她們其他人去追著男孩子跑，等著看她們的下場吧。」她從頭到尾沒看尤妮和希瑟蘇一眼，但她說到這裡，她們兩人便轉身跑出商店，你能聽見她們跑過加油泵，爆出一陣狂野且有些歇斯底里的瘋笑。老婦人一副沒聽見的樣子。

美伊不發一語，她在黑暗中探索著一種全新層次的苦澀心情。她感覺外婆其實已經不相信她自己用的藉口，她根本不在意，但仍要一而再、再而三端出相同的理由，歹毒地揮舞，看看能造成什麼傷害。外婆開口：「那個希瑟什麼的，我**看到**她了，今天早上她下公車的時候。」

美伊直接走出店鋪，穿過後間，穿越廚房，來到後院，坐到抽水機旁。抽水機出水口下有個霉爛發綠的舊木頭水槽，把水接到乾草叢間一座冰涼爛泥堆成的孤島。她在那裡坐了一會兒，看見一隻大蟾蜍，感覺是又老又倦的一隻，正在草裡啪嗒跳著，她用雙手攫住了。

她聽見紗門關上的聲音，沒回頭。她聽見外婆鞋子的聲音，那驚人的足踝穿越草皮朝她走來。她把蟾蜍抓在一隻手上，另一手撿了根小樹枝，有條不紊地戳起蟾蜍的肚皮。

「住手。」外婆說。美伊扔了樹枝。外婆說：「把那可憐東西放走。」美伊慢慢攤開手指。在這悶熱的午後，外婆居高臨下站在她面前，她能聞到外婆身體特別的氣味，帶甜而熟爛，像放軟了的蘋果皮，穿透並蓋過其他尋常的氣味——洗力很強的肥皂、晾乾熨好的棉布，以及她總帶在身上的菸草。

外婆大聲說道：「我敢說，妳一定不知道我剛在店裡想什麼。」美伊沒回答，而是彎下腰，興味盎然地摳起腿上的一塊痂。

「我這陣子一直想著要把店賣了。」外婆用同樣大而平板的聲音說著，彷彿在對聾人或某種更高的力量說話。她站著，望向崎嶇不平的松青色地平線，以一種老嫗的姿態，用攤平的手壓著圍裙，說道：「我們兩個可以搭火車去找李維斯。」那是她住在加州的兒子，她該有二十年沒見到了。

這時美伊不得不抬頭，看看外婆是不是又在作弄她。這個老婦人平時總說觀光客都是傻子，才會以為天底下有哪個地方比其他地方好，其實他們待在家裡會好得多。

「我們兩個可以去海邊走一趟，」外婆說，「不會花很多錢，我們就晚上不睡，也可以打包些吃的帶去。自己帶吃的比較好，才知道吃了些什麼。」

「妳太老了，」美伊殘忍地說，「妳都七十八歲了。」

「有些跟我一樣年紀的人還回歐洲祖國或到處跑呢，妳去看報紙。」

「妳說不定會心臟病發作。」美伊說。

「那就讓人把我放到運萵苣和番茄的火車廂，把我冰著運回家。」這時美伊在腦海中描繪出海邊的景象，她看見沙灘長長的弧形，就像湖濱，只是更長也更明亮，光是海邊這個字眼就給她帶來一種涼爽愉悅的感受。然而她不相信這些，她不明白，她這輩子，外婆何時應允她什麼美好的事物？

一個男人站在商店前，正喝著萊姆水。他是個矮個頭的中年男子，一張腫脹的臉給熱得油亮，身上穿著一件不怎麼乾淨的白襯衫，搭一條淺色絲質領帶。老婦人先前已經把她那把凳子搬到櫃檯，此時坐在那裡和他說話。美伊背對他們站著，從前門往外望。天空雲朵烏沉，整個世界籠罩在一種古老灰暗而不友善的光線中，那光彷彿不只來自天，也來自那平磚牆、白馬路、窸窣的灰灌木葉，以及在單調熱風中拍動著的金屬牌子。從外婆跟著她走進後院開始，她便察覺到某種變化，有東西倏然裂開。是的，就是她在這世界看見的一道嶄新的光。她也感覺到自己身上的某樣東西——像是力量，像是源自她自身敵意的一股前所未覺、未曾探勘的力量，而她想要再握著它一會兒，像一枚冰涼的錢幣般在手上翻過來。

「你替哪間公司出差？」外婆問。「地毯公司。」男人答。

「他們週末也不讓一個男人回到家人身邊嗎？」

「我今天不是出差，」男人說，「至少不是為了地毯生意。妳可以說我是為了自己私底下做的生意。」

「這樣啊。」老婦人回道，一副不想管別人私底下做什麼生意的口吻。「你覺得快下雨了嗎？」

「有可能。」男人說著，喝了一大口萊姆水，放下瓶子，用手帕仔細地抹了嘴。反正他是那種愛講自己私底下做什麼生意的人，應該說，他根本只想談這個。他開口：「我正準備去見一個朋友，他住在他的避暑小屋；他失眠很嚴重，整整七年沒睡好過。」

「這樣啊。」

「我要去看看能不能治好他。我治療過一些失眠病例挺成功的。不總是成功，但挺不錯的。」

「你也是醫生嗎？」

「不是，我不是。」這小個頭男人開朗地說：「我是催眠師，業餘的，我自認不算專業的。」

老婦人盯著他，半晌沒說話。這並未觸怒男人，他在店面裡走動，拿些東西，很精神而自滿地打量著。「我敢說妳這輩子從沒見過說自己是催眠師的人。」他用打趣的口吻對老婦說：「我看起來和一般人沒兩樣，對吧？看起來很平凡。」

「我不信這種事。」她說。

男人笑出聲來。「什麼叫妳不信？」

「我不信這種迷信的事。」

「這不是迷信，太太，這是擺在眼前的事實。」

「我很清楚那是什麼。」

「怎麼說呢，很多人都和妳有一樣的想法，多得驚人。妳應該沒讀過兩年前《文摘》上一篇講這主題的文章吧？可惜我沒帶在身上。我只知道我治好了一個男人的酗酒，治好很多人的疥瘡、疹子、壞習慣。還有神經質，我不敢說每個人的神經毛病我都能治，但我可以告訴妳，有些人很感激我，非常感激。」

老婦人突然用雙手摀住頭，沒回話。

「怎麼了，太太，妳不舒服嗎，妳頭痛嗎？」

「我沒事。」

「你都怎麼治好那些人？」美伊大膽問道，沒管外婆平常總告訴她：「我不要看到妳和店裡的陌生人說話。」

矮個兒殷勤地轉過身來。「哎呀，小姐，催眠啊，我催眠他們。妳想要我向妳解釋催眠是什麼嗎？」

不曉得自己想問什麼的美伊羞紅了臉，一時語塞。她看見外婆直盯著她。老婦人的目光射出頭顱，盯著美伊和整個世界，彷彿他們著火了，她卻什麼都不能做，甚至沒法通知他們。

「她不曉得自己在說什麼。」外婆開口。

「很簡單的。」男人直接對美伊說，用極度溫柔的口吻，他必定覺得對孩子說話就是這樣。「就像妳讓一個人睡著，只是他們不是真的睡著，妳聽得懂嗎，小姑娘？妳可以對他們說話，還有聽好了——聽好了，妳可以鑽進他們的意識深處，問出一些事情，他們醒來後不會記得，找出他們內心深處的煩惱和焦慮之事，就是問題的根源。怎樣，很棒吧？」

「你那套沒辦法用在我身上，我會知道發生什麼事，在我身上不管用的。」老婦人說。

「我敢說他可以。」美伊說完，自己詫異得張著嘴。她不曉得自己為什麼那樣說。她一次次看著外婆與外面世界交涉，不算是引以為傲，只是堅定不移地相信這老婦人總會占上風。而這會兒是第一次，她感覺外婆似乎可能被擊敗，她在外婆臉上看到了失敗的可能，而不是在那個想必是瘋了的矮個男人臉上——那個令她幾乎發笑的男人。這念頭使她驚惶，又滿懷了痛苦而難以抗拒的興奮。

「那妳要試過才說得準。」男人打趣似的說。他望著美伊。老婦人下了決心，輕蔑地說：「我沒差。」她把手肘擱在櫃檯上，雙手捧著頭，像在把什麼東西壓進去。「是你會浪費時間。」她說。

「妳應該要躺下來，才能好好放鬆。」

「坐著——」她說，似乎有那麼一會兒喘不過氣來。「我坐著就行了。」

男人便從店裡一張掛滿小玩意兒的紙卡上取下一枚開瓶器，走過去站到櫃檯前，不疾不徐。他開口說話時，嗓音很自然，但稍微不同了，變得溫和而漠然。他輕聲說：「好，我知道妳在抗拒這件事，我知道，而我也知道為什麼，因為妳害怕。」老婦人發出一個像是駁斥或警告的聲音，他舉起一隻手，但動作輕柔。「妳害怕，」不過我想讓妳知道，我會讓妳知道，其實沒什麼好怕，什麼都不用怕，沒事，沒什麼事好怕。我要妳眼睛看著我手上這個閃亮的金屬物。對，眼睛看著我手上這個閃亮的金屬物，就盯著，不要思考，不要擔心，只要對妳自己說，沒什麼好怕，沒什麼好怕的，沒什麼好怕的——」他把嗓音放沉，美伊聽不清他說些什麼。她繼續倚著放無酒精飲料的冰櫃。她好想笑，看著這男人不知為何讓人尊敬不起來的後腦杓，以及他白衣下抽動著的厚圓肩膀，真要忍俊不住。但她沒笑，因為想等著看外婆會怎麼樣。如果外婆投降，那將像地震或水災般的大事令人不安，將碎裂她人生的基石，使她顫慄地獲得自由。老婦人惱火而目不轉睛地順從男人的指示，盯著他手上的開瓶器。

「現在我只要妳告訴我，妳還能不能看到——妳還能不能看到——」他把身子前傾，注視著她的臉，「我只要妳告訴我，妳還能不能看到——」老婦人的臉與他齊高，一雙大眼冰冷冷的，表情痛苦猙獰。男人定住不動，接著往後退。

「喂，怎麼了？」他沒用他催眠的嗓音，而是回到原來的聲音——應該說比原來更尖銳，這讓美伊彈了起來。「怎麼了，太太，喂，醒醒，醒醒啊。」他說著，一手撫上她的肩膀，稍稍搖晃一下。老婦人臉上仍舊是放肆的輕蔑表情，整個人往前砰的一聲倒在櫃檯上，好幾包面紙、泡泡糖、蛋糕裝飾物都給掃到地上。男人把開瓶器一扔，滿臉駭然地望向美伊，嘴裡嚷道：「不是我的錯，以前從沒發生過這種事。」他往商店外自己的汽車奔去，美伊聽見他的車發動，跑出去追他，彷彿要喊些什麼，彷彿要喊聲「救人」或「不要走」。然而她什麼也沒喊，只是張著嘴，站在加油泵前的沙土上。反正男人聽不見，他把手伸出車窗狂亂揮斥著，駕車轟隆往北方駛去。

美伊站在店鋪外，公路上沒半輛車經過，沒人來。黑馬的各家庭院空蕩蕩的。小雨已經下了一陣，此刻在她四周一滴滴落下，在沙土上噴濺。最後她走回去，坐在一樣會淋到雨的店鋪臺階上。天氣很熱，而她並不在意。她盤腿坐著，看向外邊公路，現在她想往路的哪個方向走都行了，整個世界平躺在她眼前，伸手可及，全然靜默。她坐著等，等著她不能再等下去的時刻到來，屆時她得起身，走進店裡，走進雨天更顯陰暗的店鋪裡，外婆倒在櫃檯上死了，更重要的是，也勝利了。

烏得勒支的和平

I

我回家三個星期了，不太成功。雖然我和美德一直開心地說這次可以親密相聚這麼久真好，但結束時兩人大概都會鬆一口氣。我們之間出現沉默時總是不自在，我們總是笑個不停，而我害怕——很可能我們都害怕——當道別的時刻來臨，我們若不快快親一下對方，熱切而嘲弄似地捏捏對方的肩，就得直視那片隔在兩人之間的荒漠，承認我們姊妹不僅互不關心，其實內心深處根本排拒著彼此，而我們煞有其事分享的那段過往，其實也不是真的分享，我們各自眼紅地將過去據為己有，暗自覺得是對方變了，喪失了資格。

夜裡我們常坐在陽臺階梯上，喝著琴酒，為了趕蚊子，菸抽得很凶，總拖到最後一刻才就寢。天氣很熱，傍晚得花很長的時間才能讓熱氣消散。這種高磚房到下午過一半時都頗涼爽，之後白晝的熱氣便一直困在屋裡，直至夜深。以前也是這樣，我和美德聊起從前我們會把床墊拖到樓下陽臺，躺著數流星，一心撐到日出。我們從沒成功，每晚總在差不多的時間睡著，那時會有一陣涼風從河畔吹來，帶著蘆葦和河床黑色淤泥的氣息。十點半時，一輛巴士會經過鎮上，速度沒怎麼放慢，我們看著車子駛過這條街的街尾。我讀大學時回家就搭那輛巴士，我仍記得自己在溫暖的夜裡回到朱比利鎮，看見樹木碩大的樹根旁光禿的泥地，主街上周圍有一窪窪積水的飲水臺，以及藍紅黃橙的燈光下潦草的「撞球」「餐館」等字樣。我看著那些招牌，心裡會感到一股異樣的壓迫和解放，因為我用整個假期的天地——學校、朋友，以及後來的愛情——交換這樣一個長久不幸的黯淡世界，家的世界。美德早我四年踏上這條歸途，當時心中應該有相同的感受吧。我多想問她，像我們這樣長大的孩子，會不會永遠無法相信——也無法恬然接受——正常而平和的現實生活呢？但我沒問，我們從未討論這事。我們別倒垃圾，美德以她薄而亮的嗓音說，用那種我已遺忘的俚俗口吻。我們不想讓對方心情不好，因此我們不聊這個。

一天晚上，美德帶我去休倫湖畔參加一場派對，在這裡往西大約三十英里的地方。派對辦在一棟度假屋，幾個朱比利的女人合租了一週。派對上的女人似乎都是喪夫、未嫁、分居或離婚的，男人則多是單身的年輕人——那些朱比利的小伙子，年紀小到我只記得他們還是低年級小男孩的模樣。另外也有兩、三個年紀大些的男人，沒帶太太。另外那些女人使我想起兒時熟悉的一些女人，當然我小時候沒看過那些女人在派對上的一面，只見過她們在朱比利的商店和辦公室裡的活動，或者不時也在主日學裡看見。她們和已婚女性不同，比較意識到自己在這世界裡的位子，稍微俐落乾脆、尖銳粗厲些（但其中我只能想到一、兩位是真的讓人無法尊敬的）。她們會穿著豐腴婦人的服裝，而樣式絕對時髦，底下硬挺的橡膠馬甲窸窣作響；她們也會在假花上噴香水，噴得極濃。美德的朋友相較之下現代許多，她們的頭髮染成紅銅色，碧藍眼妝，每個都有好酒量。

我認為美德看起來不像她們。她的身材纖細，一頭深色頭髮依然隨意；她的臉消瘦憔悴了，卻仍有幾分莽撞驕傲的少女風采。但她說話帶著濃濃鼻音的本地腔，以前總被我們拿來嘲笑，而她嬉鬧飲酒時也有一種放馬過來的氣勢。我感覺她似乎竭盡所能想和這群人打成一片，而且很快會成功。我也感覺她想要我看見她成功，看見她否定我們孩提時代一起形成的那種祕密、令人振奮而其實醜陋的優越感，當時我們自認當然會得到比朱比利鎮更遼闊的天地。

後來派對玩起一個遊戲，所有女人放一件身上穿的東西到籃子裡（十分得體地從鞋子開始），然後讓男人進來，比賽誰先替衣物找到正確的主人。遊戲中途我便走了出去，坐在車上，想著我的丈夫和朋友，感到孤單，耳邊聽著派對的歡鬧聲，以及拍打在湖岸上的浪潮聲，很快便睡著了。好一會兒後美德才走出來，對我說：「老天爺。」然後她笑出聲，以英國片裡仕女的輕快口吻說：「那些行為舉止讓妳很感冒吧？」我們都笑了。我感到歉疚，以及喝酒沒醉的噁心感。「他們可能不會有什麼知識分子的談話，但就像俗話說的，心都沒長歪。」我沒爭辯這點，然後我們就以八十英里的時速從休倫口駛回朱比利。在那之後我們便沒再參加其他派對。

然而我們坐在外頭臺階上時並不總是只有兩個人，一個名叫弗瑞德．包歐的男人經常加入我們。他也在那場派對上，當時平和地隱身在人群裡，記著哪杯酒是誰的，並在搖搖欲墜的門廊欄杆前友善地扶住別人的頭。他和我們一樣在朱比利長大，但我對他沒印象，或許因為他早我們幾年讀書，之後便離鄉打仗去。美德在我回來的第一晚就帶他回家吃飯，接著整晚我們便像後來的許多夜晚一樣，把我們的童年當成禮物送給這個奇異的男人，或者該說，是一個以軼事趣聞妥善保存的版本，像用某種心理上的玻璃紙包著。而我們是以怎樣的奇想支撐著我們兒時的脆弱形象，就為了賦予她們無可救藥而歡快的全新姿態。我們很會一搭一唱述說往事。「妳們姊妹記性真好。」弗瑞德．包歐會這麼說，他坐著看我們，帶著欽佩和其他感覺——保留、尷尬、不贊同——一種含蓄的人在觀賞逗樂他們的人這類激動滑稽的表演時，臉上會浮現的表情。

現在想到弗瑞德．包歐，我承認我對這件事的反應——我稱之為一個「情況」——比自己想得要傳統許多，甚至可說荒謬。而我也不知道這究竟是什麼情況。我知道他已婚，美德第一天晚上就告訴我了，以一種純粹告知的口吻。他太太是殘疾人士，他帶她來休倫湖避暑。他對她很好，美德說。我不曉得他是不是美德的愛人，而她永遠也不會告訴我。畢竟關我什麼事？美德已經是三十多歲的人了。然而我一直想起他坐在我們臺階上的模樣，兩手放在張開的膝蓋上，美德說話時，他便把那溫和的臉整張轉向她，幾乎是溺愛的姿態；他給吸引了注意，卻其實沒怎麼被打動，是一種親切而有男子氣概的模樣。而美德會戲弄他，對他說他太胖，不肯抽他的菸，或者沒事就私密、神經質、軟語溫言地和他沒完沒了地鬥嘴，他也任由她。（而現在我懂了，正是這點使我害怕：他任由她，而她需要。）她喝到微醺時，會以一種半懇求的嘲弄語氣說，他是她唯一的真朋友，只有他理解她，其他人都不能，她說。對此我無言以對。

然後我又會想：他只是她的朋友嗎？我幾乎要忘了朱比利的生活中有這樣的限制——無論坊間口袋小說把小鎮生活寫成什麼樣子——我也幾乎要忘記這類限制能滋養出如何強韌、可敬而不浮上檯面的異性友誼，並使之茁壯，使得這種關係很可能延燒大半輩子。我想到這便難過（有情人未成眷屬，或許最難過的總是外人），多希望他們能是一對公開的戀人。

朱比利的生活循著原始的季節規律，死亡發生在冬季，婚禮則在夏天歡慶。這也有好理由：冬天漫長而艱辛，老弱難免捱不過。去年冬天是一場大劫，大概每十到十二年才會遇到一次，街上人行道都凍得裂開，彷彿這小鎮經歷了一場小型轟炸。而在那諸多困境中，有人的死亡被處理了，如今到了夏天，便是思考及談論那件事的時候。我走在街上會被人攔住聊我母親，他們告訴我關於她喪禮的事，她配戴了什麼花，當天天氣如何。現在她死了，別人說「妳母親」這三個字的時候，我不再感覺他們是刻意拐彎抹角地打擊著我的自尊。以前我會有那種感覺，聽到這三個字時，便感覺整個自我，那裝模作樣的青少年建構，全都倏地土崩瓦解。

如今聽他們以如此溫柔與隆重的口吻談論她，我才明白她成了這小鎮的共有財產和奇人異事，是一則短暫的傳奇，儘管我們使盡各種笨拙和高明的招數把她留在家裡，遠離那些悲傷的名氣，她終究辦到了。我們想方設法，並非為了她，而是為自己，因為我們承受了如此不必要的羞辱——看著她眼部肌肉暫時癱瘓時翻白眼，聽著她的粗啞嗓音，那些令人尷尬的發言總得由我們翻譯給外人聽。她的病造成那樣古怪的效果，使我們想大聲致歉（儘管我們只是姿態僵硬、面容慘白），彷彿我們正陪同上演一齣特別沒品味的串場節目。都白費了，我們當年的自尊，我們為了發洩怒氣，不羈地誇大演出那滑稽的樣子給彼此看（不，不算誇大，她的部分就是如實呈現，該說是模仿）。我們真該把她獻給朱比利鎮，這樣對她也好得多吧。

關於美德和她長達十年的守護，大家幾乎不太提，或許是顧及我的感受，因為他們記起我是那個遠走高飛的女兒，眼前還有我的兩名兒女作為證明，而美德則形單影隻，除了那棟令人沮喪的房子之外一無所有。但我不覺得是因為這樣，朱比利的人不會這樣顧及他人的感受。他們也直截了當問我為何沒回來參加喪禮；我很慶幸那星期有暴風雪中斷了飛機航班，正好讓我當成藉口，因為即使沒有我也不確定自己會不會來，美德在信裡是如此聲嘶力竭要我別插手。我強烈覺得，在歷經這些年之後，她有權獨自處理這件事，如果那是她想要的。

在歷經這些年之後啊。美德是留下來的女兒。她先離家讀大學，接著換我。她說過，妳給我四年，我之後也給妳四年。但我卻結婚了，她並不驚訝。當時我可悲而於事無補的歉疚感使她大為惱火，她說她一直都想留下來。她說母親已經不再「困擾」她。「我們那哥德小說般可怕的母親。現在我就是跟她耗，她想怎樣我都任她。我不再努力讓她維持**人模人樣**了，妳知道嗎。」她說。若說美德是因為有信仰，感受到犧牲奉獻的喜樂、徹底放棄後所帶來強烈而神祕的吸引力，事情可以簡化許多。但誰能這樣形容美德呢？在我們十幾歲時，我們的老姨婆，安妮姨婆和露姨婆，曾向我們說起某個孝子還是孝女為了生病的父母而拋下一切，當時美德還不敬地引用了現代精神病學的評論。然而她卻是留下的人。我唯一能想到的，自始至終唯一能安慰自己的說法，就是她或許可以，甚至是自己選擇了這種沒有時間的人生，活在這樣想像出來的完美自由中，如孩童般擁有完整無瑕的未來，所有的抉擇永遠都是可能的。

大家想換話題時，便問我回到朱比利有什麼感覺。然而我不曉得，我還在等待發生點什麼事告訴我，我是真的回來了。從多倫多開車回來的那天我十分疲憊，後座載著孩子，結束兩千五百英里車程的最後一段，駛了錯綜複雜的公路和小徑，因為朱比利是個從地球上任一處都很難輕鬆抵達的地方。接著約莫下午兩點時，我看到前方出現熟悉而使我措不及防的景象——市政廳俗麗斑駁的穹頂，那建築與這小鎮其他四四方方、灰紅相間、黯淡的磚砌建築一點都不協調（穹頂下還懸著一只大鐘，預備在想像中的災難發生時敲響的）。我駛上主街——有一家新的加油站，女王飯店新砌了灰泥門面——接著車子便轉進安靜破敗的小街，這裡住著不少老小姐，花園裡有鳥浴池，還有藍色的翠雀花。這些我認得的高大磚房有著木造陽臺和大開著的深色紗窗，在我眼中煞有其事卻又不真實。（我向人說起這些街道夢境般的頹喪氛圍時，他們總想帶我去看看朱比利鎮的北邊，那裡新建了一座飲料裝瓶工廠，蓋了些牧場風格的新房子，還有一家「食指大凍」連鎖冰淇淋店。）最後我來到我長大的房子前，把車停在一小片樹蔭下。我的女兒瑪格蕾特開口，語氣鎮定，但仍有些不敢置信：

「媽媽，這就是妳家嗎？」

我感覺女兒的口吻透露出複雜的失望情緒，但一如往常，她似乎認命了，甚至早有準備要認命；那失望裡包含了當下所有的平淡與怪異，這便是傳奇的根源了，是未盡人意、令人歉疚、地老天荒的現實。房子的紅磚在陽光下看起來炙熱而扎眼，還有兩、三處裂出長長的縫，彷彿作著怪相；陽臺始終帶有一種不實在的裝飾風格，如今也明顯衰敗下來。前門旁邊一面小小的花玻璃假窗如今仍在。我坐在車內凝視窗戶，茫茫然的，沒什麼情緒感受。我就坐著看著房子，窗簾沒動靜，門也沒開，陽臺沒人走出來；家裡沒人。這在我預料中，因為美德現在在鎮書記辦公室工作，然而看到這房子變得如此封閉、光禿、困乏，就只因為空無一人，我依然感到驚訝。而當我穿過前院走向臺階，也恍然大悟：這些年來我都到英屬哥倫比亞海岸[1]避暑，早忘了內陸的高溫，感覺像把整片灼燒的天頂在頭上。前門釘了一張字條，是美德潦草而惹眼的筆跡：歡迎光臨，兒童免費，價格後議，包君後悔。玄關桌上放著一束粉紅色的草夾竹桃，夏日午後門戶緊閉的屋內，悶熱空氣中滿是絲絨般柔美的花香。「上樓。」我對孩子說，然後牽起女兒和她弟弟的手。兒子剛在車上睡著，這會兒磨蹭著我走，抽抽搭搭的。接著我怔住，一腳停在最底下的臺階上，轉身淡然迎向一個女人的鏡中身影：她人很瘦，曬成小麥膚色，習慣了的警覺神情，能看出是個年輕母親，頭髮在頭頂挽成髻，露出不再柔軟飽滿的下頷線條，棕膚色頸子以緊繃的姿態從尖細的鎖骨尾端向上延伸——照著我的這面玄關鏡，上回映照的我還是個平凡的漂亮少女，一張臉光滑又遲鈍地像

---

1 the Coast，為 British Columbia Coast 的簡稱，為加拿大西岸的一個地理區域。

顆蘋果，無論底下藏著多少驚懼和混亂。

但我轉身不是為了這個。我發覺自己是在等待母親喚我，從她那飯廳的長椅上喚我。夏日炎炎，飯廳的百葉窗會放下，她會躺在那裡，喝著從不喝完的茶，吃著小碗小碗的醃漬水果和蛋糕碎片——她已經完全不照正常的三餐吃了，像個生病的孩子般。我似乎非得在關門前聽見母親用她的破鑼嗓子喊我，然後感覺自己整個人沉重起來，準備好回應母親的那聲：是誰呀？

我把孩子帶到房子後面的寬敞臥室，從前我和美德就睡這間。房間窗上有薄透得幾乎要磨破的白窗簾，地板上鋪著一方油布地氈。房裡有張雙人床，一座我和美德中學時當成書桌用的老式盥洗臺，還有一座紙板衣櫃，門內側貼有小鏡子。我和孩子說話時，同時也想著——但很謹慎，並不急——我想著母親嚷「是誰呀」的時候，她心裡究竟是什麼狀態。我允許自己傾聽她嗓音中的求救聲——彷彿從前是不敢這麼做的——她的求救毫無修飾，啊，羞恥地毫無修飾，而且原始哀切。她喊得如此頻繁，但因為一直以來都是如此，她怎麼喊也沒用，在我和美德耳裡，那不過是居家生活中的尋常聲響，只是為了避免情況惡化才必須應付一下。妳去應付一下母親，我們會這樣向對方說，或是，我等一下就要出去了，得去應付一下母親。

那些應付，可能是回應她永無止境、瑣碎煩人的要求，可能是擠出五分鐘權宜的開朗對話，而那些對話是如此敷衍、毫無惻隱之心，從未深入真正的情況，不閃現一絲同情，以免又開啟她那漫長而磨人的眼淚攻勢。然而不給同情，眼淚還是會出現，我們便被擊敗，為了止住那噪音，被迫演起親愛母女的戲碼。但我們變得狡猾，一貫予以不帶溫度的關心，我們將自己的怒氣、不耐、厭惡抽離，在應付她時抽掉所有情緒，就像拿掉一個囚犯餐點中的肉，使他孱弱至死。

我們會叫她讀東西、聽音樂、欣賞季節變化，叫她感恩自己沒得癌症。我們還會加一句，說至少她不會痛，而這也是實話，若說囚禁不算一種痛的話。她則用盡她知道的方法索求我們的愛，毫無羞恥或理智，一如嬰孩。但要我們怎麼愛她呢？我絕望地對自己說，我們能用來愛人的資源根本不夠，加諸我們身上的要求又太多。而就算愛也無法改變什麼。

「我什麼都沒了。」她總這麼說，對陌生人，對那些我們想方設法不讓接近她的朋友，對她那些偶爾會歉疚地來探望一下的舊識，她總這麼說，以那種十分緩慢而憂傷的口吻，很難聽懂，也不太像人說話，我們總得替她翻譯。這樣的戲劇性幾乎使我們羞辱致死，但如今我回想起來，如果少了那份甚至能執拗地從苦難中汲取養分的自我中心，她或許會迅速遁入植物般的陰暗生活。她竭盡所能讓自己在這世上占有一席之地，絲毫不在意別人是否歡迎；她躁動不安地在屋子裡和朱比利的街道上晃蕩。啊，她從未聽天由命；她必定在這石牢般的屋子裡哭泣並掙扎到最後一刻（我能想像，但我不想）。

但我發現畫面還不完整。我們哥德式的母親，罩著名為「震顫性麻痺」的冰冷駭人面具，拖著腳走，哭泣著，極其所能吞食旁人的關注，雙眸死去而灼燒著，向內凝視著她自己——這並非全貌。因為她的病難以捉摸，有自己從容的進展方式，有些早晨（這樣的早晨愈來愈少，間隔也愈來愈長），她醒來後正常些，便會走到外面院子裡，如尋常主婦般地整理一株植物，或者對我們說些平靜清醒的話，或者專心聽新聞。她像從一場惡夢中醒來，努力彌補失落的時光，整理家裡，強使著自己僵硬顫抖的雙手，用縫紉機縫一會兒東西，也做她的拿手料理給我們吃，香蕉蛋糕，或者檸檬蛋白霜派。她死後，我偶爾會夢到她（她在世時我從沒夢過她），而夢中的她總是做著這類事情，我不禁想，我為何要這樣向自己誇大，看吧，她其實挺正常，只是手會顫抖罷了——

在這些冷靜時期的尾聲，一種破壞的能量便會重新攫住她。她開始聊個沒完，話說得愈來愈顛三倒四；她會要求我們替她上胭紅、弄頭髮。有時她甚至會請裁縫來家裡替她做衣服，讓裁縫在飯廳縫衣服，方便她看——她又開始花愈來愈多時間待在長椅上。從任何實際觀點來看，這都十分揮霍（因為她為什麼需要這些衣服呢，她要穿去哪兒呢？）也使人心煩，因為裁縫無法理解她想要的是什麼，有時連我們也不懂。我記得離家後，曾接過美德幾封引人發噱、心煩意亂、潛藏著焦慮的信，信裡描述了幾次這樣的裁縫事件，我讀信時帶著同情，卻沒法進入那我一度熟悉的氛圍，因著母親的種種要求所帶來的狂亂和挫折感。在正常的世界裡不可能重現她。我腦海中她的面容太恐怖，太不真實，同樣地，與她共處一個屋簷下的複雜壓力，我和美德曾經以大量粗魯笑聲化解的歇斯底里感受，如今有些也虛幻得如同想像；我感覺一種祕密而歉疚的抽離開始了。

我在房裡陪了孩子一會兒，因為這裡是陌生地方；對他們來說，這只是個待著睡覺的陌生地方，很尋常。看著他們在這房間裡，我感覺他們特別幸運，他們的生活安全而輕鬆，或許多數父母都有過這種念頭。我望進衣櫥，但裡頭什麼也沒有，只有一頂帽子，上頭綴著廉價商店買來的花，一定是我或美德為了某次盛大的復活節做的。我打開盥洗臺的抽屜，看見裡頭塞滿了來自一本活頁筆記本的紙張。我讀了上面的字：「烏得勒支和約，簽署於一七一三年，終結了西班牙王位繼承戰爭。」我意識到這字跡是自己的。想到這東西在這裡躺了十年——不止；感覺很奇特，看起來就像我當天寫的。

不知為何，讀這些字對我造成強烈的效果，我感覺彷彿舊日生活都躺在四周，等著被重新撿拾起來。我只有當下，在我們從前的房間裡，有了片刻這樣的感受。從前中學的棕色走廊為我重新開啟（那棟建築後來拆了）；我也憶起春天的週六夜晚，雪融之後，鄉間的人都湧到鎮上。我想起我們和另外兩、三個女孩子手勾手在主街上來回走，一直走到天黑，然後走進艾爾舞廳，在一串彩色小燈泡下跳舞；舞廳窗戶開著，春天的冷冽空氣飄送進來，帶著土壤和河流的氣味；農場的男孩子手又皺又髒，跳起舞就抹髒我們的白襯衫。這些回憶當時看似無可留戀（艾爾那地方其實挺慘的，而在大街來回走著炫耀自己的儀式，我們也覺得拙劣荒謬，只是忍不住），而今對我來說卻幻化出奇妙意義，並且顯得完整，不僅映現幾個女孩跳舞和一條大街的景象，更延展到整座小鎮，陽春的街巷阡陌，雪融後的光禿樹木和泥濘庭院，泥土路上車燈閃現，朝鎮上顛簸而來，以及淺色的無垠天際。

另外，想起我們穿著芭蕾舞鞋，黑色的塔夫塔綢傘裙，配上短外套，是知更鳥蛋藍、櫻桃紅、萊姆綠那樣的顏色。美德在她襯衫領口別一只肅穆的大蝴蝶結，頭髮上戴一頂假雛菊花圈。這些是戰後某年的流行風格，至少我們那樣認為。想起美德，她那聰穎多疑的神情，我的姊姊。

「妳記得她以前的樣子嗎？」我問美德。

「不，我不記得了。」美德說。

「我有時候覺得好像記得。」我遲疑地說。「只有偶爾。」怯懦柔和的懷舊之情，想找回一些溫柔往事。

「我覺得要離開才可能。妳得要離家多年，要好些年都不在這裡，才可能想得起這類的回憶。」美德說。

她就是這時候說「我們別倒垃圾」的。

她只另外說了一件事：「她會花很多時間整理東西，各式各樣的東西，卡片、鈕釦、紗線之類，整理然後分成小堆，一弄就可以安靜好幾個鐘頭。」

II

我去看了安妮姨婆和露姨婆。這是我回家後第三次去看她們，而每次下午去她們都在用染過的碎布做地墊。她們現在年紀很大了，坐在炎熱狹窄、竹簾遮蔭的門廊裡，身邊散落碎布和地墊的半成品，散發撫慰人心的居家氛圍。她們現在已經不大出門，但一大早就起床，梳洗化妝，穿上有荷葉邊和白穗帶的難看印花洋裝，煮咖啡和粥，然後打掃屋子，安妮姨婆掃樓上，露姨婆掃樓下。她們的房子十分乾淨，暗色調，四處上了亮光漆，並散發醋與蘋果的味道。午後她們會躺一小時，起床後便換一套下午穿的衣服，領口別著別針，然後坐下來做手工藝。

她們是那種上了年紀身上的肉便會化掉或神祕消失的女人。露姨婆的頭髮仍是黑的，但在髮網裡看起來十分乾硬，像一穗成熟玉米的乾枯玉米鬚。她坐姿很挺，那骨瘦如柴的手臂動作起來精細而緩慢；她看起來就像埃及人，長脖子，一張有稜有角的小臉，皺紋橫生，皮膚黝黑。至於安妮姨婆，或許因為她舉手投足比較溫柔，甚至有些婀娜，看起來便比較具有人性的脆弱和疲態。她的頭髮幾乎掉光了，總戴著那種年輕妻子上髮捲睡覺時戴的可愛帽子，她曾叫我看她的帽子，問我是否覺得帽子不合適。她們兩人都很擅長這類小小的反諷，會有些喜孜孜地指出自己古怪的地方。她們的待客作風極度輕鬆愉快，兩人的對話呈現一種揶揄和抗議的熟練循環。我很是著迷，彷彿窺見我和美德年老後的模樣，在其餘人事煙消雲散之後，再一次陷入這張姊妹之情的網，替一位年輕、有人愛但基本上無足輕重的親戚沖茶——然後展示如此優美的關係；別人能了解我們什麼呢？我看著這對說學逗唱的老姨婆，揣想老年人在我們面前扮演這樣簡化的樣板角色，是否因為她們擔心露出太真實的一面，我們便要不耐煩了；或者她們這是一種圓融的做法，打發社交時間，因為實際上她們感覺離我們極其遙遠，根本完全不可能真正溝通。

總之她們始終給我一種距離感，至少在這第三天下午之前都是；這天她們當著我的面露出一點意見不合的跡象，我相信這是史上頭一遭。我和美德去看她們那麼多年，從沒見過她們起爭執，而我們從前很常去探望她們——不僅出於義務，也因為我們在歷經自己家裡那相較的無秩序狀態、被迫上演的灑狗血戲碼，姨婆家的理智和熱鬧很能安定心神。

安妮姨婆想帶我上樓看東西。露姨婆反對，一臉冷淡和感到冒犯的樣子，好像這整件事使她十分難堪。而那樣謹慎的感覺，那屋子裡說起話來迂迴委婉的傳統，使我壓根不敢問她們說的究竟是什麼事。

「噢，讓她喝她的茶吧。」露姨婆說，安妮姨婆則回道：「嗯，那等她喝完茶。」

「隨便妳，樓上熱的。」

「露，妳一起上來嗎？」

「那誰看著小孩？」

「噢，小孩，差點忘了。」

因此我和安妮姨婆便退到這房子裡比較陰暗的地方。我還起了荒謬的念頭，以為她會給我一張五元鈔。還記得她從前有時會這樣神神祕祕地把我拉到玄關，然後打開她的錢包，而我認為這個祕密露姨婆同樣也沒參與。但我們上了樓，走進安妮姨婆的臥房，裡頭看起來十分整潔而有閨房模樣，秀氣的花壁紙，鋪著白絲巾的斗櫃。房裡像露姨婆說的，確實很熱。

「好了——」安妮姨婆有些上氣不接下氣，「妳幫我把衣櫥最上面一層的箱子拿下來。」

我拿了。她打開箱子，用像在密謀著什麼、渴望而愉快的語氣說：「我猜妳想過妳母親的衣服都到哪兒去了吧？」

我從沒想過這件事。我在床邊坐下，忘了這房子裡的床是不能坐的，為此每間臥室都擺著一張直背椅。但安妮姨婆沒阻止我。她把東西一件件拿出來說：「美德從沒告訴過妳吧？」

「我沒問過她。」我說。

「對，要我也不會，要我也絕不會問美德。但我想我不妨給妳看，有何不可？妳看，我們能洗和熨的都弄了，沒法自己弄的就送洗，錢是我自己出的。然後我們把能補的都補好了，現在看起來挺好，不是嗎？」

她把最上頭的內衣拿起來讓我過目，我無能為力地看著。她指給我看哪些地方以高超的技巧縫補過，哪些地方的鬆緊帶換過，又給我看一件襯裙，說那件只穿過一次。她取出幾件睡衣、一件睡袍，以及一些編織的睡衣外套。她說：「我最後一次見到她的時候她就穿這件，應該是，沒錯。」我驚慌地認出這件桃子色的睡衣外套是我寄給她的聖誕禮物。

「看得出來沒怎麼穿過吧。哎呀，幾乎沒怎麼穿過。」

「對。」我說。

「下面是她的外出服。」她兩手往一些織錦和花絲綢底下翻去，全是母親想給自己做的打扮，異國情調一年比一年濃。想到母親穿著這些孔雀開屏顏色的模樣，連安妮姨婆似乎都遲疑了。她拎起一件襯衫。「這件我手洗的，看起來像新的一樣；衣櫥裡還掛著一件大衣，整件都還好好的。她從來不穿大衣，只有去醫院的時候穿，就這樣。妳穿應該適合吧？」

「不用，**不用**。」我說，因為安妮姨婆已經走向衣櫥。「我才剛買一件新大衣，我有好幾件了，安妮姨婆。」

「但妳為什麼要花錢買呢。」安妮姨婆用她溫和執拗的口吻繼續說，「這些和新的一樣。」

「我寧願花錢買。」我說，旋即對自己的冰冷語氣感到後悔，然而我仍繼續說下去：「我需要什麼就花錢買。」這句話暗示我已經有錢了，使姨婆臉上出現責備和冷漠的神情。她不發一語。我起身去看一張相片，安妮姨婆、露姨婆和她們的幾位哥哥以及父母親的合照，掛在書桌前。他們嚴肅而指責的新教徒臉孔盯著我，因為我違背了他們一生奉為圭臬的簡樸而不誘人的物質觀念。所有東西都要用，而且要物盡其用，要節省、修補、改造成別的繼續用；所有衣服都要穿。我感覺傷了安妮姨婆的心，也感覺我或許讓露姨婆猜著了，因為她比較敏感，了解世上的某些人情世故，是安妮姨婆不理會的，而露姨婆很可能已經告訴過她，我不會想要母親的衣服。

「她走得比大家想的快。」安妮姨婆開口。我詫異地轉過身去，她說：「我說妳母親。」接著我便思索，衣服真是重點嗎，或許只是一塊敲門磚，為了和我聊母親的死，或許安妮姨婆認為這是我們的探訪中必要的一部分。露姨婆的態度就不同了，她抗拒一些訴諸感情的儀式，幾乎到了迷信的程度，如果她在場，絕不可能出現這樣的對話。

安妮姨婆說：「她才進醫院兩個月，兩個月就走了。」我看見她心煩意亂地哭，以一種老年人的哭法，流著少得可憐的眼淚。她從身上抽出手帕抹抹臉。

「美德對她說沒什麼事，只是檢查，告訴她只需要差不多三個星期。妳母親進醫院，以為自己三個星期就能出來。」她壓低嗓子說話，彷彿害怕被人聽到。「妳覺得她想住在裡面嗎？她說話沒人聽得懂，他們還不准她下床。她想要回家呀。」

「可是她病得太嚴重了。」我說。

「沒有，她沒有，她就和原來沒兩樣，只是一點一點走下坡。但她進去之後，就覺得自己會死，突然被淹沒了，才很快惡化。」

「也許就是會發生，遲早的事。」我說。

安妮姨婆沒聽我說話。「我去看她，她見到我好高興，因為我聽得懂她說什麼。她說安妮姨媽，他們不會永遠把我關在這裡吧，會嗎？我對她說，不會，我說不會。

「她還說，安妮姨媽，叫美德帶我回家，不然我會死的。她不想死呀，妳不要認為一個人在其他人眼裡看起來沒什麼活下去的理由，她就會想死。所以我向美德說了，但她什麼也沒回。她每天去醫院看妳母親，但就是不肯讓她回家。妳母親告訴我，美德對她說，我不會帶妳回家。」

「我母親說的不一定是實話，安妮姨婆，妳也知道啊。」

「**妳曉得妳母親從醫院跑出來過嗎？**」

「不曉得。」我回答，然而奇特的是，我心裡並不驚訝，只有一種隱約能察覺的恐懼，一種不要被告知的渴望——此外還有一種感覺，那就是我將被告知的這件事我早已知道，我一直都曉得。

「美德沒告訴妳嗎？」

「沒有。」

「嗯，反正她跑**出來**過。她從救護車走的側門跑出來，那是唯一沒上鎖的門。當時是晚上，他們沒那麼多護士看著，她穿上睡袍和室內拖鞋，那是她這幾年來第一次自己穿戴東西。然後她就跑出來了，那時候是一月，下著雪，但她沒回去。她給逮著時，已經在街的另一頭了。之後他們就在她床前隔了木板。」

雪，睡袍，拖鞋，床前隔木板。那是我極欲抗拒的畫面。然而我毫不懷疑，這絕對是真的，絕對是當時的實情。這就是她會做的事，她這一輩子，我認識她的所有時光，都導向這場逃亡。

「她想去哪？」我問，但我知道不會有答案。

「我不曉得，也許我不該告訴妳這件事。啊，蒂瑜，他們來追她的時候，她還差點跑起來，她嘗試奔**跑**呀。」

一場撼動所有人的逃亡。就連姨婆那溫和熟悉的臉龐下，也藏著個更原始的老婦人，在她的信仰不曾觸及的地方暗自驚慌。

她開始把衣服摺好，收回箱子裡。「他們在她的床前釘了一塊木板，我看到了。也不能怪護士，她們沒辦法監視每一個人，她們沒時間。

「我在喪禮後對美德說，美德啊，希望這種事不會發生在妳身上。我忍不住，我就那樣說了。」這時她自己也坐到床上，摺著衣服收回箱裡，並努力讓嗓音恢復正常——不久就恢復了，畢竟人活到這麼大把歲數，誰不是悲痛和自制的老手呢？

「我們覺得這不容易，我和露都覺得這不容易。」她終於開口。

老婦人最後的功能，除了縫碎布地毯和給我們五元鈔之外，是否就是確保我們締結的舊日陰影要繼續揹在身上，沒人能就此逃脫？

她害怕美德——出於恐懼，她已永遠驅逐了她。我想起美德說過的話：沒有人理解她。

我到家時，美德在外面的水槽間做沙拉，日光在粗糙的油地氈上映成一塊塊長方形。美德脫了高跟鞋，這會兒赤腳站著。水槽間是個寬敞凌亂、有景觀的舒適空間，在爐子和晾著的抹布後方，能眺望有坡度的後院、加拿大太平洋鐵路公司的火車站，以及那幾乎環繞朱比利鎮、金黃泥濘的河流。剛剛在另一棟屋子裡感覺侷促的兩個孩子馬上在桌子底下玩起來。

「你們去哪了？」美德問。

「沒什麼，去看一下姨婆。」

「哦，她們好嗎？」

「挺好，她們是打不倒的勇者。」

「是嗎？嗯，我想是的。我好陣子沒去看她們了，其實我後來很少去看她們。」

「是嗎？」我說，而這時她便曉得她們必定對我說了些什麼。

「喪禮之後，她們開始惹毛我。而且弗瑞德又幫我找了這工作，還有很多事，我一直好忙——」她嘲弄地微笑看著我，耐心等著聽我會說什麼。

「美德，妳不必覺得愧疚。」我輕聲說。在此同時，我的孩子正跑進跑出，在我們的腿之間對彼此尖叫。

「我不愧疚，妳為什麼會這樣想？我不愧疚。」她走去打開收音機，然後轉過頭來對我說：「今天弗瑞德也會來和我們吃飯，因為他一個人。我買了一些覆盆子當飯後甜點；覆盆子的季節快過了，妳覺得這些看起來還好嗎？」

「看起來還可以，要我幫妳弄沙拉嗎？」我說。

「也好，我去拿個碗來。」她說。

她走進飯廳，拿了個粉色雕花玻璃碗回來裝覆盆子。

她開口：「我撐不下去，我想過自己的人生。」

她站在廚房和飯廳之間的小臺階上，捧著碗的手突然一鬆，可能是她的手開始顫抖，或是一開始就沒拿好。那是一只年代久遠的碗，沉厚精緻，從她手上滑落，她伸手想接，但還是摔碎在地上。

美德笑了起來。「地獄啊地獄，蒂——瑜啊。」她說著我們從前絕望時總會講的笑話。

「看看我做了什麼好事，還光著腳，幫我拿掃把來。」

「過妳的人生吧，美德，去過妳的人生。」

「我會的，我會。」美德。

「離開吧，別待在這裡了。」

「嗯，我會的。」

然後她俯下身，開始撿拾地上的粉色玻璃碎片。我的孩子往後退，詫異地望著她，而她邊笑邊說：「我沒什麼損失，我還有一整架的玻璃碗，那些玻璃碗夠我用一輩子。噢，不要杵在那裡看我，幫我拿掃把來。」我在廚房裡四處找，因為我好像已經忘了掃把放哪裡。美德說：「可是我為什麼做不到，蒂瑜？我為什麼做不到？」

幸福陰影之舞

馬賽思小姐又要辦派對了。（基於一種音樂情操，或她內心對歡慶氣氛的大膽嚮往，她從不稱之為演奏會。）母親撒起謊來不太有創意和說服力，她想的托詞明顯都是二流的。油漆工要來；朋友從渥太華來訪；可憐的凱芮得去割扁桃腺。最後她能說的只有：哦，但這樣不會太麻煩嗎，現在還辦？這個「現在」揹著幾個棘手的意思，任君挑選：馬賽思小姐原本住在河岸街的磚木平房，前三次派對已經相當擠，而現在她還搬到一間更小的房子（如果她的描述無誤），位在巴拉街上（巴拉街，那是哪裡呀？）再則，現在馬賽思小姐的姊姊中風臥床了；或是，現在馬賽思小姐自己都那麼老了——母親說，這種事人總得誠實面對。

現在還辦？馬賽思小姐反問。她感覺像給刺了一下，佯裝聽不懂，又或者是真的不解。她問，她的六月派對怎麼會因為在什麼時候或什麼地點舉辦，就變得太麻煩呢？她現在只有這個招待客人的活動（就我母親所知，這也是她生平唯一一項招待客人的活動，但馬賽思小姐輕柔衰老的嗓音，帶著毫不氣餒，不知疲倦的交際特質，語氣像是在回憶各種各樣的茶會、私人舞會、居家派對、浩大的家庭聚餐)。她說，如果放棄，她會和這群孩子一樣失望的。母親心想，是妳會比較失望吧，但這話她當然不能說出口。她表情惱火地從話筒別開臉——像是看見髒亂而她沒法收拾似的——這就是她個人同情的表現了。她答應會去。接下來的兩週，她會想到幾個薄弱的抽身計畫，然而她知道她終究會去。

她打電話給瑪格．法蘭奇，她們兩個都是馬賽思小姐從前的學生，瑪格的雙胞胎現在也在那裡上課，她們同情了對方一下，然後說好一塊去，幫彼此提振一下精神。她們聊到前年派對是個雨天，狹小的玄關疊了一件件雨衣，因為沒地方掛起來，雨傘在深色地板上滴出一灘灘積水，而小女孩因為擠在一起，個個洋裝都皺了，還有客廳的窗戶開不了。去年還有個孩子流鼻血。

「當然，那也不是馬賽思小姐的錯。」

她們絕望地咯咯笑起來。「對，可是以前從沒發生這種事。」

這是真的，這正是重點。馬賽思小姐的派對有種難以用言語形容的感覺，情況總會失控，任何事都可能發生。而驅車前往這樣的派對時，還會出現那麼一刻，一個問題會浮上心頭：其他人會到嗎？因為過去兩、三次派對上，最令人尷尬的事情之一，就是常客成員的差距拉大了，馬賽思小姐能招到的新學生似乎就是以前學生的孩子。每年六月都會新出現一批退課的學生，而且人數顯然可觀：瑪麗．蘭柏的女兒不去學了，瓊恩．科溫博的女兒也是。

母親和瑪格．法蘭奇會想，這代表什麼呢？像她們這樣搬到郊區的婦人，有時會苦惱自己落伍了，怕自己做出正確選擇的直覺日漸鈍化。如今鋼琴課不像從前那麼重要，大家都知道，現在大家認為跳舞才對兒童的身心發展最有幫助——而孩子，至少女孩，似乎也比較不介意學跳舞。可這種事怎麼向馬賽思小姐說明呢？她會說：「所有孩子都需要音樂，所有孩子內心深處都熱愛音樂。」馬賽思小姐有一項堅不可摧的信念，就是她能直視孩子的內心深處，而她看見的是個寶庫，裝滿各種善念與對各種美好事物自然而然的喜愛。她那老小姐的善感拐騙了她原本良好的判斷，這點影響之大，眾所周知。她說起孩子的心靈時彷彿那是什麼神聖之物，身為父母的通常不知該說什麼。

最早姊姊溫妮弗蕾德上課時，地址還在羅斯戴爾，以前一直是在那裡上課。那是間狹長的房子，由煤灰色和覆盆子色的磚砌成，陰鬱狹小的裝飾陽臺從二樓窗戶向外展成弧形，房子雖沒有塔樓，卻有塔樓般的效果；屋裡是深色系的，矯飾，醜得自成美感——是她們的老家。而在羅斯戴爾辦的年度派對也不算太差。上三明治前總有一小段尷尬的空檔，因為她們廚房請的女人不習慣派對，手腳太慢，然而三明治一旦出現倒是十分美味：雞肉、蘆筍捲，都是健康家常的東西，像經過美化的托兒所食品。鋼琴演奏是一貫的緊張而支離破碎，或是沉鬱而沒有生氣，偶爾會有一場熱烈災難帶來一點驚訝和興味。大家會了解，馬賽思小姐對兒童過於理想化的觀點，以及她在這一點上展現的豆腐心腸或簡單頭腦，使得她在教學上無所成就；她只會以極其委婉、抱歉的口吻給點小批評，讚美起來則不誠實到無可饒恕的境界；只有異常勤勉的學生能奏出值得讚美的表演。

然而總的來說，從前的派對紮紮實實，有傳統，也有自成一格的寧靜老派情調，一切都恰如期望。馬賽思小姐會親自等在玄關，那裡有瓷磚地板和沉沉的教堂法衣室的氣息，而她會抹胭脂，梳一種只適合這個場合的老式髮型，穿一件綴著紫紅和粉色斑點，像舊椅套改製的及地長洋裝，而這身打扮除了年紀最小的孩子，並不會驚嚇到誰。甚至跟在妹妹背後陰影的另一位馬賽思小姐（稍微老些、高大些、陰沉些，每年六月之前大家都忘記她的存在）也不會使大家不舒服，儘管這當然是個引人矚目的事實——世上這樣的臉竟不只一張，而有兩張，這樣的長臉蛋，砂礫膚色，和藹又醜怪，鼻子碩大，還有一對小小的發紅而溫和的近視眼。她們難看的長相最後一定成了幸運的事，保護她們在人生各方面不受矚目、不得其門而入，因為她們就像所有幼稚而不會受傷的人一樣快活，看起來沒有性別，是原始而溫和的生物，奇異卻又溫馴，住在羅斯戴爾的自宅中，自外於時間的糾葛。所有母親都坐在房間裡聽孩子彈〈吉普賽之歌〉、〈快樂的鐵匠〉和〈土耳其進行曲〉，有些坐硬式長椅，有些坐摺疊椅。這房裡有幅蘇格蘭女王瑪麗一世的畫像，身穿天鵝絨，頭戴絲面紗，站在荷里路德宮前。另外還有些棕褐色系模糊的古堡畫，一套《哈佛經典》，以及鑄鐵柴架和一座佩加索斯[1]的青銅塑像。這些母親都不抽菸，房裡也沒擺菸灰缸。從前在同一個房間，就是這個房間，她們自己也在這裡表演過，這房裡有種無個人色彩的黯然風格（那束輕軟如絲棉的芍藥和繡線菊花瓣直落在鋼琴上，是馬賽思小姐的主意，但看上去也不甚歡樂），令人不自在之餘卻又安心。這群忙碌、還算年輕的女人年復一年來到這裡，不耐煩地在羅斯戴爾古色古香的街道間小心翼翼地開著車，她們一週前還在抱怨浪費時間，抱怨要張羅孩子的衣服，抱怨無聊，然而卻又被一種頗難置信的忠誠凝聚在一起——這忠誠與其說是對馬賽思小姐的，不如說是對她們自己的童年儀式，一種嚴格的生活方式，這樣的生活方式即便在當年也已經開始分崩離析，卻倖存了下來，而且在馬賽思小姐的客廳裡無從解釋地留存了。一群小女孩穿著裙襬硬如鐘鈴的洋裝，對儀式氛圍有自然而然的意識，沿著陰暗的書牆走著，而她們母親的臉上帶著呆滯但不算不愉快的默許表情，一種荒謬而稍微刻意的懷舊情緒，平時該是用來忍受漫長家族儀式的。她們會對彼此微笑，笑得不失禮貌，然而又表現出一種熟悉而幽默的驚奇感，因為眼前的事物是這樣一成不變，甚至連鋼琴曲目和三明治的餡料都未曾更動。她們就是這樣認定了這種不可思議而徹頭徹尾的執拗——來自馬賽思小姐、她的姊姊，以及兩人的生活。

---

1 Pegasus，希臘神話中繆思女神所騎的飛馬。

鋼琴演奏過後會上演一場小儀式，每每令人有些尷尬。之後孩子便能逃到外頭的花園——小鎮房子會有的花園，極小，但仍是個花園，有樹籬、有遮蔭，四周種著黃百合，花園長桌會鋪粉紅淺藍等嬰兒顏色的皺紋紙，而廚房裡的那個女人會擺出一盤盤三明治、冰淇淋、裝飾繽紛而口感乏味的雪酪。然而在那之前，所有人都得被迫收下各自的年終禮物，一份份裹了紙、紮著緞帶，來自馬賽思小姐的禮物。除了些最天真的新學生之外，這份禮物不會讓誰興奮期待。通常就是一本書，而問題是，她上哪裡找來這些書呢？都是差不多年代的書，像會出現在從前主日學圖書室、家裡閣樓或舊書店地下室的書，只是一本本都書背硬挺，全新沒人讀過，像是《北方湖泊與河流》、《認識鳥類》、《灰鷹故事集二》、《小小傳教友》。她也送畫作：〈睡和醒的邱比特〉、〈浴後〉、〈小巡邏〉；其中大多數的特色似乎是童稚的裸體，令世故拘謹的我們覺得荒謬又噁心。就連她送的桌上遊戲也乏味得令人玩不起來——為了讓每個人都能贏，規則複雜至極。

眾母親在這段期間的尷尬不太是因為禮物本身，而主要是因為她們強烈懷疑馬賽思小姐能不能負擔禮物錢。想到馬賽思小姐十年來只漲過一次學費（連那次都導致兩、三位母親退了課），她們更覺得情況不妙。最後她們總會說，她一定有其他收入管道；看起來是的，否則她住不起這房子。此外她姊姊也教法文和德文——或者是退休了，但她們認為她還在替人上家教。這對姊妹的錢一定夠，身為一個馬賽思小姐，欲望簡單，開銷不會多大。

但後來羅斯戴爾那棟房子沒了，由河岸街的平房取代，她們便不再聊馬賽思姊妹的經濟來源；她們生活的這部分給劃進了難堪話題的領域，討論這事變得粗俗無禮。

「要是下雨，我一定會死。下雨的話，我會因為這個活動憂鬱而死。」母親說。但派對當天沒下雨，反而天氣很好還十分炎熱，是個攤在太陽底下的夏日，我們開車進了市中心，迷路了一陣，找著那條巴拉街。

我們找到了，房子給人的印象比想像中好，但主要是因為屋前有一排樹，而我們沿著鐵路路堤開來，沿途行經的大小街道都沒有樹蔭遮蔽，十分破敗。這裡的房子多半從中一分為二，前廊中間隔著一道下斜的木隔板，有兩道木臺階和一個泥地院子，馬賽思姊妹顯然就住在其中一戶半間屋裡。房子都是紅磚砌的，前門、窗戶飾條、門廊漆成奶油色、灰色、油綠、黃色，都很整齊，打理過。馬賽思家旁邊那戶的門面改成了一家小店，有個招牌寫著：

內售雜貨和糕點糖果。

門敞開著，馬賽思小姐就杵在大門、衣帽架、樓梯之間，旁邊幾乎沒有空間讓人經過她進到客廳，而照裡頭的情形看起來，要從樓上客廳走到樓下客廳更是難如登天。馬賽思小姐的胭脂、髮型、織錦洋裝一應俱全，那襲洋裝讓人一不小心就要踩到。在敞亮日光下，她看起來像個化妝舞會上的角色，像清教徒醜化想像中的興奮而花枝招展的高級妓女；然而興奮只是胭脂畫出來的，我們走近時，便看見她的眼睛還是和從前一樣，紅眼眶，但開朗無憂。她親了我和母親，並且一如往常，向我打招呼的方式彷彿我仍是個五歲小娃，然後我們便進屋。我感覺馬賽思小姐親我們的時候，似乎也朝我們身後的街道張望，在等著哪個還沒到的人。

房子裡有一間客廳和一間飯廳，中間隔著一道拉開的櫟木門，空間都很小，牆上掛的瑪麗一世畫像顯得巨大無比。屋裡沒壁爐，也就沒鑄鐵柴架了，但鋼琴還在，甚至還有一束天知道從哪個花園摘來的芍藥和繡線菊。客廳很小，看起來像擠滿了人，但其實連同小孩也不到十來位。母親向大家招呼微笑一下便坐下，她對我說，瑪格・法蘭奇還沒到，會不會她也迷路了？

我們旁邊坐著一個不認識的女人，中年婦女，穿著水鑽裝飾的亮面塔夫塔綢洋裝，有乾洗過的味道。她介紹自己是柯雷格太太，就是住旁邊那半間屋的鄰居。馬賽思小姐問她想不想來聽孩子彈琴，她認為應該是一大樂事；她喜歡各種音樂。

母親表現得很和善，但看起來有些不自在。她問起馬賽思小姐的姊姊：她人在樓上嗎？

「噢，對，在樓上，不過她神智不太清楚，可憐人。」

太糟了。母親說。

「是呀，很遺憾。我給她吃點藥，讓她下午睡覺。她現在沒辦法說話了，妳知道嗎，基本的控制能力，都沒了。」那特別壓低的嗓音給了母親警告，預告接下來可能有許多冗長私密的細節，她便很快再說一聲，太糟了。

「另一位出去教課的時候，我就過來照顧她。」

「妳真好心，我想她一定很感激。」

「嗯，我就覺得她們這對老太太有點可憐，像兩個嬰孩，一對小娃兒。」

母親低聲說了兩句回應，但眼睛沒看著柯雷格太太，沒看她磚紅色的健康臉龐，或她（在我看來）大得驚人的牙縫。母親的眼神越過她，望向飯廳，帶著一種努力克制的沮喪。

母親看見餐桌擺好了，派對盛宴已經備妥，一樣不缺。一盤盤三明治擺著，必定已經擱了幾個鐘頭，最上面的幾塊邊緣都有些軟了。蒼蠅在餐桌上嗡嗡飛，停在三明治上，一旁是從糕點鋪買來的小塊糖霜蛋糕，盤子上也有蒼蠅愜意爬著。餐桌中央一如往常擺著個雕花玻璃盅，盛滿了紫色的潘趣酒，顯然沒冰塊，也走味了。

「我也叫她不要提前拿出來放。」柯雷格太太悄聲說，同時舒心地微笑，彷彿在說一個任性孩子的調皮搗蛋。「妳知道嗎，她今天早上五點就起來弄三明治了，真不知道吃起來是什麼味道。我猜是怕來不及，怕漏了什麼；她們什麼都要準備得好好的。」

「大熱天的，食物不該擺在外頭。」母親說。

「哎呀，吃一次大概不至於生病，我只是覺得三明治都乾了很可惜。還有她中午在酒裡加薑汁汽水的候我忍不住笑了。不過真浪費啊。」

母親挪挪身子，整理了一下自己的紗裙，像是突然意識到這樣在人家客廳裡談論主人的種種準備，是不得體甚至可憎的。她聲音一沉對我說：「瑪格．法蘭奇還沒來，她說過會來的。」

「我是所有女孩裡年紀最大的。」我嫌惡地說。

「噓——這表示妳可以最後一個上場。而且看來，今年的節目不會太長，對吧？」

柯雷格太太湊向我們，一團溫熱混濁的體味從她胸脯間飄來。「我去看她冰箱有沒有調到最強，裡面有冰淇淋，化了她一定會難過。」

母親走到客廳另一邊，對她認識的一個女人說話，我看得出她說的是：瑪格．法蘭奇說她會來。客廳裡女人的妝容都畫好一段時間了，這時開始顯出高溫的效果，人也開始不自在。她們對彼此說，什麼時候開始呢，一定快了吧，至少十五分鐘沒有人來了。沒來的人真過分，她們說。但天氣這麼熱，尤其這裡更是熱得受不了，一定是整個城裡最難受的地方——人家不來也有道理。我舉目四顧，客廳裡沒半個和我年齡相仿的人。

小小孩兒開始彈琴了。馬賽思小姐和柯雷格太太鼓掌得很熱情；其他母親則是如釋重負地鼓掌個兩、三下。她儘管努力過，視線卻似乎總離不開餐桌，以及那些進攻的蒼蠅得意忘形的旅程。最後她換上一種出神淡然的表情，視線聚焦在酒盅上方某處，以便臉能轉向那裡，又不會被人看穿。馬賽思小姐自己也無法把視線放在演奏的孩子身上，她一直看著門的方向。她期望到這時間還會有無故缺席的客人突然現身嗎？鋼琴旁那只必然出現的箱子裡，擺的禮物遠遠超過眼前的小孩人數，都裹著白紙和銀緞帶——不是真正的緞帶，是那種會裂開的便宜材質。

在我彈奏《貝芮妮絲女皇》裡的小步舞曲時，最後的貴客上門了，唯一等著他們大駕光臨的就是馬賽思小姐。起初以為是有什麼誤會，我眼角餘光看見一隊約莫八到十個孩童爬上前門臺階，還有一位穿著像是制服裝束的紅髮女人同行。他們看起來像遠足的私校學童（他們的衣服予人單調乏味的感覺），但行進太混亂、沒有秩序，也或許只是我的印象，因為我沒法轉頭看清楚。還是走錯了門，他們其實要去診所打預防針或暑期讀經班？不，馬賽思小姐已經站起身，愉悅地低聲致歉，走過去迎接他們。我背後傳來大家擠在一塊以及擺摺疊椅的聲音，還有人發出不得體、令人摸不著頭緒的咯咯笑聲。

除了客人進門的一陣謹慎忙亂外，四下還有一種特別專注的靜默；有事發生了，一件意料之外的事，或許是天大的災難，人感覺得到背後發生這樣的事。我繼續彈著，用我堅忍不拔、坑坑疤疤的韓德爾填補這初來乍到的難受沉默。我從琴椅起身後，險些被坐在地上新來的孩子絆倒。

他們其中一位就接在我後面彈，一個約莫九歲或十歲的男孩。馬賽思小姐牽起他的手，對他微笑，而他手沒抽開，馬賽絲小姐的臉也沒有做出裝作沒這回事的尷尬動作。多麼特別，而且還是個男孩子。他坐下時把臉轉向她，她用鼓勵的語氣對他說話，然而我的注意力已轉到他仰望著她的側臉上——鈍而不分明的五官，異常小而歪斜的眼。我看看坐在地上的孩子，看見同樣的輪廓出現在兩、三張臉上，又看見另一個男孩有大大的頭顱和理成平頭的金髮，髮絲細如嬰兒；還有些其他孩子的眉宇看起來尋常不突出，只是帶有嬰孩般的坦率和安靜氣質。男孩都穿著白襯衫和灰短褲，女孩則穿灰綠棉洋裝，綴著紅色鈕釦和飾帶。

「這種小孩子有些特別有音樂細胞。」柯雷格太太說。

「他們是誰？」母親低聲問，顯然沒意識到自己的語氣十分不耐。

「他們是她在青山小學教的學生，很可愛的小朋友，有些滿有音樂細胞的，但當然，腦袋不是很靈光。」

母親心不在焉點點頭。她環顧客廳，迎上其他婦人移不開而警覺的日光，但她們沒有什麼結論。她們不能做什麼。這些孩子都要演奏。他們彈得沒比我們糟——沒糟多少，然而似乎彈得極慢，此外大家也不知該看哪兒。因為禮貌的做法當然是別仔細看這類孩子，但在鋼琴演奏時，不看演奏者又能看哪呢？客廳裡呈現一種詭異的氛圍，像個無法逃離的夢境，母親和其他人的內心獨白幾乎像說出來似的：不，我知道不該對這種孩子反感，我也沒反感，只是沒人告訴我來這裡是要聽一群小——小白癡，他們確實就是嘛——這到底是哪門子派對？然而她們的掌聲變大了，變得熱烈起來，一副至少讓我們了結這個吧的態勢。而節目絲毫不見結束的跡象。

馬賽思小姐喚每個孩子的語調，彷彿他們的名字本身就值得慶祝。這會兒她喊：「朵洛絲．博優！——」一個和我年紀相仿的女孩挪動身子，從地上站起來。她有雙長腿，人很瘦，面容愁苦，頭髮淺金得幾乎像白色。她在琴椅上坐下，稍微調整坐姿後，把長髮撥到耳後，彈奏起來。

在馬賽思小姐的派對上，我們早已習慣注意聽演奏，但不能說有人期待聽到真正的音樂。然而這回音樂卻不費吹灰之力建立了自己的地位，幾乎不需要特別求取注意，因此我們甚至不太驚訝。她彈的是沒聽過的曲子，聽起來纖巧、古雅、歡快，洋溢一種悠然自在、無涉悲喜的幸福感受，而這女孩所做的，便是把這旋律彈出來讓人感覺到。這是你想不到能成真的事，卻真切感受到了，在馬賽思小姐這位於巴拉街的客廳裡，在這個荒謬的午後。整屋孩子一片靜默，青山小學的孩子和其他孩子都是。所有的母親坐著，臉上凝著一種抗議的神情，帶著比先前更深的焦慮，像是被提醒了一件她們忘記自己已然遺忘的事。白髮女孩以不優雅的姿態坐在琴前，俯首彈奏，而樂音則飄向敞開的門窗，飄到灰撲撲的夏日街道上。

馬賽思小姐坐在鋼琴旁，對每個人微笑，模樣一如往常，笑容不卑不亢。她的表情並不像一個魔術師變出新戲法後，等著看觀眾反應的樣子，絲毫不像。你或許會想，現在到了她人生的盡頭，她終於找到一個她真正能教，而且該教的學生，她必定會因為這個重大發現而精神大振。然而女孩這般彈奏卻彷彿是她始終預料的事，她只感覺自然而滿足。相信奇蹟的人，在真正遇到奇蹟時不會小題大作。她看這女孩的神情，似乎也沒比看其他青山小學的孩子（喜歡她的人）或看我們其他人（不喜歡她的人）更為讚歎。在她眼裡，所有的天賦都在意料中，所有歡慶都在期望下。

女孩彈完了。樂音飄揚在客廳裡，接著停止，很自然大家都不知該說什麼，因為她一彈完，明顯地她就變回原本的模樣，一個青山小學的學生。然而音樂並非幻想出來的，眼前的事實無法船過水無痕。因此片刻後，方才的演奏儘管無害，一如戲法，當然成功而賞心悅耳，不過大家開始認為——該怎麼說呢？——整體而言或許不是很有品味。因為女孩的能力雖然無可否認，但畢竟沒有用處，顯得突兀，並不是大家想聊的話題。這在馬賽思小姐眼中是可接受的，但對其他人而言，對生活在紅塵俗世中的人而言，卻沒辦法。算了，她們總得找話說，因此便感激地聊起音樂本身，說旋律真動聽，真是一支美麗的曲子，曲名是什麼呢？

「〈幸福陰影之舞〉。」馬賽思小姐說。*Danse des ombresheureuses*，她又說了法文曲名，也沒多解釋什麼。

接著在回家的車上，我們驅車遠離這些炎熱的紅磚房街道，駛離這座城，將馬賽思小姐和她那些已成絕響的派對拋在腦後，幾乎確定再不會有下一次了。然而我們為什麼沒法像自己原先預期的說句「可憐的馬賽思小姐」呢？使我們說不出口的，是那曲〈幸福陰影之舞〉，那是從馬賽思小姐居住的國度捎來的公報。

木馬文學82

幸福陰影之舞
Dance of the Happy Shades

作者　艾莉絲・孟若
譯者　蔡宜真
社長　陳蕙慧
副總編輯　戴偉傑
責任編輯　鄭琬融
行銷企劃　陳雅雯、尹子麟、汪佳穎
封面設計　鄭婷之
排版　宸遠彩藝有限公司

讀書共和國集團社長　郭重興
發行人兼出版總監　曾大福
印務　黃禮賢、林文義
出版　木馬文化事業股份有限公司
發行　遠足文化事業股份有限公司
地址　231 新北市新店區民權路 108-3 號 8 樓
電話　(02) 2218-1417
傳真　(02) 2218-0727
E-mail　service@bookrep.com.tw
郵撥帳號　19588272　木馬文化事業股份有限公司
客服專線　0800-221-029
法律顧問　華陽國際專利商標事務所　蘇文生　律師
印刷　前進彩藝有限公司

二版一刷　2022 年 05 月
定價　新臺幣 320 元
ISBN　978-626-314-153-7
EISBN　978-626-314-168-1（PDF）、978-626-314-169-8（EPUB）

國家圖書館出版品預行編目

幸福陰影之舞 / 艾莉絲 . 孟若 (Alice Munro) 作 ; 蔡宜真譯 . -- 二版 . -- 新北市 : 木馬文化事業股份有限公司出版 : 遠足文化事業股份有限公司發行 , 2022.05
288 面 ; 14.8X21 公分 . -- (木馬文學 ; 82)
譯自 : Dance of the happy shades.
ISBN 978-626-314-153-7(平裝)

885.357　　111003691